闲闲拾光
Free time
闲·闲·拾·光

U0899245

翅膀之末

Horizon Love

沐清雨——著

文化发展出版社
Cultural Development Press

目录

CONTENTS

第五章

等花开，等你来

她曾祈祷满溢的光华里，有他的踪迹，拾级而上才发现，那些像他的背影，都不是他。今时今日，那副她渴望的肩膀，终于可以栖息。

南庭如约去了南嘉予家，桑桎也在，何子妍的事让她心情很不好，导致见到桑桎时，一句话也不想说。

桑桎觉察到她的异样，先问："怎么好像对我有情绪？"

他们之间，从来都是直来直去，但南庭不想当着南嘉予的面问他"桑太太"是怎么回事，所以她说："等会儿我和你一起走。"

南嘉予抬眼看她："你是在帮我送客吗？"

南庭不答反问："小姨，你叫我来有什么事？"

南嘉予把一份资料甩过来："你是不是愿意解释一下这是怎么回事？"她语气并不十分犀利，气势却扑面而来。

南庭接过资料翻了翻，在确认这是一份关于盛远时的调查资料时，脸色瞬间变了："小姨，你这是干什么？"

南嘉予神色冷厉："这是最直接的了解一个人的方式。"

南庭死死地攥着那份资料，语气和眼神一样带了些许锋芒："你是学法的，是律师，难道不知道私下调查别人的背景是犯法的吗？"

"你和我谈法？"南嘉予的语气彻底冷下来，"一个在司徒家破产时袖手旁观的人，值得你和我谈法吗？"

南庭左手举着资料，右手用力地戳了几下："这么一份冰冷的文字就能作为评判一个人人品的依据吗？小姨，请你在下结论前，拿到切实的证据。”

南嘉予从未见过这样强硬的南庭，她气急：“等有一天他和我一起站在法庭上时，我会给他证据。但是现在，南庭，我明确地告诉你，不许你和他再有来往。”

“凭什么不让我们来往？”南庭毫不示弱地盯着南嘉予，坚定地说，“我是成年人，我要和谁在一起，我可以自己做主，就算你是我小姨，也无权干涉。”

“如果他是一个负责任的男人，你愿意和他在一起，我不会干涉。但你知不知道他这五年在做什么？”南嘉予几乎是劈手把资料抢过来，翻到第二页，指着一段文字说，“你住院期间，他人明明就在国内，为什么没到A市看你？两座城市不过相隔千里，两个多小时的飞机，他在哪儿？等你出院，他又飞去了纽约，三年半不到的时间，从一名普通的机长升任飞行中队的队长，还持有YG航空的股份！南庭，那三年半你是怎么过来的，你忘了吗？你用脑子想一想，但凡他心里有你，会把一无所有的你撇下，只顾出国发展自己的事业吗？”

“是我喜欢他、追他，也是我瞒着他家里破产的事推开了他，他什么都不知道，你让他做什么？”南庭倔强地说，“我都已经说不要他了，他还留在国内求我和好吗？凭什么？”想到Benson说的盛远时在找她的话，她有些哽咽，“况且，我都从司徒南变成了南庭，他要找我，从何下手？”想到彼此错过的五年，南庭的眼泪掉下来，“你们在替我做决定时，有没有想过，我可能并不愿意改名字？”

从司徒家出事，南嘉予代表司徒胜己处理公司，以及司徒家财产事宜开始，南庭从未用这样强硬的语气和她说过话。甚至当年她病愈后，自己反对她读什么空管学院，她也只是很平静地说服自己，平静到南嘉予都担心，一旦不答应她，她会再度抑郁，才被迫妥协。

那个时候真的是想，只要她好好地生活，她想做什么都可以。尽管南嘉予并不明白，她为什么偏偏选了管制那个不被理解、不被尊重的职业。

然后这几年，南嘉予看着她从一个贪玩任性的小姑娘，蜕变成稳重、安静、独立的南庭。她一直庆幸，自己为外甥女选择了一次正确的人生，一个以南庭为起点的人生。每每想到姐姐南嘉清的生命得以延续，她都为之欣慰。南庭却说，她不愿意改名字。

南嘉予就动了气，这个在职场上无往不利的女人，用近乎冷漠的语气质问南庭："姓司徒就那么好？他司徒胜已但凡是有半点做父亲的责任，也不至于让你走到今天！他就不配有儿女！"

"小姨！"南庭尊敬南嘉予，却不允许任何人诋毁司徒胜已，"我身上流着的血，除了妈妈的，还有爸爸的，无论他做过什么，或是做错了什么，都不能抹杀他对我的爱。我请你，不要在我面前批评和评价他！"

"他爱你？"南嘉予冷笑，眼神里多了几分忆起旧事的愤怒，"他最爱的是他自己！他以爱情的名义带走了你妈妈，他又以父爱的名义留住了你，他从来没有想过为人父母的心情，他从来没有考虑过做外公、外婆想念外孙女的心情！他原谅了那个肇事的司机，以此成为'最有人情味'的企业家。"她像是一下子想起了太多司徒胜已的不堪，失去理智似的，气愤地挥落了桌子上的所有东西，"他有人情味？他就是个彻头彻尾的伪善者！"

"他不是！"南庭的情绪也已经控制不住，她几乎是疾言厉色地反驳南嘉予："他和我妈妈是因为相爱才在一起，而我是他们爱情的结晶，他是出于对妈妈的爱才舍不得我。况且，外公、外婆年纪大了，怎么照顾我？我那个时候才多大？没有了妈妈，难道还要同时失去爸爸吗？就算让我自己选，我也不会留在外公、外婆身边，我要和我爸爸一起生活，我要陪着他，替我妈妈陪着他！"

"啪"的一声，一记响亮的耳光落在南庭脸上。

"小姨！"桑桎都没反应过来，直到意识到南嘉予抬手的动作，他要阻止已来不及。

南嘉予气得身体都有些微微颤抖，她甩开桑桎的手：“你妈妈已经死了！她永远都不可能再陪着任何人！”

南庭被打得偏过脸去，却自己擦去了脸上的眼泪，没有丝毫示弱和退缩意味：“她人是不在了，但她对我爸爸的爱、对我的爱，永远都陪着我们！我爸爸是原谅了肇事司机，从前我不理解，因此故意气他，事事和他作对，挥霍他赚来的钱，甚至不学无术，但后来我懂了，那不是他伪善，而是因为他懂得我妈妈的善良，如果我妈妈在天有灵，一定不希望我们父女俩这辈子都活在恨意里。”

南庭倔强地盯着南嘉予，那双像极了南嘉清眼睛的双眸涌现出无数情绪：“小姨，我感激你对我的照顾，这些本不该是你做的，但请原谅，我不能因此认同你对我爸爸对我们母女的爱的否定，以及人格的否定。还有盛远时，你不了解他，更不了解我们的过去，别说他没做错任何事，就算他错过，只要他爱我，我就要和他在一起，你同意与否，都没关系。”

南嘉予用那双冷厉的黑眸，盯着南庭眼睛深处，仿佛困兽在做最后的挣扎：“你的意思是，不惜和我断绝关系，就为了那个五年置你于不顾的男人？”

“我没有想要和你断绝关系。但是小姨，你是职业律师，有着最敏锐的观察力和判断力，怎么能凭这么一份资料就断章取义？没错，我们是错过了五年，那五年，我经历了从前不敢想象的难，但现在回想，那些所谓的难或许这世上有很多人都正在经历，根本不算什么。尤其我还收获了比曾经视为生命全部的——他的爱情更珍贵的东西。然后，我们还能再次相遇，重新开始。相比之下，我已经足够幸运。可他却承受了本不该他承受的东西，如果可以，我倒真的希望过去的五年，他是置我于不顾的，那样，他会好受些。”

南嘉予却什么都听不进去，在她看来，此刻的南庭和去世的姐姐南嘉清一样，为了爱，宁愿抛弃整个世界。可姐姐最终的命运呢？她甚至都没有来得及享受幸福，就那样一声不响地走了。多少年了，南嘉予甚至都不敢去想，那一天白布下姐姐的脸！

南嘉予注视着南庭的那双眼里，也蓄满了泪意：“他什么都没为你做过，你却还想着他快不快乐？南庭，你单方面爱他，不是一种卑微吗？”

可能起初是这样吧，为了获得他的爱情，她自卑又卑微地讨好和取悦，是单方面的。但是后来，他喜欢上了自己，也许是在某个瞬间，也许是日久生情，总之，他心甘情愿地为了她，选择回国发展，他悄无声息地为他们在一起创造条件。从那个时候起，就是爱情了。

南庭近乎笃定地问：“如果我说，他在国外的那三年多，是为了找我，你信吗？”

“找你？跑到国外去找你……”南嘉予冷笑，“多可笑。”

“那我就没什么可说的了。”南庭吸了吸鼻子，“没别的事，我先走了，如果哪天小姨你想听我说说盛远时的事，我愿意随时过来。”

南嘉予看着南庭转身，一步一步往门口走去，她就想到那一年，姐姐南嘉清头也不回地离开了家，她狠下心来说：“如果你走出这个门，就永远别叫我小姨！”

南庭的眼泪终于还是忍不住掉下来，她回头看着南嘉予，像个孩子似的恳求：“小姨，你能不能别逼我？”

南嘉予却不再看她，转身进了书房。

南庭的眼泪一滴一滴掉下来。

桑桎实在看不下去，他走上前：“小姨只是在气头上，过两天就好了，我会劝她。”说着抬手要为她拭泪。

南庭偏头避开。

手机在这时响起来，除了盛远时，还能是谁？

眼泪在那一刻流得更厉害了，止也止不住，南庭控制不住自己的情绪，又不想错过这个电话，于是，她就那么哭着接了起来。

盛远时人还在机坪，话筒里传来隐隐的风声，以及飞机的轰鸣声，他在略显嘈杂的环境中率先说：“齐正扬的妈妈身体一直不好，今天医院打来电话，说她病情反复，有生命危险，我带他回了A市，今晚应该回不去了。”

他没有不理她，甚至还愿意解释，南庭当然是什么理由都能接受的。可是，是只和南嘉予的争执耗光了所有的力气，还是他的电话来得太过及时，她的声音卡在喉咙里，一句话也说不出来。

盛远时等了几秒，又说：“是，我是有些生气，否则就算走得再急，打个电话的时间还是有的。但我想了一路，想明白了一件事，不管是误会，还是确有其事，那五年，都发生了很多事，是我们无法改变的。我没有问你这五年是怎么过来的，是不想你再去回想那些艰难的日子，我虽然没有和你一起经历，但我能够想象，你过得并不好。”他停顿了片刻，像是在下决心，坚定地说，“蛮蛮，我爱你，爱到可以不问过去，你可以有秘密，只要你不想说，我就不逼你，我也可以肯定地告诉你，就算你真的成为过桑太太，只要你现在爱的是我，只要你还是坚定地选择和我在一起，就不会影响我对你的爱。”

南庭听到这里，哭得不能自已。

盛远时没有急着劝，而是语气更温柔了几分：“七哥不想惹你哭，只是，七哥不想再犯从前的错误，一个五年就够了，七哥实在不希望再经历一次。蛮蛮，七哥老了。”

“没有。”南庭哑着嗓子说，“你现在这样正好。”说着像是受了天大的委屈，抽噎着说，“你能不能今晚就回来，我有话和你说。”

这是相识以来，她第一次对他提出这样的要求。盛远时举着手机，回头看向那架自己刚刚从上面下来的飞机，承诺：“我争取赶回去。”他看了下时间，七点整，“我先带齐正扬去一趟医院，他毕竟还是个孩子，万一他妈妈真的有什么，身边不能没有人，你在家等我，我回来直接过去。”

南庭本意是想让他回来，把那些自己瞒得很辛苦的心事告诉他，听闻齐小弟的妈妈病得那么重，她强迫自己止了哭：“我去找你！”话音未落，就开门走了出去。

桑桎追出去，一把拉住她：“你要去哪儿？”

南庭挣扎着要摆脱他："不用你管。"

桑桎却不松手，拉着她下楼："我送你回家！"

南庭有些气恼地说："不用。"

盛远时听见了桑桎的声音，以及南庭语气中的情绪，他在那端说："先让他送你回家，蛮蛮，听我的。"

南庭却不肯，她固执地对桑桎说："不用你送！"

"南庭！"

"桑桎，我请你让我自己走！"

"你不是有话对我说吗？我们路上说，或者你怕他误会，我来和他说。"

南庭不给他手机："我说了不用！"

桑桎却不接受她的拒绝，拽着她进了电梯。

信号开始有些不好，盛远时听见那边窸窸窣窣、断断续续的声音，他担心南庭倔劲上来再发生点什么，急得在原地转了个圈，跑向站在远处等他的齐正扬："先去看看你姑奶奶派的车到了没有，小叔马上过来。"

齐正扬坚强地点头："小叔你别急，我妈肯定没事的。"

盛远时摸摸侄子的脑袋："对，你妈会没事。"

信号恢复后，他提高了些音量说："蛮蛮，把手机给他。"

南庭不了解他那边的情况，她和桑桎在单元门楼下对峙："该解释的是他，七哥，你不用和他说什么。"

"蛮蛮！"盛远时沉声，"把手机给他。"

南庭的胸口剧烈起伏，她既不想让盛远时和桑桎说话，又不想违背盛远时的意思，迟疑间，桑桎已经从她手上接过了手机："盛远时……"

"桑桎！"盛远时直接打断他，先声夺人，"我不管在这一秒之前你们发生过什么，但下一秒她要做什么，你最好别拦，否则等我回去，我保证你会后悔。这是警告！我盛远时警告你，让她做她想要做的事，比如，坐飞机来找我。至于有没有航班，不是你该操心的事。你敢拦，就做好敢于承担后果的准备。我有没有这个能力，我建议你不要怀疑。"

桑桎已经因为南庭对他的感情窝火不已，南庭莫名的抗拒更让他在一时间无法接受，他甚至不明白，南庭的情绪为什么会有这么大的反弹，此刻又听见盛远时这么说，怎么能不恼：“盛远时，她为了你几乎要和她小姨决裂，你却和我说这些，你凭什么？”

“凭她爱我，爱的是我盛远时，不是你桑桎！”盛远时那么笃定地说，“至于她和她小姨，放心，有我在，决裂不了。”

桑桎几乎就要摔手机。

此刻的盛远时和那夜被自己质问到哑口无言的盛远时判若两人。而他的底气，来自南庭的爱。这爱，是他桑桎多年来求之不得的。

他盛远时凭什么能坐享其成般得到南庭的爱？他们的相遇，明明是在自己和她相识之后，尤其这五年，他盛远时更是什么都没做过，怎么就能倚仗南庭的爱警告自己？他警告自己！就凭南庭爱的是他？是啊，南庭爱他，他就赢了。

桑桎知道自己输了，可他不甘心。隐忍多时的情绪在这一刻达到临界点，桑桎的目光因为盛远时嚣张的警告陡然犀利起来，他几乎是以挑衅的语气沉声道：“既然你这么有信心，盛远时，我就试试。”

试试我拦着她去找你，你能把我怎么样？

试试她和她小姨闹成这样的局面，你要如何收场？

桑桎说完径自切断了电话，随后用右手扣住南庭的手腕，第一次以男性力量的优势，硬拽着她往他车的方向而去。

南庭不肯顺从，用蛮力和他较劲，又伸手去抢手机。

桑桎不给，他的语气和脸色一样，冷若冰霜：“不是要去找他吗？我送你去！”

这种情况下，南庭怎么可能相信他的话？而何子妍的那声“桑太太”也让她在此刻非常抗拒桑桎，于是她有些强硬地说：“我不用你送！”

她一再地拒绝让桑桎的火气上升至顶点，他近乎粗鲁地把她扯到身前，双手扳正她肩膀，冷漠地质问：“做了这么多年朋友，怎么，还怕我吃了你吗？有了盛远时，家人、朋友都可以不要了？南庭，从前的你不是这样的。”

“从前的我那么信任你，信任你像我一样，把对方视为没有血缘关系的亲人，我感激你，感激你带我走出抑郁的阴霾，感激你平日来对我的关照；我也尊重你，尊重你的学术和为人；我还依赖你，当我遇到问题和麻烦，我总是第一个想到你。我一直庆幸，庆幸有你这样的好朋友陪我走过最艰难的岁月……”

好朋友？桑桎听不下去了，他如困兽般低吼道：“我想要的是你的感激和尊重吗？”

他不想要她的感激和尊重？南庭一时反应不过来，怔怔地问他：“那你想要什么？”

桑桎的胸口剧烈起伏，他借着微弱的天光盯着南庭五官精致的脸，一字一顿：“我想要你！”

渐黑的天越发地阴沉，直到被一道闪电照亮，南庭才能看清周边的一切，包括他那双深邃的眼睛里的笃定和挣扎，伴随而至的惊雷则像是他的怒意来袭，狂猛暴戾地扑向大地和她的身心。

南庭以为自己听错了，她多希望是自己听错了。

桑桎却不给她任何逃避的机会，清清楚楚地重复了一遍：“我想要你爱我！”

南庭眼底的震惊和意外纤毫毕现，她脑海中不受控制地浮现过往的一些片段，那些点点滴滴的瞬间，那些融洽温暖的相处，那些她身处困境时，他给予的安慰和鼓励，还有那些她笃定的没有掺杂任何利益与算计的纯粹的友谊……原来都是她一厢情愿的认定。

桑桎无疑是优秀的，无论是个人能力还是家庭背景，都不逊色于任何人。有多少女人在渴望他的垂青，期待他的爱情。可他的那句“我想要你爱我”的告白，让南庭明白了，自己不是得到了一份爱情，而是就此失去一位最信任和依赖的朋友、兄长。

这种失去，来得锥心刺骨。

南庭看到桑桎眼里的微光，胸口疼得眼泪止不住地掉下来："为什么？"为什么要爱我？为什么明知道我爱着别人，还要说出来？

是啊，这世上，有那么多的好姑娘，怎么我就偏偏爱上了你？如果我知道是这样的结局，我宁可没有在那一天遇见你。

桑桎比她还难过，他无比清楚，自己把这一句话说出口，失去的不仅仅是一份渴望已久的爱情，还包括一个全身心信赖自己的朋友。

在滂沱大雨落下时，他把南庭抱进怀里，这是相识多年来，第一次，正大光明地以爱的名义拥抱她："我知道你不爱我，但我以为，至少可以让我爱你。南庭，我没有想勉强你，只是没到最后，我舍不得放弃。"细听之下，语气竟有些哽咽。

骤急的雨落在脸上，和眼泪混在一起，南庭嘶哑着嗓子说："对不起。"以此，抹杀他所有的希望。

这预期中的答案如寒霜刺进桑桎心里，可他依然舍不得松手，像是要把南庭按进身体里似的，抱她更紧："我哪里不好？怎么就非他不行？"

卑微到如同低到了尘埃里，然而，爱情的可贵和可悲之处就在于：爱就爱，不爱就不爱，与好坏、对错、是非、曲直无关。

南庭想要抬起头，在潮湿的雨里看着他的眼睛，告诉他：你很好，哪儿都好，但请你别为了一个平凡、普通又不爱你的我费尽心力。

可就在她动作的瞬间，桑桎敏锐地觉察到了，在误以为她是要挣脱自己的情况下，他的脸就覆了下来，想要吻上她的唇。南庭意识到他要做什么，就要推开他，可他的手像是枷锁，她的推拒显得太过无力，南庭挣脱不了，只能偏头去躲，桑桎的吻就落在了她脸颊上。

南庭因委屈和惧怕浑身都微微战栗着，她像一只受惊的小兽一样用尽全力扭动着身体要远离他，低吼着"不要"的同时，好不容易挣脱钳制的右手，抬起来就扇了出去，"啪"的一声，响亮地打在桑桎脸上。

桑桎停下了所有的动作。

南庭也怔住了，她下意识要说对不起，可张了张嘴，终究没有说出来。

桑桎清醒过来，慢慢地松开了手。

南庭在模糊的视线中看见他微红的脸，她后退一步，又一步。

桑桎没有再拦她，他就那样站在雨里，看着她一步步退出自己的视线，直至不见。最后，他像是无处发泄胸中的闷气似的，把南庭的手机大力地掷向了自己的车身。

南庭不清楚自己在雨中走了多久，反正等她回到民航小区时，她的腿已经累得有点抬不起来，她也顾不得电梯里旁人奇怪的目光，就那样浑身湿透地站在角落里，直到十楼，出电梯时，她看见齐妙在她门口转圈。

南庭声音细若蚊蚋地唤："妙姐。"

齐妙见到像是被打劫了似的她，冲过来问："这是怎么了？"

南庭冻得有点抖，她环臂抱着自己："能先帮我开下门吗？钥匙在我口袋里。"

进门后，睡不着扑过来，齐妙抬手把它挥退，把南庭带进卫生间："赶紧先冲个热水澡，别感冒了。"然后也顾不得什么，伸手去解南庭的衬衫扣子。

南庭有些羞赧地说："我自己来。"

"你来什么啊？你手好使吗？"齐妙不客气地吼她，"都一样的，还怕我看啊？"说着又动手帮她脱牛仔裤，等把南庭扒光了，她打开花洒，试好水温，才把南庭推到花洒下，"多冲一会儿，去去湿气。"然后说，"我去给老七回个电话，告诉他一声你回来了，刚才一直打不通你手机，他急坏了……"顺手带上了门。

哗哗的水声中，南庭隐约听见齐妙说："回来了，刚到家，一个人，淋了雨，从头湿到脚，洗澡呢，放心吧。她说要去找你？这都几点了？行，我不让她去，我会照顾她，还用你说？大嫂怎么样？知道了，要是你一时回不来，我明早再带她过去。照顾好齐正扬……"

南庭把花洒开到最大，半个小时后，换上了家居服的她，身上裹着齐妙硬给她披上的薄毯，嘴里吃着齐妙叫的外卖，可她实在没什么胃口，夹了几筷子就不想动了。齐妙看她没什么食欲，又想到她淋了雨，提议道：“要不我们喝点酒？”

南庭就要掀毯子：“我下楼去买。”

齐妙按住她，回对门起了一瓶红酒拿过来：“喝完睡个好觉。”

南庭倒了两杯，一杯给齐妙，一杯自己仰头干了。

齐妙啧一声：“哪有这么喝的？慢点。”

南庭一笑：“暖暖身子，还有点冷。”

齐妙就没再拦：“也行，免得感冒。”

南庭以此为由又干了一杯。

齐妙见她情绪不对，一针见血地问：“和老七吵架了？”

南庭摇头：“没有啊，他之前还打电话和我说，爱我。”

齐妙故意说：“那你是因为太高兴了，兴奋到淋雨？”

南庭又给自己倒了一杯，喝完才答非所问：“恐男症的事我问过了，通过心理疏导就能治，但是……”她欲言又止。

齐妙见状说：“我本来就没打算治，你不用请那个桑医生帮忙。”

提起桑桎，南庭心里难受：“妙姐，你说，男女之间真的没有纯粹的友谊吗？”

“纯粹的友谊？”齐妙听得笑了，“在我看来，男人和女人之间，只有彼此的爱慕和单方面的暗恋两种关系，至于那些红颜知己、青衫之交，不过是某些人打着友谊的名号保持暧昧关系的一个幌子而已。当然，性向不同的人，不包括在这里面。”

南庭无言以对。

齐妙却已经懂了南庭为什么会有此一问：“我记得你说过，你只对你想的事负责。”她拍拍南庭的肩膀表示安慰，“人生就是这样，有选择就有辜负，做人、做事都不可能面面俱到，更何况是容不下第三个人的爱情？

或者在你看来，老七不值得你为他辜负他人？”

当然不是，在她南庭心里，爱的，唯一爱的，只有他盛远时一个，如果和他在一起的代价是放弃全世界，南庭也不会有半分迟疑。只是，那些原本自己很笃定的关系就这样轻易地被桑桎一句话打破了，南庭终究是难过。所以这一夜，她放纵了自己，像是那一夜，齐妙不顾她的阻拦一样，抢着喝了很多的酒，直到远在A市的盛远时再次把电话打到齐妙的手机里，和她说：“我在机场，一个小时后有一趟航班，我就回去。”

南庭还记得齐小弟的妈妈生病了，她问：“姐姐没事了吗？”

盛远时温柔地纠正她：“不是姐姐，是嫂子，病情稳定下来了。”

南庭想到现在很晚了，又说：“你不要急着往回赶了。”

盛远时却说：“我答应了你要回去。”

南庭就笑了：“那我等你。”

盛远时也笑了：“好，等你睡醒，就能看见我。”

通话结束，南庭想看一眼几点了，可她怎么都看不清墙上挂钟显示的时间，然后，她好像就睡着了，意识模糊间，隐约听见有人喊：“南庭，南庭……”却怎么都睁不开眼睛。

盛远时是凌晨两点到G市的，他下机后直奔民航小区。齐妙睡得迷迷糊糊的，见到他还以为是做梦，眯着眼睛说：“你跑到我梦里来干什么？”

盛远时无奈：“她呢？睡了？”

“除非她有你的酒量，越喝越清醒。”在齐妙看来，她走的时候南庭是睡着了的。

听闻南庭喝酒了，盛远时眉心微皱，他伸手：“钥匙。”

齐妙明明听懂了，还故意装糊涂：“什么？”

南庭近在咫尺，盛远时也就没那么急了，他很有耐心地解释：“我不是告诉你走的时候把她那边的钥匙带出来吗？”

齐妙笑得贼贼的：“你这样不好吧。趁人家睡着登堂入室，万一出什么事，我这个房东是不是也有责任啊？”

盛远时无声地笑：“早晚她都要搬去我那边的，或者我搬到这边来，难道她还会不让我进门？”

齐妙一挑眉：“南庭小妹妹肯定不会拦着你，但是……睡不着你打算怎么摆平？”

竟然把那个难缠的小家伙给忘了。盛远时屈指敲了敲额头：“要不你先带它半夜？”

“我？”齐妙没有养宠物的经验，但也不忍心看着弟弟过敏啊，那可是会影响他的帅气指数的，权衡之后，她勉强答应，“行吧，谁让你是我弟弟呢，为了你的爱情，我就委屈半夜。”

盛远时笑了，他难得地说：“谢了，表姐。”

齐妙一脸“我没听错吧”的表情：“有生之年能听到这声姐，我还得感谢你未来老婆。”

老婆……盛远时被取悦了，他心情愉快地表示：“等我娶到她，也不会和你争大小了。”算是承认了她这个表姐的身份。

结果，任由齐妙使尽浑身解数，睡不着都不肯跟她走，只是老老实实地趴在沙发边，守着似乎是睡着了的南庭。

这份忠诚的守护，让齐妙对睡不着的好感瞬间飙升，但她还是有点生气地轻拍了一下那家伙的脑袋：“别耽误你主人的好事行吗？”

睡不着哼哼了两声，把小脑袋搭在前爪上，一副“请不要欺负我”的模样。

最后，齐妙用一盒酸奶把睡不着骗过去了。

南庭对此一无所知，她躺在沙发上，身上盖着薄毯，闭着眼睛的样子像是睡熟了。盛远时摸摸她因喝了酒微有些红的小脸，俯身把她抱起来，安置到卧室的大床上。

南庭似乎睡得不舒服了，紧皱着眉头翻了个身，嘴里含混不清地嘟囔了一句：“……七哥。”就没动静了。

盛远时把被子给她盖好，俯身亲了亲她微嘟的小嘴，又亲了亲，才关灯出去。洗过澡，他看看时间，三点多一点，以防万一，从飞行箱里翻出口服的过敏药吃了一颗，才轻手轻脚地躺在南庭身边。

南庭应该是没有睡熟，又可能觉察到身边有人，在盛远时伸手要搂过她时，不习惯似的哼哼着往里侧挪了挪，微微蜷缩着身体背对他。盛远时眉眼间有很温柔的笑意，一只手臂从她脖子下方穿过去，让她枕在上面，另一只手则轻轻地搭在她腰上，形成类似禁锢的姿态，把她的背搂进怀里。

或许是嗅出了他身上熟悉的气息，南庭微微侧头："七哥？"

盛远时的长躯紧挨着她的身体，唇贴在她后颈上："是我。"

南庭转过身来，昏暗中，她伸出手，一寸寸地抚摩他的脸和眉目，盛远时借着窗帘缝隙投射进来的光线看着她，任由她摸了会儿，眉目舒展地笑了："想我了？"

南庭没有回答，只是身体贴过来，抬头吻上他的唇。

原本已经停了的雨不知何时又下了起来，淅淅沥沥地落在他们身后不远的玻璃上，记忆的尘埃就此被剥落，那些隐藏在离别背后的爱意悄无声息地流露出来。盛远时就在这样寂寥的雨夜里，深切地亲吻他心爱的女孩。

他在雨声中，听着她渐急的喘息声，更加动情，慢慢地，他的声音里不知怎的也有了喘息，而他的手已经不安于只隔着衣服抚摩她，轻轻地探进去，覆在她细嫩柔滑的肌肤上，抚摩，揉捏。

盛远时那么强势，又那么温柔地把南庭控在身下，抱着她一寸一寸地亲吻她的眉眼、脸颊、肩膀，再一步步向下，亲吻她全身，让她情难自控，让她丢盔弃甲……

然而，当他想要更进一步时，南庭却受惊似的嘤咛一声。盛远时感觉到她是对这份亲密的抗拒，立即停下所有动作，抬头时发现她满脸是泪。

"好好的，怎么哭了？"盛远时把她搂进怀里，让她的脸贴在他胸前，用自己沉稳有力的心跳安抚她的不安，"是七哥，别怕。"

南庭似乎是听进去了，她没有更激烈地抗拒与盛远时的肢体接触，但她也没回应他的话，只是抽泣着，身体自觉地形成在母体中蜷缩的自我保护姿态。

尽管身体憋得难受，盛远时还是压下那些因她而起的冲动，温柔地抚摩着她的头发，耐心地哄："是七哥不好，吓到你了。"

南庭一直不说话，过了很久才止了哭，把脸埋在他胸口。盛远时以为她哭累了，睡着了，为避免惊扰到她，他缓慢地拉高了被子盖住两人，然而，他的手才落在南庭腰侧，就听见她哽咽着呓语了句："别碰我……"

无论是从前的司徒南，还是现在的南庭，面对自己，绝对不会说出这样的话，想到桑桎最后在电话里对他说的话，再想到齐妙说的南庭浑身湿透地回来——似乎就只有一种可能性！寂静的夜色里，盛远时的眼眸深冷。

早上五点多的时候，盛远时就起来了，他洗漱过后，从飞行箱里拿出干净的衬衣和长裤穿上，关上门下楼，再回来时，手上拎着一个袋子，里面有几样食材。

卧室里的南庭还没有醒，他进屋里给她盖了盖被，又眷恋地吻了下她的额头，才去厨房做早饭。可等早餐都要凉了，爱睡懒觉的齐妙都打电话问他："有早饭吃吗？我能不能过去？"卧室里的南庭还是没有一点动静。

根据上次在她这边过夜的经验分析，盛远时认为南庭差不多该醒了，他进屋，坐在床边叫她起床。原本这是一种新奇又幸福的人生体验，尤其想到她睁开眼看到自己时，扬起的笑脸，胸间已是柔情满溢，可盛远时叫了半天，从柔声到大声，南庭都没有丝毫反应，眉头紧蹙的样子，像是身体有什么不舒服。

盛远时心中骤冷，他下意识伸手探向南庭额头，一点都不烫。在无法判断她是怎么了的情况下，盛远时片刻都没耽误，从衣柜里找出一件风衣外套，裹在昏睡的南庭身上，抱起她就往外走。

过来混早餐的齐妙见状吓一跳："这是怎么了？"

盛远时沉声吩咐："去开车。"

去医院的路上，盛远时联系好了医生，他们的车才开到离民航小区最近的空军医院的急诊处，已经有医护人员等在那里，他把南庭抱上推车，边往医院走边说："昨晚淋了雨，喝了约 500ml 的红酒，凌晨三点左右时意识有些不清，但我以为她喝醉了，中间一直没有清醒过，没有发烧，手脚冰凉。"

五十岁左右的李主任微微点头："你别急，远时，我先给她检查一下。之前有过什么病史？"

"病史？"盛远时神色一凛，"我不知道。"随即想到什么，他说，"我马上联系她小姨，她应该知道。"

"好。"李主任说完，和南庭一起进了急诊室。

盛远时被阻隔在外面，他冷静了几秒，对齐妙报出一个地址："你马上去那里，把南庭小姨接过来，我没有她号码，只去她那边接过南庭一次。"他又抬腕看了下表，"但这个时间，我不确定她是在家还是去上班了。"所以，他准备跑一趟中心医院，盛远时有把握，桑桎对于南庭的身体状况，一定了如指掌。

齐妙默背了一遍地址："她小姨叫什么名字？"

"南嘉予。"

转身要走的齐妙听到这个名字，陡然一僵："叫什么？"

"南嘉予。"见齐妙一脸的难以置信，盛远时瞬间反应过来，"不会她是你……"

齐妙也不急着走了，而是拿出手机拨了个号码，盛远时听见她说："南律师，请你到空军医院来一趟……"通话结束，她才咬牙切齿地对盛远时说："这位南嘉予女士，就是我的那位'难驾驭老板'！"

与此同时，去上班的桑桎接到一个陌生来电，他潜意识里以为，应该是盛远时打过来的，为昨夜的事，为南庭的手机，可当他接起来，对方却说："是桑桎先生吗？"

桑桎立即听出来，这是一道自己全然陌生的声音，他忽然有强烈不好的预感："我是，请问你哪位？"

对方说：“我是 G 市机场塔台，是这样，南庭没有来上班，她的手机又一直不通，我就根据她资料上填写的紧急联系人，给您打了这个电话。请问您能联系上她吗？她是生病了吗？”

没上班？生病？除了上次发烧她请了半天病假外，桑桎几乎忘了，她异于旁人的体质。桑桎听不下去了，他挂断电话，下意识要打给南庭，拨号时才反应过来，南庭的手机被自己摔了，他立即掉头，就要往民航小区去。

南嘉予在这时打来电话，通知他：“南庭在空军医院。”

桑桎一恍神，速度很快的车子就在街道中飘了一下，幸好他及时扶正了方向盘，才没发生危险。他稳了稳心神：“我马上过去。”听见手机那端启动车子的声音，他冷静地问南嘉予，“是谁通知你的？盛远时？”

南嘉予如实答：“我的助理，齐妙。”

“齐妙？”南庭的房东、盛远时的表姐，是南嘉予的助理？桑桎莫名涌起一股怒火，他用力地砸了下方向盘，然后说，“把她的手机号码发给我，小姨，我必须马上和她通话。”

片刻后，齐妙的手机就响了，是桑桎，他没有任何废话，强硬地说：“让盛远时接！”

那边就换人了，盛远时冷沉的声音传来，他说：“讲。”

桑桎的声音也是冷到不行，他以命令的口吻说：“在我到之前，不要给她用任何药。”随后又怕盛远时不听似的补充道，“她体质特殊，对很多药物都有排斥反应，不想让她有生命危险，就等我来。”

尽管盛远时不清楚南庭的体质特殊到什么程度，但他相信桑桎不会拿这种事开玩笑，他拿着手机就进了急诊室。

却还是晚了一步，表面看似处于平静昏迷状态的南庭，经仪器检测，血压和血氧饱和度等数据竟然明显下降，那是呼吸衰竭的表现，可她还那么年轻，又没有经受激烈的撞击，肺组织不可能出现损伤，怎么会影响到气体交换？

为了给南庭提高血压，保证对重要器官，例如大脑的血液供应，医生给她注射了肾上腺素。这其实是一种常规的抢救措施，医院通过这种方法，抢救过无数处于休克状态的病人，可南庭恰恰是这世上微乎其微的对肾上腺素有排斥反应的人，准确地说，她的身体对肾上腺素注入的剂量有严格到近乎苛刻的要求。

盛远时进去时，就看到监测仪器上血氧饱和度快速下降，还有代表心跳的那条数据线，弱到几乎要变成一条直线。这代表了什么，他根本不敢去想，喉咙在那个瞬间紧得像是下一秒就会绷断，只能借助连续的深呼吸，才能保持住声音的平稳。他把南庭对很多药有排斥的信息反馈给李主任，可具体都有些什么药，别说他不知道，就算他知道，也没有时间在这生死攸关的一刻一一报出来。

李主任接过电话，清清楚楚地听见那边说："就算血压、血氧下降，肾上腺素的注射剂量也绝对不能超过……"当桑桎报出那个比一般注射剂量小了百分之十的数据时，监测仪器上代表心跳的数据线突然变成了直线。

心跳骤停！李主任放下手机，检查南庭的瞳孔，并语速很快地交代护士把急救的药物从南庭的左心尖部直接注入，同时准备除颤。盛远时已经听不清周围的任何声音了，甚至视线都有些模糊不清，被推出抢救室的那一刻，他更是耳鸣到脑袋都像要炸了似的。

当年南庭突然就消失了，过去五年里满世界地飞都找不到她时，也没有此刻这么害怕，害怕永远地失去她。盛远时完全站不稳了，他倚墙蹲了下来，双手抱住了头，像是呼吸困难一样，喘着粗气自问："怎么会这样？"

齐妙被他的样子吓坏了，她蹲在盛远时身边，伸出胳膊搂住这个多年来一直保护和照顾她的弟弟，尽管没什么底气，却强迫自己把话说得特别有底气："南庭一定不会有事，老七，你相信我。"

就在昨晚，齐正扬的妈妈也在生死边缘走了一趟，那个时候，盛远时特别坚强，特别像个长辈，给予侄子最有力的安慰和支撑。可换到自己身上，对象变成了南庭，他发现，自己还不如一个未成年的孩子。

盛远时垂着头，自责地说："我该狠下心来问问她这几年都发生了什么的，如果我问了，她就算不想说，也一定会一五一十地告诉我，她从来都不对我撒谎，除了想让我多关注她、心疼她，才会找各种理由，对我撒娇。”

“我告诉自己，我不问，是舍不得她再回忆那些不好的过去，是出于对她的心疼，但其实不是。”盛远时缓慢抬头，赤红着眼睛说，“我怕她想起来，那没有我的五年，自己是怎么艰难地走过来，然后发现，没有我，她也能够过得很好。我怕她怨我，怨我没有在她最需要我的时候陪着她；怨我笨到竟然相信她说的那些放弃我的话，就那么算了；怨我让她追了那么久，却连一句准确回应的话都没有；我甚至没有勇气告诉她，我一直在找她，怕她怨我，你不是很厉害吗，怎么没能早点找到我？看来我瞒着你，我们家破产的事，是对的。”盛远时抓住齐妙的手，像是溺水的人抓住唯一的救命稻草，他哑着嗓子说，“我最怕她没有五年前那么爱我了。”

这个一直以来，满身光彩的男人，在这一刻，把内心深处积压的恐惧与脆弱袒露无遗。

齐妙从来没有见过这么没有自信的盛远时，她的眼泪控制不住地掉下来：“南庭不会，她不会怨你，也不会怪你，她爱你，很爱你，连我都看得出来，她愿意为了你，放弃所有，你怎么能怀疑她对你的爱呢？老七，五年是会错过很多东西，也会失去很多东西，但那仅仅是过去的五年，不代表现在，更不代表将来，你们还有不止五十年的时间，如果你觉得亏欠了她什么，答应姐，坚强起来，用余下的生命和全部的爱，好好待她。”

后悔是这世上最没有意义的事情，然而……

盛远时抬手覆盖住自己的脸，悔不当初。

桑桎和南嘉予是同一时间到的，而桑桎显然是有备而来，他手上竟然拿着一份病历，盛远时不看，也知道那一定是南庭的病历，而他也没有时间去问桑桎，是特意折返回家现拿的病历，还是这东西一直被他带在身上。

桑桎的脸色很沉，他把病历交给南嘉予，看似随手之举，但盛远时几乎是在瞬间反应过来，他们是不想让自己知道关于南庭生病的事情，至少在此之前，他们没有想过要告诉自己。盛远时不知道南庭到底怎么了，但眼下显然不是追问的时机。

没有昨天电话中的剑拔弩张，见到桑桎急跑过来，盛远时如同见到救星似的倏地站起来，边推抢救室的门让桑桎进去，边告诉他："刚刚血压、血氧都在下降，心跳骤停。"

桑桎语气很急，他对在场的医护人员说："我曾是南庭的主治医生。"

南庭的心跳已经恢复了，但很弱，像是随时都有再停的危险，护士在这时恰好拿过来一剂药，桑桎看了一眼，对负责抢救的医生说："这会导致她呼吸困难，换成 5 毫升剂量的……"

盛远时对李主任点头："李叔叔，听他的。"

负责抢救的李主任是盛父的部下，从小看着盛远时长大，闻言点头。

接下来又是一番忙乱，盛远时却什么都做不了，他退到不影响任何人工作的角落，看着他们给南庭做各项检查、给她注射，而在这期间，竟然有近乎一半的用药都被桑桎否定了。李主任有过迟疑，但盛远时对桑桎深信不疑，他就根据桑桎的要求，让护士换成了具有同样疗效的其他药物。

这是不合乎规定的，先不说桑桎不是空军医院的医生，连他有没有医生执照，现场都没人知道，但李主任他们按正常的操作，南庭没有任何好转的迹象，直到遵照桑桎的提示施救，检测仪器上的数据才开始上升，所以，在生命面前，规定暂时被抛在了脑后。

南庭终于脱离了生命危险，可她的情况太特殊，之后被送进了重症监护室。

桑桎在外面站了很久都没有进去，直到南嘉予惨白着脸从里面出来，他才说："是我的错。"

南嘉予注视他："那件事之后，她还是第一次病得这么莫名其妙。"

桑桎狠狠闭了下眼睛："昨天从你那儿出来后，我们……我忽略了她的身体状况，害她淋了雨，受了委屈和惊吓。"

南嘉予的目光在刹那间变得犀利，她几乎是咄咄逼人地说：“什么委屈？什么惊吓？”

桑桎沉默了半天，南嘉予也不催他，就那么站在原地，等他回话。

终于，桑桎说：“我质问她为什么非盛远时不可，我还……强吻了她。”

南嘉予半点犹豫都没有，一个巴掌扇过来，重重地打在桑桎脸上，近乎痛心地说：“你是最了解她，最了解她过去的人，你答应过我，会给她最好的照顾，我才放心让她来到G市上学、工作，而这五年，我对你无可挑剔。我明知道她爱的是盛远时，可我还是希望和她在一起的人是你。因为当年，你为了阻止你父亲对司徒家落井下石，为了避免司徒胜己遭受牢狱之灾，承诺在三十五岁之后，回去接管桑氏。”

这对一个家族的继承人来说，或许是责任、是义务，但每个人都是生命的个体，有自己的喜好和追求，被迫接受和心甘情愿接受，是截然不同的两件事。

在信仰和爱情之间，桑桎为了南庭，选择了后者。可这选择，未必能得到南庭爱的回报，可能只是他一个人的事情。这种牺牲，南嘉予怎会视而不见？

“为了能够继续心理学的研究，你不惜牺牲自己的幸福，答应你父亲和何家联姻，娶何子妍，你又为了南庭，悔了那份婚约。”南嘉予微微仰头，逼退眼中的泪意才继续，“桑桎，小姨懂你对南庭的爱，小姨把一切都看在眼里，可你怎么糊涂了，你不是一向最有耐心，考虑问题最周全的吗？”

是啊，他一向都那么周全，为了不让南庭有负担，他从未对她提起过悔婚的缘由，甚至怕南庭猜到自己的心思，他还自编自演了很多场的相亲，以此证明，他对她，是没有男女之情的。

爱到这种地步，桑桎都觉得自己太怯懦、太卑微。可怎么办？谁让他看出来，南庭对他，没有爱。桑桎也无数次地想，要不要争取试试？可他又怕，两个人连朋友都无法继续做下去。那就等吧，如果到他三十五岁时，她还是不愿意和他在一起，他就回去接管公司，再遵从父亲的意愿娶一个对桑家有所助力的女人，完成对家族的责任。

盛远时却以一种强势的姿态出现，南庭更是近乎渴望地接纳了他，没有给桑桎留有任何余地，可他并不后悔，只是南庭突然病倒，让他心怀愧疚："小姨，对不起。"

南嘉予朝他摆了摆手："你不用和我说对不起。只要南庭能原谅你，我就不怪你。"她说着，像是浑身脱力似的跌坐在走廊的长椅上，"要怪，就怪司徒胜己，不是他，南庭不会变成今天这个样子，我永远都不会原谅他。"

桑桎终究是个外人，他自知没有评价司徒胜己的权利，但想到南庭，他艰难地说："以后，我不能再像从前那样照顾她了，要不要告诉盛远时她经历过什么，由你决定。"

南庭有多执拗，南嘉予心里是有数的，事情发展到这一步，她和桑桎怕是连朋友都做不成了。这不是南嘉予想看到的结果，一直以来，她都认为，桑桎是当仁不让的南庭归宿的首选，可是现在……

盛远时从监护室里走出来时，看见南嘉予坐在那里，桑桎站在她面前，他想了想，走了过去，可他不及开口，桑桎突然发难，抬手挥过来一拳。

盛远时反应倒快，一偏头就避过了要害，然后条件反射似的出手还击。

就这样，两个心里都憋着火和自责的男人，在医院里，大动干戈。

齐妙和乔敬则通完电话，回来就看见他们打到了一起，她边喊着"老七，你知不知道这是什么地方？你找姑夫抽你是不是？你给我放手！"边冲上去阻拦，南嘉予却像什么都没看见一样，神色淡漠地看向窗外。

南庭的情况很不好，二十四小时之内竟反复了三次，一次又一次的抢救，让南嘉予仿佛回到五年前那一夜——

当时已是凌晨，正常情况下，南嘉予不会给姐夫和外甥女打电话，可她却心慌到睡不着，闭上眼睛就看见姐姐南嘉清，她也不说话，只是看着她，眼里充满了悲伤。

南嘉予自言自语："姐，你是在怪我没有保住'胜清地产'吗？我知道那是你和姐夫的心血，可我真的……"她双手撑在窗台上，那么挫败，那么无力地吐出四个字，"无能为力。"

随后，南嘉予鬼使神差地开始打司徒南的手机，她甚至不知道打通后要说什么，但就是想听听外甥女的声音，手机却始终无人接听。司徒南以往都是手机不离手的，就算她睡着了，手机也一定就在身边，那么持续地一直响，不可能叫不醒她。

南嘉予改打司徒胜己的手机，他却关机了；打司徒家的座机，竟然占线。

都已经凌晨了，不可能有人在打电话，那么就只可能是，电话线被人拔掉了。南嘉予在那个瞬间忽然有不祥的预感，她不敢细想那个预感代表了什么，只是在出门的同时，给桑桎打了电话："司徒胜己和蛮蛮的手机都打不通，家里的座机也一样，桑桎，我觉得出事了。"

桑桎套上衣服就往外跑。

两个人几乎是同时到的，当他们破门而入，漆黑一片中，那如同死亡般的气息笼罩在头顶，而司徒胜己和司徒南躺在各自卧室的床上，安静得如同睡着了一样。

却怎么都叫不醒。

南嘉予不敢再回忆下去，她用手捂住了脸。

傍晚时分，盛远时的父母竟然来了，看过南庭后，盛叙良当众给了盛远时一巴掌，责问："你多大的人了？是怎么照顾人家姑娘的？"言语中就要抬脚招呼过去。

盛远时原地站着不动。

齐妙看不下去，冲上前拉住盛叙良，把老人家劝住了。

齐子桥没有对南嘉予说什么寒暄之语，只是坐到南嘉予身边，轻轻地握住了她的手。

南嘉予明白，盛叙良赏盛远时的那个耳光是打给自己看的，而齐子桥那双如同姐姐一样温暖的手，让她眼眶微湿。南嘉予把脸别向一边，努力压下泪意。

盛家夫妇不顾齐妙的劝阻，在医院待了整晚，直到确定南庭完全脱离危险，才在清晨时离开，临走前，齐子桥说："是远时不好，他有错，你尽可以教训他，我和他爸爸不会有半句微词，但你自己一定要保重身体，南庭需要你。"

即便对盛远时有再大的不满，面对如此通情达理的父母，南嘉予还能说什么？

当只剩南嘉予和自己时，盛远时走到她身边，坐下："要是您不喜欢我随南庭叫您小姨，我就称呼您……南律师。"

南嘉予闭了闭眼睛。

盛远时把目光投向寂静的走廊深处："我知道您不认可我，对您来说，我是凭空冒出来的入侵者，打乱了您为南庭规划好的未来，还破坏了你们娘俩的关系。我没什么可为自己辩驳的，我只是想告诉您，我爱她，尽管过去的五年里，我没有为她做过什么，但也正因为这样，我才更加确定我有多爱她，这份爱在您眼里可能不及桑桎对她的付出，那是比寻找和想念更实实在在的守护，换作我，也会是同样的想法。我也很清楚，桑桎对她而言，是个特别的存在。我并不喜欢这个人，可我没动过让南庭远离他的念头，更没想凭借南庭对我的爱，和您，和桑桎，一较高下。尤其发生今天这样的事情后，我也明白了，为什么您希望她和桑桎在一起。相比之下，桑桎确实能够给予她更周全的照顾。但是，南律师，爱人和医生的区别，不必我赘述，您应该比任何人都清楚。"

南嘉予偏头看向盛远时，面前的年轻人，眉目飞扬，轮廓硬朗阳刚，相比桑桎的平和温雅，更多了几分强势的自信，如果不是他缺失了过去的五年，连飞行员的职业，和南庭都显得那么相配。然而，南嘉予低头看了看手里的那份病历，把它递向了盛远时。

此前，盛远时迫不及待地想要拿到它，借此了解南庭的身体状况，可当它近在咫尺，他竟然没有勇气去接，像是还没有准备好，去接受那个或许对他而言，惊天的真相。

南嘉予洞悉了他的犹豫："目前出现过的最严重的情况，无非就是像这次这样，由于对多种药物有排斥反应，一不小心，就有生命危险。"

她语气淡得像在聊天气，但言语背后的压力，让盛远时意识到，自己所笃定的对南庭的爱，是缺少了底气的，因为不够了解，因为在危难之时的无所作为。

南嘉予却还没有说完："至于她为什么好端端的就病倒了，或许是我把她逼急了吧。这孩子心思比从前重多了，有很多事，都不愿意说出来。每次我问她，工作怎么样、身体怎么样，听到的答案永远都是：好，很好，特别好。我都不知道，这世上竟然有那么多值得高兴的好事。"久而久之，她才养成了向桑桎了解外甥女近况的习惯。

司徒南是开朗热情的，遇到让她不快的事，她会嘴不饶人地冲上去理论，气极了还会动手，比如那一年在苏黎世机场，她不会考虑后果，只会在事后带着几分悔意地说："好像也没那么严重，哎呀，我太冲动了。"然后笑眯眯地撒娇，"谁让人家是小公主呢。"南庭则是隐忍坚忍的，什么事在她眼里，都能过得去，比如那些中伤她的谣言，她也能一笑置之，多一个字都不向盛远时提及。

这么大的转变，当然是有原因的，这个原因，盛远时意识到，不仅仅是司徒胜已破产，他的目光落在那份病历上，仿佛要透过档案袋，看清楚里面的一切，终于，他伸手接过来，准备拆开。

南嘉予在这个时候再次开口："我比南庭更早认识桑桎。"

于是，这场谈话，以桑桎为起点——

"那个时候，我还是个名不见经传的小律师，没有案子接，没有官司打，能够做的，就是为所里那些大律师跑跑腿，连助理都不如。"南嘉予的视线落在窗外的梧桐树上，声音听上去悠远缥缈，"桑正远是个风评很差的商人，为了利益最大化，向来不择手段，他点名请我做'远洋物流'

的法律顾问，不是我有多厉害，而是业内的很多人，担心有损自己的名声，不愿和他扯上关系。”

但对当时的南嘉予来说，她还没有谈名声的资格。况且对她而言，那个时候做得最多的，无非就是确保“远洋物流”所签订的合同，条款百分之百有利。这并不违背原则和操守，南嘉予没有拒绝的理由。

让南嘉予一战成名的官司，是桑桎姑姑的离婚案。那是一桩在业内人士看来必败无疑的官司，尽管桑桎的姑姑是受害者，可她因受不了丈夫在自己怀孕期间出轨的打击，心理上出现了问题，导致对方占了上风。

一旦官司输了，桑桎的姑姑不仅会失去孩子的抚养权，还会影响“远洋物流”的运作。

南嘉予不是女权主义者，但对于女人，她一直都是愿意无偿给予法律援助的。于是，她主动请缨，要做桑桎姑姑的代理律师。桑正远向来视公司利益为第一，他输不起那场官司，可除了南嘉予，没人敢接那个案子，一方面是，表面看来它赢的机会太小，另一方面则是，桑桎的姑夫家有一定的背景，且聘请了在离婚案方面最有经验、最知名的大律师。如此比较下来，南嘉予显得太过默默无闻。

却别无选择。

无奈之下，桑正远只能把案子委托给她。那个时候，桑桎在心理学方面的造诣远不如现在高，为了帮助姑姑站起来，他请到自己的老师为姑姑做心理辅导。所以，能赢得那场官司，除了南嘉予的全力以赴外，还有桑桎的功劳。自此，两人成了朋友，南嘉予也因为这桩轰动全城的离婚案声名大振。

“我虽然是南庭的小姨，但我其实没长你们几岁，桑桎之前一直也是叫我南姐。”南嘉予偏头看了盛远时一眼，“我和桑桎认识十年，他和南庭认识七年，可作为小姨，我对南庭的了解，其实还不及桑桎对南庭的了解。”

盛远时以为：“他们是通过您认识的？”

南嘉予点头："桑家比较复杂，家业没多大，明争暗斗的人却不少，桑正远要不是靠着离了婚的妹妹的支持，也掌不了权。桑桎又无心生意，他的几个叔叔和堂弟就在等着桑正远下台，凭南庭的心无城府，嫁给桑桎，嫁进桑家，可能会像宫斗片里小配角的命运一样，活不过三集，况且那个时候南庭尚未成年，考虑婚姻还太早，我从未想过去为她筹谋这些，我也相信，司徒胜已不会像桑正远那样，为了公司发展牺牲女儿的幸福。"

南庭和桑桎的相识，并非南嘉予有意安排，尤其桑正远一心要和何家联姻，她怎么会傻得把自己的外甥女牵涉进来?

可人生总有意想不到的事情发生。

南嘉予几不可察地叹气："这几年，我不止一次问自己，如果桑桎和何子妍订婚那天，我没有带南庭去观礼，是不是现在的南庭，会不一样？"

他们竟是在桑桎和何子妍的订婚宴上相识的。

盛远时始料未及。

那个时候的司徒南，在桑桎眼里还是个没长大的小姑娘。而她作为来和小姨玩的不速之客，眼神里充满了好奇和嫌弃，如同场外评说："是仪式越隆重，爱情就越长久吗？搞得这么夸张，好像就不会离婚似的。"

话并不中听，却无比现实。

桑桎其实也禁不住想：一场满城皆知的订婚宴，其中爱情的成分有多少？利益的瓜葛又有多少？可和一个陌生的，看上去还没有成年的小姑娘谈爱情，似乎也很莫名其妙，不过，也恰恰因为不相识，才能无所顾忌，他饶有兴致地问："那你觉得什么样的爱情是能够长久的？"

"我又没谈过恋爱，哪知道？"司徒南答得理所当然，"但肯定和仪式没关系。"她看向身穿礼服的桑桎，"你这个男主角不陪在女主角身边，躲在这里长蘑菇啊？"

桑桎笑问："长蘑菇是什么意思？"

长蘑菇都不懂的人，她才懒得解释，司徒南敷衍地说："就是发霉。"

桑桎失笑："你叫什么名字？"

“司徒南。”她说着低头看了看自己礼服款的连衣裙，“好好的周末，本来是要和小姨吃饭、逛街的，结果竟然带我来这里参加这种无聊的宴会。”

“你小姨，”桑桎问她，“是哪位？”

“南嘉予。”

“南姐是你小姨？”桑桎显然没想到还不到三十岁的南嘉予竟然有这么大的外甥女，且两个人的性格南辕北辙，大相径庭。

“我小姨是你南姐？那我……”司徒南瞪着大眼睛看他，“不是要叫你叔叔？”

很多小朋友都叫他叔叔，桑桎从没觉得有什么不好，但如果面前的这位大朋友叫他叔叔，桑桎有些接受不了，他哭笑不得地问：“我有那么老吗？”

司徒南挑眉：“看和谁比呗。”

桑桎非但没有生气，面孔上的笑意都蔓延至眼底：“看来我要考虑下，日后怎么称呼……你小姨。”

司徒南托腮想了想，建议道：“要不你随我叫她小姨？否则，我就叫你桑叔叔喽。”末了还鬼灵精似的补充一句，“我委屈点没关系的，就怕你未婚妻何小姐接受不了我叫她……婶。”

遇见这样一个古灵精怪的司徒南，让此前对和谁订婚都无所谓，只要能继续从事心理学研究的桑桎开始思考爱情。可那个时候的他不仅仅是桑桎，还是何子妍的未婚夫，这个身份，让他不能轻易对何子妍以外的人说爱。

桑桎也提醒自己：只有和何子妍结婚，你的父亲才允许你做自己喜欢做的事情。桑正远更不止一次看似叮嘱，实则告诫他：“你不愿意接管公司，我依了你，可公司的发展，你不能不顾，谁让你姓桑呢。”言外之意，你要继续从事心理学的研究，只能以婚姻为代价。身为桑家人，这是你摆脱不了的责任与命运。

鱼与熊掌的道理，桑桎当然是懂的，可这世上，绝大多数人都是贪心的，他们既想要做自己喜欢的事，又想和喜欢的人一起做喜欢的事，觉得无论缺少了哪一个，都是不完美的。尤其桑桎更像被人下了蛊一样，对巧笑嫣然的司徒南念念不忘。当他意识到，这种念念不忘是一见钟情，是爱，桑桎控制不住地开始期待，并试探何子妍，希望由她打破僵局。

何子妍却爱上了他，非但没有悔婚之意，更有意让两家的家长商量，把婚期定下来。

那段时间异常痛苦，因为某些念头一旦涌起，就压抑不下去，桑桎几乎夜不能寐。一个无法解决自己睡眠问题的心理学研究者，桑桎的心情也是无以言表。

连南嘉予都发现了他异于寻常，问："怎么好像有心事？"

换作别人，桑桎可能会憋不住一吐为快，如果是那样，他或许不会隐忍至今，偏偏这个人是司徒南的小姨，桑桎无法启口，就敷衍地说："没事，最近太累了。"又忍不住把话题带到司徒南身上，然后了解越多，越觉得司徒南与众不同，越放不下。

南嘉予何其敏感，通过几次聊天，就看出了端倪，她于是有意无意地提醒桑桎，他是何子妍未婚夫，同时，也不再和他聊任何关于司徒南的话题。桑桎才发现，每天研究心理学的自己，竟忘了掩饰自己的心理。

转机就在那个时候出现，确切地说，是变故。突然有一天，桑桎无意间听桑正远意味深长地说："司徒家虽然现在看来实力不如何家，但如果我们两家合作，我们或许获利更多，司徒胜已那个人，不像何勇胃口那么大。"

桑母觉得悔婚实在不厚道："子妍那孩子挺好，对小桎也很用心，每次见到我都是伯母长伯母短的，还陪我逛街买衣服……"

"你一个妇道人家懂什么？"桑正远几乎是疾言厉色地训斥妻子，"我们桑家是普通的人家吗？多少人排着队等着嫁进来，随便拉一个，都会对你伯母长伯母短的，两句好话就把你收买了？目光短浅。"

桑母一句话都不敢说。

桑桎心疼母亲，他适时说："爸，订婚不是小事，尤其大半个 A 市有头有脸的人都被你请来参加了订婚宴，这种情况下，你又要反悔，这要是传出去，对我们桑家的影响也不好。”

可一时的影响和永久的利益相比，桑正远的选择绝对是后者，他极为不悦地说：“对你来说娶谁都一样，但对于桑家而言，我们当然要挑一个能助生意更上一层楼的人，才是上上之选。”

桑桎忍不住反问：“是不是在你眼里，利益比儿子的幸福更重要？”

“没有利益为基础，你谈什么幸福？”桑正远见儿子竟敢反驳自己，气得直摔茶杯，“没有你老子为你创造利益，你能想干什么就干什么，想出国留学就出国留学吗？翅膀还没硬呢，就敢教训你爹了！不知天高地厚。”

有这样不可理喻的父亲，桑桎气愤不已：“我已经任你摆布了一次，不会再有第二次。”

桑正远气得随手拿起水晶烟灰缸砸过来，桑桎没有躲，任由父亲把自己的额头砸到流血。桑母哭喊着送儿子去医院，桑桎却平静到无波无澜，似乎受伤的不是自己，而是一个傀儡。

没想到在医院还能遇见司徒南，桑桎认出是她，有点急地问：“你怎么在这儿？哪儿不舒服了？”

“你是……”他额头上有血，司徒南险些没认出来，“桑叔叔啊。”

这声“叔叔”险些让桑桎吐血，她却还嫌不够似的，针对桑桎额头上的伤说：“都要做新郎的人了，怎么这么狼狈啊？”

桑桎有口难言。

桑母见状问：“这位是……”

想到父亲的势利与算计，桑桎无意为母亲介绍，司徒南却站起来说：“是你妈妈吧，阿姨您坐。”说着，就要把座位让给桑母。

桑桎才发现她腿上的异样。

司徒南则无所谓地说：“不小心在台阶上摔了一跤，医生说是什么膝盖损伤？哎呀，说了一大堆，我也听不懂。”

“膝关节韧带损伤？”桑桎蹲下来，像是要给她检查。

对司徒南来说，他是个陌生男人，她的内心是抵触和他有肢体接触的，所以她有意识地退后，可她膝盖伤着，动作不灵活，差点就摔了，幸好桑桎扶了她腰一把，她才站稳。

为避免冒犯到她，桑桎接过了她手上拿着的小袋子：“医生给你开了什么药？”

“活血片、云南白药胶囊、活络丸、红花油、大膏药。”司徒南打开袋子给他看，“这么一大堆，搞得我都想开药店了。”

桑桎逐一看过后说：“这个膏药的效果还不错。”然后不放心地嘱咐她，“近期要多休息，避免剧烈运动和负重。”

司徒南歪着脑袋看他：“你这语气和医生一模一样啊。”

桑桎也没隐瞒，直言道：“我就是医生。”

司徒胜己在这个时候到了，他眼里根本容不下任何人，直奔女儿而来，紧张地问东问西，听司徒南说完又不放心地去问了医生一遍，一再确定没有问题，才要带司徒南回家。搞得司徒南都忍不住说：“老爸，你是不是早更了，怎么越来越啰唆？”

司徒胜己并不是那种高大英俊的男人，四十多岁的他明明还不算老，鬓角却有了白发，额角饱满，眉眼温和，是那种让人觉得有慈眉善目之感的模样。桑桎听见他叹着气对女儿说：“爸爸不是早更，是真的到了更年期。”

司徒南被他扶着，一瘸一拐地往外走：“那我不是要嫌弃你了？”

司徒胜己用自己的手臂撑着女儿的身体：“等你有了男朋友，嫌弃老爸也是理所当然的。”

司徒南笑嘻嘻的：“不是说娶了媳妇忘了娘吗，怎么嫁了老公也要抛弃爹？”

司徒胜己像个孩子似的问女儿：“那你会不会抛弃爸爸啊？”

司徒南一派天真地说：“我再没良心也知道自己姓司徒啊，再说了，你赚那么多钱，我总不能和钱过不去吧，我还等着你给我准备好多好多嫁妆，在婆家耀武扬威呢。”

司徒胜己哭笑不得：“我怎么这么命苦啊，本以为生了个女儿，是得了件小棉袄，结果却是养了个小债主。”

“别装可怜了，等我有了男朋友，让他像儿子一样孝敬你，行了吧？”

“他孝不孝敬我没关系，对你好就行。”

“不对我好，我干吗嫁给他啊？”

这样融洽的父女关系，这么温暖的父女相处，令桑桎羡慕，他对母亲说：“那是司徒南。”

小姑娘伤了腿还给她让座，这一举动已让桑母对司徒南第一印象很好，她注视着司徒的背影，若有所思。

桑桎有一段时间没回家，直到额头伤愈，等他再次踏进家门，桑正远像什么都没发生一样旧话重提：“你考虑过何家的婚要怎么退吗？”

桑桎有种破罐子破摔的消极：“订婚是你安排的，要悔婚当然也该由你开口。”

“我出面代表的是整个桑家，影响太大；你开口的话，就是小儿女的情情爱爱。你应该顾全大局。”桑正远一副理所当然的样子，也不管儿子的意愿是什么，径自说，“只是司徒家那丫头比何子妍有个性，而且我看司徒胜己很溺爱她，要不是女儿喜欢的人，他未必能同意这门婚事。”

“爸，你能不能不要什么事情都只考虑自己？”桑桎恼火，“司徒南才多大？还没成年吧。你以为谁都愿意牺牲女儿的终身幸福，换取商场上那点利益？”

“不趁她小不懂事早早把事定下来，等她有主意了，再遇到喜欢的人，能听家里安排吗？”桑正远指着桑桎，“或者你愿意放弃心理学，进公司跟我做事？”

桑桎对管理公司毫无兴趣，尤其桑正远还是个唯利是图的商人，他害怕有一天变成和父亲一样的人，所以他说：“我的婚姻随你安排，但我的研究，你别干涉。”

于是，桑正远借和司徒胜己谈生意之余，有意无意地提及儿子的婚事。桑、何两家有婚约，司徒胜己怎么可能不知道？他又向来一切以司徒南的喜好为前提，就这样，无论桑正远如何试探，他都只说：“蛮蛮还小，等她长大了，让她自己拿主意。”

两家的合作倒是进展顺利。在桑正远安排的一次饭局中，桑桎和司徒南正式见面。司徒南见面就喊“桑叔叔”，桑桎也不介意，像对待妹妹似的称呼她南南。司徒胜己见两人相处融洽，什么都没说，反而是司徒南回家后说：“爸爸，桑叔叔，我是说那个小桑叔叔，他可是何家未来的女婿，你和那位老桑叔叔合作，要小心点，我看他不像好人。”

司徒胜己对桑正远的为人也有耳闻，故而合作中也一直谨慎小心，他也提醒道：“你和那个桑桎也要保持距离，别让何家误会。”

司徒南当即表态：“他那个人好闷的，你问他什么，他都好好好，要不就问东问西，我都快以为他是我的家庭医生了。他还是搞心理学的，和他在一起，简直不敢有表情，要不然分分钟就要被他发现心里想的是什么。下次再和桑家吃饭，千万别叫我去。”

司徒胜己就放心了。

桑正远却千方百计要和司徒家结这门亲，见桑桎和司徒南又认识，他居然命令儿子去追司徒南。桑桎确实对司徒南有心，可他看出来，司徒南对他无意，当然是不肯答应，父子俩又一次不欢而散。

从对悔婚的抗拒，到最终决定悔婚，是长达一年的对峙期。当桑桎越来越期待和司徒南在一起，他终于还是遵从了桑正远的意愿，确切地说，是遵从了自己内心最真实的感受吧，他对何子妍提出分手。

何子妍平静地说：“我以为为了两家的合作和发展，你就算不那么喜欢我，也能忍。”

本以为一辈子不长，和谁在一起都差不多。结果发现，如果对方不是自己喜欢的人，一年都是漫长而折磨的。桑桎只能对她说：“对不起。”

何子妍问他："是因为司徒南吗？"面对桑桎诧异的目光，她一笑，"那天我恰好也去了医院，当我看见你听说她膝盖韧带损伤时的表情，我就知道，你喜欢她，胜过喜欢我。"

原来那么早她就发现了自己的心思，桑桎无言以对。

何子妍没有纠缠，还承诺会说服爸爸何勇，争取不影响两家的合作。桑桎如释重负，可面对桑正远试图运作与司徒家的另一场联姻时，他一反常态地坚持，一定要得到司徒南的认可才议此事，否则马上出国，再不回来。

桑正远见他肯主动追求司徒南，终是妥协。

桑桎以为，和司徒南之间，自己是有机会的，可他怎么都没料到，司徒南在那一年的圣诞节遇见了盛远时，从此，这世间的男子，再入不了她的眼。

而就在司徒南随盛远时执飞的那个暑假，司徒胜己的"胜清地产"出现了资金问题。经过半年多的垂死挣扎，终是难逃破产的命运。

是南嘉予率先发现幕后黑手是何家，起初她以为，一切皆因桑家悔婚而起。桑桎也以为是桑家连累了司徒家，他和桑正远说："我去说服司徒南和我结婚，你对司徒叔叔施以援手，帮他渡过难关。"

桑正远却像听了个笑话似的说："是我傻了，还是你傻了？这种情况下，我们桑家为什么要蹚这潭浑水？"

桑桎不认识似的注视桑正远："你别告诉我，你要在这个时候放弃司徒家？"

桑正远理所当然地说："我没落井下石，就是手下留情。"

桑桎在那一刻认清了自己父亲的为人，他有种心灰意冷的绝望。

"不要以为你的那点心思我没看出来。"桑正远眯眼看向桑桎，"你明明喜欢司徒家那个丫头，却拖了一年才肯退何家的婚，为的就是让我先开口，把主动权放在自己手里。可你知不知道，这一年里，何家做了多少准备？我们桑家又损失了什么？"他的目光锋利如刀，语气冰寒彻骨，"桑桎，我都没发现，你才是最贪心、最善于谋划的那个。"

他不说自己利欲熏心，却认为被儿子摆了一道，是被算计的那个受害者。这样的父亲，桑桎永生永世都不想认他："我不管你打的是什么主意，在这件事情上，你要是敢联合何家做丁点不利于司徒家的事，我会把名下桑氏的股份，无偿地送给二叔。"

桑桎的二叔桑正业比桑正远年轻许多，一直对桑氏大权虎视眈眈，一旦让他得到侄子桑桎名下的股份，就意味着，他将从大哥桑正远手上夺得桑氏的掌舵权。

桑正远遭此威胁，气极攻心，吼道："你个吃里爬外的东西！"

桑桎笑得云淡风轻："你不帮司徒家脱困，就别怪我让你陷入困境。"

为了桑氏的大权，桑正远终是妥协。可何家出手太狠了，他们不仅让司徒胜己耗尽毕生心血创建的"胜清地产"陷入财务危机，更通过一个项目设了个局，一心要把司徒胜己送进监狱。

自知无法通过注资的方式挽救"胜清地产"，桑正远退缩了，他试图和桑桎谈条件："何勇和司徒胜己早年就为了竞一块地有过节，这次的事情，与我们桑家退婚没有关系，我们并不欠司徒家什么，总不能为此把桑氏赔上。"

桑桎不信，去向南嘉予求证。结果竟是真的，何勇确实与司徒胜己有旧怨，而何勇给司徒胜己挖的这个陷阱，没有三年谋划，根本实现不了。对于司徒家的困境，南嘉予自知无力回天，她只能考虑弃军保帅之策，力求为司徒胜己免除牢狱之灾。

司徒南那么小就失去了母亲，南嘉予不想她刚刚成年再失去父亲。

就这样，桑桎和桑正远有了第二回合的谈判，桑正远答应扛住何家压力，不参与打压司徒家，以确保司徒胜己在南嘉予的支持下，免除牢狱之灾，条件是：桑桎在三十五岁之时，回桑氏接管大权。至于司徒南，如果那个时候他还一心想要娶，桑正远说："随你。"

这场战役就这样拉扯着持续了半年之久，司徒南却临近尾声才知情，看到司徒胜己强颜欢笑地陪伴自己，看到南嘉予与桑桎四处奔走，什么都不能做的司徒南陷入了前所未有的压抑之中，她看似无异地上学，笑对那些半真半假的非议，在司徒胜己和远在纽约的盛远时面前，依然笑靥如花，却开始因担心司徒胜己会去坐牢而无法好好吃饭，患上了胃溃疡，又在不知不觉中有了抑郁的征兆，后来发展到根本吃不下饭，演变成胃穿孔。

有多少次，司徒南都忍不住想问盛远时："你什么时候回来？"却因听见他说"我最近很忙，蛮蛮你要听话"而放弃。或许，她并没有意识到自己病了，也可能是她意识到了，毕竟，身体不舒服，谁会毫无知觉？却因为更知道无论是司徒胜己还是南嘉予，都在放手一搏，她不想分他们的心，如果不是因剧烈腹痛而休克，被桑桎发现送往医院，没人看出司徒南的异样……

所以，在盛远时回国前，司徒南已经因胃穿孔进过医院，而他回国时，她正在遭遇抑郁症的困扰，情绪十分不稳定。

那个娇生惯养长大，那个在他眼中尚未长大的司徒南，有多坚强，盛远时几乎想象不出，他左胸口涌起尖锐的疼，那些由南庭突然发病而滋生的寒意与惧怕，迅速扩大蔓延，让他眉宇之间掠过无法掩饰的痛楚。

南嘉予的声音也哑了："我问她，为什么不告诉我们她病了？她奄奄一息地躺在病床上，有气无力地对我说，她连爸爸都要没了，哪还有心情想自己是不是病了？"

盛远时怕自己再听下去，就没有勇气去证实那个在心里盘桓许久的猜测，他终于问出口："司徒叔叔……是不在了吗？"

南嘉予像是猜到他会有此一问，脸色苍白地笑了笑："你是想问，他是不是自杀了吧？"

当盛远时从空管中心要到南庭的档案，看见上面父母一栏显示的那个"亡"字，他不知怎的就是认为司徒胜己自杀了。一个失去挚爱妻子，又遭遇破产巨变的男人，是有可能失去理智走上自杀那条路的。而南庭的性格大变，盛远时也想过，应该是失去司徒胜己给她造成的重创导致。

却没那么简单。

“你猜中了，那个不负责任、怯懦的司徒胜已选择了自杀。而他，不仅想要自己死，还想把南庭一并带走。”眼泪终于夺眶而出，向来刚强的南嘉予艰涩地继续，“都说虎毒且不食子，我怎么都想不到，他竟然骗南庭喝下了一杯……带有大量安眠药的牛奶！”

空气在瞬间凝结，盛远时手上的病历掉在地上，他脸上最后一丝血色终是被抽走。

最后，南嘉予用破碎不堪的声音问：

“盛远时，你能想象，她被抢救过来后，说没有心情活着时的绝望吗？

“盛远时，你能想象，她是如何说服自己，去原谅一个对自己谋杀未遂的父亲吗？

“盛远时，你说，我为什么要一意孤行地给她改随母姓？

“盛远时，你还认为桑桎仅仅是她的主治医生吗？”

这四连问，如同尖刀一样扎进盛远时心里，让他的胸顿时血肉模糊，他明明可以为自己辩解，他明明也有属于自己的委屈，但这些情绪在南庭遭遇的痛苦面前显得那么渺小，不值一提，而此前的心疼，心疼她从公主跌落成灰姑娘所吃的苦，心疼她的成长和蜕变，在这一刻终于演变成抽筋剥骨的疼。那疼让盛远时全线崩溃，什么自制、坚强，通通不起作用，他艰难地张了好几回口，才勉强发出声音：“我，出去一下。”然后，几乎是摇晃着站起来。

抬步时却还是趔趄了一下，差点摔倒，最后，他扶着墙缓了几秒，才疾步走了。好不容易撑到离开南嘉予的视线范围，走进无人的楼梯间，盛远时整个人虚弱下去。

如果他是一个女人，他一定会控制不住号啕大哭。可他是个男人，他只能抬手遮住自己的脸，任由泪水滚滚而下。

这一刻脆弱无助得不成样子的盛远时像极了分手那天的司徒南——

五年前最后一次和盛远时见过面，司徒南漫无目的地在街上走了很久，她像个被遗弃的孩子一样边哭边走，边走边哭，有种失去全世界的痛，却只能独自消化下所有的难过，然后发现天黑了，该回家了。

却没有随叫随到的司机了，确切地说，那个时候，司徒家别说是车，连房子都马上就要被收走，司徒南哪里舍得打车？她坐公交，又转地铁，辗转了一个多小时才到家。尽管不习惯公共交通工具的拥挤和耗时，却只能尝试接受，因为明白，自己不再是从前挥金如土的司徒大小姐，以后的生活就是这样节俭和清贫。

司徒家的独栋别墅漆黑一片，寂静得像是无人居住的空楼。可司徒南知道，司徒胜己是在家的。公司没了，他再不用像从前那么忙碌，除了这个有她的家，他现在一无所有，不在家，能在哪儿呢？

夜风夹杂着冷意袭来，把冻透的司徒南吹得瑟瑟发抖，她站在门口平复好了心情，自觉司徒胜己应该看不出什么，才掏出钥匙开门，以愉悦的声音喊："老爸，我回来了。"

那一刻，那个尚不满二十岁的女孩子还在试图用父女之情，安慰遭遇人生巨变的父亲，她根本没有意识到，自己也正在遭逢变故，也需要别人的安慰和鼓励。

司徒胜己确实在家，他坐在一楼客厅的沙发上，把女儿的脚步声和呼唤听得一清二楚，可他像是失去知觉似的一点反应也没有，直到客厅的灯开了，他不适应突然而来的光线，才下意识闭了闭眼睛。

司徒南没有发现这一天的司徒胜己和以往有什么不同，已经有好长一段时间，他都是这么沉默的，而她像以往撒娇时一样，搂住老爸的脖子说："是为了惩罚我贪玩回来晚了，坐这儿吓唬我吗？"

司徒南是南嘉清去世后，司徒胜己唯一的安慰，他生怕自己给她的不够多，所以这些年来，他一直努力地赚钱，想要把这世间最好的一切捧到女儿面前，让她有享不尽的福，让她随心所欲、为所欲为地生活，结果他破产了，连最起码的生活都无法满足女儿，那种心痛和自责，或许只有为人父母，才能感同身受。

司徒胜己把司徒南拉到自己身边坐下，问她："蛮蛮，你怪爸爸吗？"

“怪你什么啊？你那么棒，白手起家创建了‘胜清地产’，给了我和妈妈最好的生活，我崇拜你都来不及。”司徒南仰着小脸看着司徒胜已，像个大人一样地说，“你别难过，不就是没钱了吗？这个世界上也不都是有钱人吧，我刚刚坐车回来，看见那些工薪阶层的人，也没愁眉苦脸啊。其实，那些最平常普通的生活也是充满了希望和快乐的，而且我已经成年了，可以赚钱养活自己的，你忘了吗？”她语气中流露出几分怯意和歉意，“但我从前不学好，没什么本事，好像没办法像你那么厉害，你不能嫌弃我。”

女儿变得这么懂事，司徒胜已非但不觉欣慰，反而更加自责了，他不敢去想，从小被娇生惯养长大的司徒南，怎么去过那种平常普通的生活，那些所谓的希望和快乐，从何而来？他也想过东山再起，可那谈何容易？想到司徒南日后可能会因为何家的咄咄逼人窘迫度日，司徒胜已已经接受不了了。

他搂住司徒南的肩膀，愧疚地说：“爸爸怎么会嫌弃我的蛮蛮？我的蛮蛮是这世上最可爱、最懂事的姑娘。”

司徒南依偎在老爸身旁，特别有自知之名地说：“我是最刁蛮、最任性、最能作的姑娘，也就是你，认为我哪儿都好。”

这是司徒南给予自己最中肯的评价，即便司徒家没有破产，她也清楚自己身上的缺点，就像她和盛远时说的，她是个除了长得漂亮，什么都不会做，还挑三拣四的人。

司徒胜已作为父亲，司徒南有什么优缺点他怎么可能不知道？但他一直认为，优渥的家庭背景是资本，有他为司徒南撑腰，司徒南是有底气做任何她喜欢做的事、追任何一个她喜欢的人的，现在他破产了，自己这个刁蛮、任性、能作的女儿要怎么继续她的人生？那一刻，司徒胜已万分后悔，后悔不该太溺爱司徒南，后悔没有从小培养她独立生活的能力。

却为时已晚。

心如死灰的司徒胜已忽然问：“蛮蛮，你想妈妈吗？”

换作平时，司徒南或许会说：“不想。”也可能反问他：“爸爸你呢，你想妈妈吗？”总之，她不是否认，就是回避，怕触及司徒胜已的心事。结果这一次，司徒南闻言环顾了一下这栋南嘉清生前住了不到一年的别墅，终是点头，实话实说：“但我不敢说，我怕我说了，你会更想妈妈。”

一个看似无忧无虑、没心没肺的孩子，一直在用自己的方式怀念着已逝的母亲，照顾独自抚养她长大的父亲的情绪。这么懂事、贴心的孩子，是最该获得幸福的吧，凭什么要被夺去至亲和所拥有的一切？那些命运的刁难，究竟要持续到什么时候？

绝望，充斥了整个胸腔。

司徒胜已像是呼吸不畅似的长长舒了一口气，才说：“是啊，爸爸也很想你妈妈。”

然后，他絮絮地对司徒南说了很多和南嘉清的过去，说作为孤儿的自己能遇到那么温柔善良的南嘉清，是他毕生的福气；说他那么地想和南嘉清组建一个家庭，却遭南家反对时的难过，以及决心放弃南嘉清时的不舍；说南嘉清在无法说服父母接受他后，毅然决然地追随他来到了 A 市；说他们一起创业；说他们曾经有多穷多难多苦；说南嘉清怀孕时妊娠反应有多强烈；说司徒南出生那天，他们有多开心和幸福；最后司徒胜已还说：“你妈妈走的那天，我也不想活了，可你那么紧地拉着我的手……”他说不下去了，眼泪一滴一滴地掉了下来，滚烫地落在司徒南的手背上。

司徒南不想哭的，至少不想在司徒胜已面前哭，可她到底是个孩子，终是没控制住，也跟着哭了，边哭边说：“你还有我啊爸爸，我会永远在你身边的。”

那个时候，司徒南是真的下定了决心要振作起来，重新开始的。她以为，破产的打击和阴霾总会过去，就算凭她的努力和能力无法让父女俩过上像从前那样富裕的生活，至少温饱没有问题。她甚至都想好了，先办一个休学，找一份可以谋生的工作，解决最基本的生活需要问题，等慢慢地积累了一些经验，就可以换一份工资高一点的工作，再好一点后，她再继续学业，边上学边工作。

会很难，但也不至于活不下去。

司徒胜已却彻底地失去了面对生活的勇气，他抱着女儿，不停地说：“我答应过你妈妈，要照顾好你，我没有做到，我对不起你妈妈，对不起你……”

司徒南反过来安慰鼓励他：“你没有对不起我们，你已经做得很好了，我尝过的美食，我见过的风景，我去过的国度，一切一切我享过的福，都因为我是你司徒胜已的女儿。爸爸，我长大了，轮也轮到我照顾你。”

可惜，即便她懂事如此，依然没能挽回司徒胜已自杀的决心。

他和司徒南吃了最后一顿饭，亲自把女儿送回了二楼她的房间，然后送了一大杯牛奶上来，放在她床头柜上，平静又温柔地嘱咐：“喝了再睡，能睡得好点。”

司徒南不觉有异，端起来就要喝。

司徒胜已忽然按住了她的手，看向她的目光沉重而痛心，可司徒南没有看出来老爸眼中的情绪，只以为他还被困在破产的阴影中走不出来，她说：“爸爸，你也早点睡，明天我们还要搬家呢。”

司徒胜已的手抖得厉害，他沉默了一会儿，问：“蛮蛮，你和爸爸说实话，你是不是不想搬走？”

谁在大别墅住惯了会愿意搬去小房子里？但司徒南不能说实话：“小姨家里很温馨的，她还为我们收拾出了独立的房间，我很喜欢那边，你也会喜欢的。”

司徒胜已笑了，是那种了然又欣慰的笑，他说：“只要和你、和你妈妈在一起，在哪里都可以。”然后松手，“喝吧。”

司徒南隐隐觉得有些古怪，但又说不出来哪里怪了，有那么一瞬间，她不太想喝那杯牛奶了，可司徒胜已没有走的意思，他就那么站在她床边，一副要看着她喝下去的样子，司徒南迟疑着端起了杯子，唇在杯口停留了几秒才喝，只一口，她就觉得味道好像不对，才要抬头说什么，就听司徒胜已用低沉的声音说：“都喝了吧。”她就没说话，一口气喝完了一整杯牛奶。

再往后的记忆就模糊了，恍惚中，司徒南隐约听见了急救车的声音，还有争吵声、咒骂声，有南嘉予的声音，也有桑桎的声音，除此之外，好像还有打架声，以及盛远时的声音，她想开口唤“七哥”，可无论她怎么用力，声音都像是无法冲破喉咙传出去。她特别着急，怕盛远时走了，就伸出手去抓，在落空了无数次后，终于被一只温暖的手握住，然后，她听见一道低沉的男声近在咫尺地说：“蛮蛮，七哥在呢，七哥不会走，永远都不会。”

南庭猛地就睁开了眼睛，洁白一片的世界里，盛远时脸上焦急忧心的神情纤毫毕现。

盛远时真怕她醒过来是自己的幻觉，不确定地轻声唤：“蛮蛮！”

南庭用尽浑身力气，握了下他的手，声音细若蚊蚋地问：“你回来了？”还记得他之前答应自己，晚上会从 A 市赶回来。

盛远时的眼睛瞬间红了，他哽咽：“是，回来了。”

南庭朝他伸手：“七哥，抱抱我。”

盛远时俯身，小心翼翼地把她抱进怀里。

南庭汲取他身上的温暖，哑声说：“破产跳楼的例子太多了，我那时特别怕他想不开，怕他扔下我……自杀，我向他保证，我能过没钱的日子，我可以工作养活自己，养他的老。我还旁敲侧击地告诉他，我不想变成没有父母的孤儿。我以为这样，他就舍不得死……”她说不下去了，眼泪滚落而下。

盛远时紧紧地抱着她：“你还有我。”

南庭失声痛哭。

五年了，内心深处的委屈与后怕终于在这一刻得以宣泄。

南庭做了一系列的检查，结果显示，除了身体还有些虚弱外，没有其他异常。这明明是个好消息，盛远时却依然放心不下，毕竟，南庭的病来得太突然，又严重到出现了生命危险，现下连病因都找不到，日后要如何规避再发的风险？

李主任其实也有同样的顾虑，可连临床经验丰富的陈院长都没有接触过类似的病例，他确实有些束手无策，他的诊断，确切地说是判断，南庭此次发病，除了是淋雨导致的免疫系统问题外，主要还是受心理和情绪的影响，他建议盛远时，和桑桎好好聊一聊。

可他在南庭醒过来后就离开了医院。得知桑桎在司徒家遭遇破产时的维护和付出，盛远时心存感激，并愿意在桑桎遇到困难时，尽他所能，予以相报。至于南庭的以爱相许，盛远时只能说，抱歉。可他还是决定，在南庭出院后，找个合适的时机和桑桎见一面，有些话，还是要当面说的。

知道自己昏睡了三天三夜，南庭才明白为什么盛远时那么憔悴，不仅下巴上的胡楂长出来了，一双深眸更是带着赤红的血丝，可让他回家休息他又不肯，南庭只好改变策略说："李主任都说没事了，你还担心什么？回去收拾一下啊。你又不是不知道，我这个人看脸的。"

盛远时摸摸她明显瘦了的小脸："没事就更得陪着了，要不你多无聊。"

南庭嘟嘴："我最会自娱自乐了。"

回想南嘉予说的："我自认是个无所畏惧的人，可我无法想象，她是如何清醒着面对全世界的沉睡的。"盛远时的神色凝重下来："黑夜那么长，如果不把自娱自乐的精神发挥到极致，会很难过是吗？"

南庭抬眼看他，眼底满是惊讶。

盛远时抚摩她的头发："如果不是你这一病吓到南律师了，想必她和你一样，并不愿意让我知道这些。"

南庭就明白南嘉予把一切都告诉他了，她垂眸不语。

盛远时伸手把她搂过来，与她交颈而拥："七哥喜欢那个热情开朗、爱说爱笑的司徒南，也喜欢那个在波道中给我指令，冷静专业的南庭管制员，除此之外，七哥还能够接受和包容你的顽劣任性，哪怕是胡作非为，七哥都心甘情愿为你善后。在七哥心里，你是这世上最美好、最可爱的女孩。可我的蛮蛮却认为她的七哥是个没有责任和担当的男人，把破产、意外、睡不着这些困境和难题，一瞒就是五年。”

感觉到南庭伸手回抱自己，他又舍不得说一句重话：“想到你独自面对的那些……我心疼归心疼，却也真的有点怪你，遇到那么大的事，你怎么就能忍住不告诉我？蛮蛮，你知不知道，当我打你手机，那边提醒我是空号的时候，我是什么心情？如果我盛远时是那种因为你的家世背景而选择和你在一起的男人，我就不值得你喜欢。”

“我没有那么想你。”回想五年前那个夜晚，南庭也是心有余悸，她哽咽，“被抢救过来的时候我就在想，为什么自己那么失败，连老爸都不相信我可以过回平凡的生活，认为我连活下去的能力都没有。那个时候，特别绝望，恨不得没有被抢救过来，就那么一走了之。我拒绝吃饭、拒绝说话，更想趁小姨和桑桎不在自杀，觉得那个只能依靠老爸活着的司徒南，不配被人关心照顾，更不配你喜欢。后来桑桎给我做了很多次的心理疏导，我渐渐明白，让别人相信的唯一办法，就是你真的做到了，而不是用嘴说：我可以、我能行。”

她附在盛远时耳边轻声说：“七哥，谢谢你，如果没有认识你，可能不会有现在自食其力的南庭，是想和你在一起的念头支撑我走过来的。”

盛远时抱她更紧：“那些痛不欲生、朝不保夕的日子，是你自己咬着牙一点一点熬过来的，所以，你要感谢的人不是我，是你自己。”

南庭出院那天是个难得的晴天，初秋的阳光如音符般流动，温暖灿烂，把近几日湿濡的阴霾和深浓的忧伤都晒光，空气澄澈，微风轻拂。

南庭像个孩子似的伸了个懒腰，一副舒服惬意极了的样子：“还是外面好，病房绝对是个会让人发霉的地方。”

盛远时先把她的背包放上车，边说“我闻闻有没有霉味”边把孩子气的她抱上副驾，随即半个身子都探进车里，衔住她的唇，温柔地吻了好一会儿。

吻过后，南庭还舍不得松手，她搂住盛远时的脖子撒娇：“不喜欢医院里消毒水的味道。”

盛远时的唇贴在她耳朵处：“以后我们再也不来了。”又想起什么似的一笑，用仅有两个人能听见的音量说，“除非你生宝宝。”

南庭害羞地推开他，嘟囔：“我还没做够宝宝呢。”

盛远时抬手，宠爱地刮了她鼻尖一下：“行，先宠你。”

南庭笑得眉眼弯弯。

从医院出来，盛远时直接把车驶向了机场，到了 G 市空港，他行使南程盛总的权力带南庭走员工通道，直接登机。他们才在头等舱落座，舱门就关闭了，南庭笑望他：“盛总就是不一样，全机的人都在等你。”

盛远时抬腕看了下表：“我们没有迟到，还提前了十分钟。”说着捏了捏她的小下巴，“跟你七哥混，会有很多特权，以后慢慢带你体会。”

趁乘务长转身的空当，南庭倾身上前，快速地在他唇上啄了一下。

盛远时笑得幸福又矜持。

飞机却没能准时起飞。

乘务长把延误的消息第一时间汇报给盛远时，他让南庭坐着等，自己起身去了驾驶舱，结果塔台方面并没有说明延误原因，他便代表机长做了个机长广播：“女士们，先生们，我们的飞机暂时还无法起飞，而且很遗憾，尽管我们积极地和塔台沟通，目前还不太清楚具体的延误时间和原因，为此耽误了你们的行程，我代表全体机组人员向你们表示歉意。接下来，我们还会继续和塔台保持紧密的联系，一旦有确切的起飞时间，我会马上广播通知。当然，如果你们有关系不妨动用起来，我们也想快点飞。或者你们小憩片刻，和邻座聊会儿天也行。”

连机长都不知道是怎么回事，旅客就更蒙了，而这趟飞机上没有有关系的人，于是，大家只好听从机长的建议眯一会儿或者聊一会儿了，当然，也有性子比较急的旅客吵嚷着让乘务员再去驾驶舱问问机长，还要多久才能飞。

南庭欣赏她七哥的广播风格，而为了帮她七哥了解情况，她拿出盛远时给她新买的和他同款的手机，给大林打了个电话。

大林刚从席位上下来，手机是通的，他告诉南庭："是军方活动占用机场，预计三十分钟后可以放飞。"然后顺手查了下出港航班的排位情况，"你们的航班排在第三，很靠前了，等吧。"末了还笑着补充了一句，"正好给你和盛总多一点时间卿卿我我。"

南庭及时把消息反馈给了驾驶舱，很快地，那道低沉磁性的男声再次响起，盛远时先是通知了预计延误时间是半小时，接着说："我们现在的排位是第三，非常靠前，请大家耐心等待，看看报纸，睡一会儿觉，眼睛一闭一睁，时间就过去了。"

盛远时愉悦的情绪感染了全机的乘客，南庭听见有人说："延误都没觉得不开心，真是奇怪。"她也弯起唇角笑了。

盛远时回到客舱，笑睨着她："有个管制员女朋友，机长再也不担心延误了。"

南庭抿嘴笑："就这么一点小小的权力，当然要动用起来了。"

盛远时失笑。

半小时后，飞机起飞，直飞 A 市。

飞行过程中，盛远时正准备提醒南庭看向外面一朵朵白莲似的云彩，她突然说："七哥，你给我讲一下飞机的进近与着陆过程，详细一点。"

那个至今为止操作过无数次的程序对盛远时来说实在是枯燥，可女朋友如此好学，而对于飞行，她了解越多，越便于日后的指挥，盛远时只好把目光从云海的美景中收回来，兴致不太高地开始："飞机高度小于2000ft，大于等于 1500ft，切入下滑道……进近速度稳定，接地，反推，地面扰流板，刹车……"

好不容易讲完了，又听她问："复飞的要求呢？"

管制员女朋友的职业病犯起来，机长也是无奈，盛远时揉了揉眉心，唤她：“蛮蛮！”

“嗯？”南庭以为他叫自己有事，偏头看过来。

盛远时适时低头，用唇堵上她不停发问的小嘴。

到达A市时正值中午，下机后两人直奔灵泉寺。放单考试前夕，南庭独自在寺里住了三天，时隔一个多月，当时的情景还历历在目。

出发那天，她像以往一样是坐通勤车去的机场，由于天气不好，飞机延误了很久，她在登机前与一名男性乘客发生了冲突。那趟航班的机长是程潇。那个时候，盛远时人在纽约，带领即将首航的南程航空最后一批飞行学员在训练。南庭上飞机时还在想：不知道有生之年，能否坐上他驾驶的飞机，听他用独特的嗓音做机长广播。那个时候，好怀念他地道的美式英语。随后三天，她在灵泉寺里住着，在晨钟暮鼓声中，吃斋、诵经，陪伴那个和自己一样劫后余生的人，孤单，却也安心。

南庭没有想到这么快会再一次来，还是和盛远时一起。阳光下，他牵着她的手，走在密林之间，秋风拂面，像羽毛一样轻盈，又像细雨一样潮湿。

南庭越走，眼眶越湿，直到人站在寺门前，眼泪几乎快忍不住。

盛远时没有催她，只是揽住她肩膀，把她稳妥地搂在怀里，用拥抱和体温鼓励和温暖她。

南庭心里是欣喜的，可就是特别想哭，似乎和盛远时和好后，就变得特别脆弱，她就那样任由盛远时搂着，平复了心情许久，才伸手叩门。

来应门的小师父记得南庭，彼此躬身行礼后带她进去。

走到一处僻静的院落，小师父请他们稍候，就离开了。

南庭轻轻推开一间禅房的门，对盛远时说：“每年我都会来这里住上几天。”

盛远时看着禅房里简单的摆设和禅院里幽静的景色，就想到了那句“曲径通幽处，禅房花木深”的诗句，再看看面前这个由任性俏皮的司徒南蜕变而来的安静沉稳的南庭，心疼不已。

小师父没多久就回来了，带南庭和盛远时前往静夜法师的禅房。

静夜法师还是记忆中的样子，僧袍在身，面容严肃，细看之下，眉眼之间却充满普度众生的慈悲，他问南庭：“施主此行可是要再住几日？”显然对她也是熟悉的。

南庭双手合十向他行礼：“能否请法师让我见一见，”她躬着身子停顿了几秒，才艰涩地开口，“……随远师父？”

静夜法师看向南庭，目光由起初的平静到后来的疼惜和无奈。盛远时注视他，也在静候他的答复，见他久久不语，几乎以为他是要拒绝，终于，静夜法师点了点头：“施主，稍等。”

南庭九十度躬身行礼，哽咽：“谢谢法师。”

盛远时险些没忍住眼中的泪意，他抚着南庭的背表示安抚。南庭朝他微笑，那双漂亮的眼睛澄澈如初生婴儿般无瑕，这份无辜的清澈刺得盛远时钻心地疼。

却还是和每年的结果一样，即便静夜法师出面，随远师父依然避而不见。

南庭呆呆地站在禅房门前，不言不语。

静夜法师劝道：“种种取舍，皆是轮回，施主不必过于执着。”

过于执着的那个人明明是他啊，否则何苦五年来都不肯相见？可对于这样的结果，南庭也是有心理准备的，她垂眸站了很久，才把带来的那本自己手抄的《摩诃般若波罗蜜多心经》交给静夜法师：“请法师交给……”就说不下去了，像是每次叫出那声“随远”，叫的不是自己的亲人，而是陌生人。

静夜法师的目光在经书上停留了几秒，伸手接过来，朝他们行礼后转身走了。盛远时注视着强忍着眼泪的南庭，想了想，追了出去。南庭没有留意他离开了多久，直到他回来拉她走，她才反应过来：“去哪儿？”

盛远时没有回答，只是更紧地握住她的手。

南庭跟着他走，心里隐隐地期待着什么。

藏经楼里，一位身穿僧袍的师父跪在蒲团上，正在默默地诵经。

尽管只是一个背影，那人还剃了头发，南庭还是一眼认出来，那是……她想上前，扑进他怀里，喊一声“爸爸”，却像是挪不动步一样，不敢上前，最后，她停在了距离那个背影不远的地方，慢慢地跪了下去，额头轻轻地抵在地上，虔诚。

盛远时的视线落在南庭姿态脆弱的后颈上，片刻，他伸手抚在上面。

南庭忍了许久的眼泪“啪嗒”一声落下来。

那天的最后，静夜法师走到随远师父身旁和他说了什么，随远终于转过身来，他看着跪在自己身后不远处努力微笑的南庭，和她身旁俊朗不凡的男子，视线渐渐模糊。

那本南庭手抄的《摩诃般若波罗蜜多心经》里夹着一封信，是南庭写给司徒胜已的，她说：

爸爸，随远师父：

我知道你在努力放下一些尘缘，让那些过去随风飘远，想要断除贪嗔痴我执，以大慈大悲之心度人向善，蛮蛮没有想打扰你修佛，蛮蛮每次来看你，只是想让你知道，蛮蛮正在长大，一点一点地凭自己的努力生活。

七哥，你还记得吗？我和你说过的，那位特别厉害的机长，我没有骗你，也没有自欺欺人，他真的很喜欢蛮蛮，这五年，他还在等我，现在，我们恋爱了，我带他来见你。爸爸，你放心修佛吧，除了小姨，以后还有七哥照顾我。

我是个特别幸运的人，成年前有爸爸照拂，成年后能和自己喜欢的人在一起，并知道，他像我喜欢他一样，喜欢着我。

爸爸，蛮蛮没有怪你，妈妈也不会怪你。虽然我们一家三口分居三处，但我们是骨血相连的一家人的事实，永远都不会改变，哪怕百年之后，蛮蛮依然是你们最爱，也是最爱你们的女儿。爸爸，蛮蛮会好好生活，请你也一样。

当天盛远时和南庭就要返回G市，航班机长是Benson，副驾驶是丛林，两人都是盛远时的徒弟，对南庭有种爱屋及乌的亲切感，尤其是Benson和南庭又是老朋友，见到南庭就有点收不住，热情到盛远时都要看不下去了，忍不住出声提醒："你好像该去接收飞机了，要不我替你飞？"

Benson差点就脱口而出"Good good"，抬头见盛远时注视自己的目光似乎不是很友善，赶紧说："Need not."

丛林临走前还悄声对南庭说："一会儿来驾驶舱玩。"

南庭笑而不语。

盛远时偏头看向外面，假装什么都没听见，也没看见。

等到两个徒弟去做飞行准备了，南庭见他不说话，问："怎么啦？"

盛远时竟然答："吃醋。"

南庭笑着望他："这是在增加我的自信心吗？"

盛远时不答反问："以前他也对你这么热情吗？我是说Benson。"

南庭点头："对啊，那个时候你特别忙，都是Benson带我玩，你那年生日我选的那家餐厅，就是他推荐的，我们还一起去试吃过。"

怎么他从前都不知道自己的徒弟和南庭走得那么近？

盛远时语气酸酸地说："你们还挺玩得来的。"

"我们年龄差距小啊。"南庭说完，仰着小脸观察盛远时的反应，果然见他皱了皱眉，她笑着说，"我开玩笑的。"随即赶紧对她七哥表决心，"我们再合得来，也只是好朋友啊，我自始至终都是只喜欢你一个人，你忘啦，你的很多喜好我都是向他打听来的呢。"

盛远时本就怀念被她追求和表白的日子，顿时就被取悦了，握住她的手，下意识地捏着她的虎口，一下又一下。

飞机进入平飞阶段后，他问："要去驾驶舱玩一会儿吗？"

南庭摇头："又不是你在飞。"以前想进驾驶舱是因为他在里面，现在她就和他在一起，干吗还要去驾驶舱呢，尤其这还是两个人第一次在盛远时不执飞的情况下一起坐飞机，南庭舍不得浪费每一分钟，可想到他好几天都没怎么休息，她偏头靠在他肩膀上：“我们眯会儿吧。”

盛远时侧身挡住过道那边旅客的视线，吻了她好一会儿：“你又睡不着，眯什么？”

南庭心疼地摸摸他的脸：“我不想你太累。”

盛远时用双臂把她搂在胸口，和她一起看向舷窗外的风景：“我会调节，不用担心。”

南庭背靠在他怀里：“你害怕吗？”

“你睡不着的事？”

“嗯。”

“怕影响你的健康。”盛远时贴着她小巧的耳朵说，“蛮蛮，我们已经错过了五年，我希望我们能有更多个五年在一起。”

南庭很想告诉盛远时她之前已经和桑桎商量好了要开始治疗，可转念想到那个雨后和桑桎发生的不快，她无从启口。

盛远时像洞悉了她的想法似的说：“桑桎提出过要帮你治疗的是吗？”

“我一直和他说我只是失眠，直到我们重逢，我才告诉他，我是完全睡不着，是我想治。”

盛远时低头看她：“为了我？”

“我怕你，”南庭垂眸，“嫌弃我。”

他心爱的女孩像是黑夜中独舞的精灵，孤独而寂寞，他怎么会嫌弃她？盛远时坚定地表示：“无论是怎样的你，我都爱。”

她曾祈祷满溢的光华里，有他的踪迹，拾级而上才发现，那些像他的背影，都不是他。今日今时，那副她渴望的肩膀，终于可以栖息。

南庭转身抱住他，心酸地说：“七哥，我等了你好久。”

盛远时回抱她，与她交颈而拥：“以后不会了。”

南庭把脸贴在他颈窝处：“我爱你。”

司徒南说过很多次喜欢，南庭却是第一次对他说爱。盛远时心口细软如沙，他用低沉的嗓音温柔地回应：“I love you too.”

行程快过半时，南庭轻轻推了推闭眼休息的盛远时：“七哥。”

连续一周都没休息好，盛远时迷迷糊糊地睡过去了，听见南庭叫他才睁开眼：“嗯？”

“我有点不舒服。”见盛远时的神色陡然紧张起来，南庭赶紧说，“只是感觉压耳朵。”

通常飞机在下降阶段，客舱压力会逐步增加，部分旅客出现压耳的现象是正常的。但是，盛远时第一反应是抬手看时间，确认目前属于平飞阶段，客舱压力该是比较稳定的：“多长时间了？”

“十多分钟吧。”有明显的压耳感觉时，她就留意了一下时间，起初以为是飞机颠簸造成的，结果颠簸过后症状没有缓解，反而还严重了，这才忍不住叫醒盛远时。

盛远时却没有任何感觉，凭他多年的飞行经验判断，连他都没感觉到，机组和乘务组应该也是全无感觉的。见南庭脸色不太好，他解开安全带，带她去驾驶舱。五分钟后，南庭压耳的现象非但没有得到改善，反而更严重了。

盛远时指示机长 Benson：“联系指挥中心，让工程师接电话。”

机务工程师很快到位，得知飞机上的情况，那边不确定地问：“只有南庭小妹妹一个人感觉到了压耳？盛老……”他及时改口，“盛总，你没感觉？”

南庭听出那个声音像是……她讶然：“敬则哥？”

盛远时没有回应她，他对指挥中心的乔高工说：“包括我在内的所有机组成员都没有感觉到异常。”

乔敬则指示：“你先确认一下，现在驾驶舱显示，座舱高度、座舱高度变化率参数是否稳定？”

盛远时亲自确认后：“参数稳定。”

乔敬则继续："检查发动机引气压力、空调组件流量控制活门和外流活门指示是否稳定？"

盛远时依然是亲自检查过后："检查发现右发引气（ENG BLEED2）压力参数有大幅波动。"

乔敬则于是指示："关闭右发引气，打开交输引气活门，确认压耳现象有无消除。"

盛远时操作后没有马上回复，过了两分钟后先问南庭："现在感觉怎么样？"

南庭也没有急着回答，她咽了咽口水，又闭着眼睛感觉了片刻才说："缓解了。"

Benson 和丛林都长舒了一口气。

盛远时摸摸她的小脑袋："关闭右发引气，打开交输引气活门后，压耳现象消除。"

乔敬则也松了口气："收到，后续使用单引气继续飞行，注意控制飞行高度，飞机落地后我会安排排故。"

盛远时让 Benson 和区调申请新的飞行高度。

回到客舱后，南庭说："驾驶舱的座位看起来还没头等舱舒服，太委屈你了。"

原本还在担心她的盛远时闻言笑了："机长坐在那里不是为了享受，太舒服了，你不担心我们睡着吗？"

南庭嘟嘴撒娇。

"还有没有不舒服？"

"没事了，你别担心。"

盛远时看她脸色确实恢复过来了，让她靠在自己胸前休息。

过了一会儿，南庭问："刚才你一点感觉都没有吗？"

盛远时也在想，为什么自己没感觉到，Benson 和丛林没感觉到，唯独她有那么明显的感觉？不过，为避免她担心，他说："可能我年纪大了。"

南庭扑哧一声乐了：“没想到敬则哥是机务工程师。”

“海航的倪湛听说过吗？”

“那位可以听声辨别发动机故障的机务总工？”

“是乔敬则的师父。”见南庭惊讶地睁大了眼睛，盛远时笑，“没看出来他还是个摸透飞机的人吧？要不是他确实给我排除过多起故障，我也不太信。”

飞机落地时天已经黑了，盛远时没有送南庭回航天小区，而是把车开向了南嘉予家。南庭问他：“我能不去小姨那儿吗？”

盛远时单手扶方向盘，右手握住她的手：“我们不是说好了吗？回来你去小姨那儿住一晚，让她知道你出院了，免得她担心，要不我们何必这么急着往回赶呢？”

南庭到底还是最听他的话，她不太情愿地说：“好吧。”

“乖。”语气宠爱。

南嘉予家楼下，盛远时说：“余生我都会拼了命地珍惜你，不会让你再受一点的苦，而你小姨这关，你得帮我一起过，好吗？”

既然决定了要和他一起面对，南庭当然不会退缩，她说：“好。”

盛远时吻了吻她的额头，送她上楼。

南嘉予在家，开门见到外面站着南庭和盛远时，她怔了一下。

盛远时在南庭背后轻轻地碰了她一下，她才委屈巴巴地叫了一声：“小姨。”

盛远时接着说：“南律师，南庭出院了，我送她过来。”

南嘉予神色不动：“进来坐吧。”

南庭偏头看看盛远时，有点想让他进去，莫名地，她有点怕南嘉予。

对于她的小心思，盛远时猜到了，但他说：“谢谢南律师，我就不进去了。”临走前对南庭说：“我明早过来接你去机场。”

等他走了，南庭在南嘉予的注视下进门，见她不像以往那么自由自在，南嘉予心里也不舒服，她说：“过来吃饭。”

南庭看到桌上没动过的四菜一汤，顿时明白了盛远时为什么非要送她回来不可，因为南嘉予虽然没有打一个电话，也没有在她醒来后露面，却知道她今天出院，在家里等她。

南庭顿时愧疚不已，她低着头说：“小姨，对不起。”

南嘉予明白她是为那天顶撞自己的态度在道歉。别说她并没有什么错，即便真的有错，在她大病初愈后，南嘉予也不忍心说重话：“道歉就不必了，只要你别在我考察盛远时的时候闹情绪。”

南庭抬头看她：“小姨，你的意思是，愿意给他机会？”

“我不愿意的话，你会听吗？”南嘉予不悦地看她一眼，“我不想像你外婆一样，为了一个男人，连女儿都失去。”

南庭蹭到南嘉予跟前：“小姨。”

“不许背着我去和他登记。”

“我没那么想。”

南嘉予抬手戳了戳她的小脑袋：“以为我不了解你吗？”

南庭不吭声。

南嘉予把碗筷递到她手里：“还用我请你啊，吃饭。”

南庭哦了一声乖乖坐下，结果才吃了一口就听南嘉予又说：“明天把身份证和户口本交给我。”

南庭一口饭卡在了嗓子眼里。

南嘉予抬头看她：“不愿意？”

南庭违心地答：“不是。”

南嘉予看着她皱起的眉头，嘴角终于有了笑意。

第六章

满身风雨，我从何处来

你在梦里告诉我，那是一个故事，有开始，也有结局。可我在摇曳不清的月色里，只看到每一个人的身不由己。夜幕渐渐拉起，我终于留意到，另一个自己。

盛远时回盛家了，齐子桥见就他一个人，略显意外：“没带南庭一起吗？”

和齐子桥一起吃饭的齐正扬也往他身后看：“南姐，不是，我小婶呢？不是出院了吗？”

盛远时在母亲右首坐下：“我送她回她小姨那儿了。”

齐子桥闻言点了点头：“你这么做是对的。”

当着齐正扬的面，盛远时也没多说，安安静静地陪母亲吃了晚饭，才说：“我找您有事。”

齐子桥看他一眼，笑了：“我就知道，你啊，没事不回来。”

齐正扬也跟着捣乱说：“小叔，你也有解决不了的问题需要找妈妈吗？”

盛远时作势拍他：“一边写作业去。”

齐正扬朝他做鬼脸：“我和姑姑视频聊天去，看看睡不着。”

书房里，盛远时把带回来的文件递给了母亲。齐子桥见资料都是关于A市何家和桑家的，抬眸看向儿子：“就是他们令司徒家破产的？”

盛远时没有过多解释的意思，直说：“我今天去了趟A市，在灵泉寺见到了南庭的爸爸，他们父女俩有今天，与桑、何两家脱不了关系，我不管之前他们在生意上有什么过节，我只确定一点：他们让我盛远时在乎的人受委屈，就是对我的得罪，这口气，我咽不下。”

齐子桥神色平静地注视着儿子：“那你打算怎么做呢？”

盛远时隔着桌子握住母亲的手：“您儿子做生意不行，还得请您出马替你儿媳妇出这口气。”

齐子桥憋不住笑了，抽手打了他手一下：“你能不能娶到人家姑娘还不一定呢，我看啊，那个南律师对你很有意见。”

盛远时对此也是无奈至极：“谁让这五年在南庭身边的人不是我呢。”

齐子桥是母亲，多少能体会一些南嘉予的心情：“你外婆当年也不太同意我嫁给你爸，说他是当兵的，心思都在部队上，嫁给他会吃很多苦。事实证明老人言有道理，但幸福这种事，冷暖自知。为人父母的，考虑的是会多一点，你要体谅人家的心情，嫁姑娘和娶媳妇，是不同的心境。”

“我懂，要不我能把人从医院接回来就送过去吗？”盛远时叹了口气，“我会拿她当南庭的亲妈一样讨好。”

齐子桥失笑：“我儿子也有讨好别人的时候啊？”

盛远时对母亲说：“她小姨之于她，是母亲的意义。”

齐子桥起身走到儿子身边，拍拍他的肩膀：“行，妈心里有数了。”

盛远时也不说谢，反而告起了状：“我爸那天下手也太重了，打一巴掌还不够，还想踢我，我都多大了，他是不是也该给我留点面子啊？”

这回齐子桥可没向着他：“他是你老子，打就打了。换成南庭的小姨动手，看你脸往哪儿放！”

盛远时质疑：“她不能打我吧？”

齐子桥哼一声：“人家姑娘本来好好的，和你在一起就病成那样，不打你留着你啊？”

盛远时哑口无言，从家里出来后，他给桑桎打去电话：“我是盛远时。”

桑桎的语气平静，像是久候多时：“有什么指教？”

盛远时倚车而立："见面聊聊？"

桑桎沉默了几秒："地点。"

……

一家清吧，很安静，适合聊聊的环境。

盛远时先到，等待的时间里，他给南庭发微信，问她："干吗呢？"

南庭原本正在和齐妙视频聊天，在逗睡不着，看见有他的消息过来，马上就舍弃了妙姐和宠物，和他说："在玩。"

盛远时内心很希望能把她宠回从前无忧无虑的状态，听见她像个孩子似的说"在玩"，眼眸中不自觉就浮现了笑意："我说得没错吧，南律师不会为难你。"

为避免书房的南嘉予听见，南庭躲到阳台里和他语音："她是没有为难我，但她没收了我的身份证和户口本。"

这波操作……意识到那两样东西的重要性，盛远时哭笑不得："看来她是把所有的可能性都过滤了一遍。"

南庭淘气地问他："七哥，你说实话，有没有一点后悔？"

盛远时摸了摸胸口，答她："何止一点。"

南庭就笑了，末了安慰他说："没事，等用的时候，要是小姨不给，我就偷出来。"

远远地见桑桎过来了，他对那端心无旁骛的女孩子说："我先办点事，晚点给你电话。"

南庭很乖地说："那我等你。"

桑桎已经把盛远时先前的表情尽收眼底，那么愉悦、那么惬意，不用想，也知道是在和谁通话。他走近，在盛远时对面落座，神色无波无澜。

盛远时看了一眼自己面前的五杯酒："不清楚你的口味，就点了一样的。"

桑桎无所谓，他说："都可以。"

服务生很快把桑桎的酒送过来，同样也是五杯，颜色略有差异，显然是五种不同的酒。

盛远时端起那杯色泽透亮的荷式金酒，和桑桎碰了下：“我先干为敬！”话音未落，仰头干了第一杯。

桑桎很少喝酒，尤其是盛远时钟爱的这种烈酒，他几乎不沾，但这一晚，他的第一杯，也是一饮而尽，毫不犹豫，哪怕盛远时连个干杯的名目都没给。

“我和很多人喝过酒，在不同的国家、不同的城市，和不同肤色、不同种族的人，喝到自认为的淋漓尽致，却是第一次和情敌喝酒。”盛远时端起第二杯，意为生命之水的威士忌，“还要借着这杯酒，对他说一声：谢谢你。”

桑桎原本准备端杯的手一顿。

盛远时料到他不会轻易喝这一杯，也不介意，独自干了第二杯：“接不接受在你，说不说在我。”

桑桎依然没动，像是喝了这一杯，就是接受了这份谢意，就意味着彻底出局，尽管他非常清楚，和盛远时的这一局，已成定局。

盛远时端起第三杯：“南律师和我说了很多，除了让我知道南庭都经历了什么，句句都在告诉我，你曾为了司徒家、为了司徒南，怎样地拼尽全力。我不爱听，却不得不听。”话至此，盛远时把这杯法国产的白兰地干了，之后，杯子被重重放下的同时，他的语气陡然犀利起来，“你桑桎的付出是付出，我盛远时的寻找就不是付出了吗？怎么我就要承受那些冷脸和怨怼？怎么我就不能为自己说一句话？”

不知者不怪的道理谁都懂，可放在盛远时身上，就行不通了。换位思考，桑桎能体会盛远时此刻的心情。桑桎端起了第二杯酒，干了，像是承认了盛远时心中的委屈。

盛远时也不管他是不是被烈酒辣得皱眉，他捶着胸口说：“可我只能忍着，因为我不能再失去她一次。我这几天只要闭上眼，脑海里就回想起那天她心跳骤停的场面，我不敢睡，怕一觉醒来，什么重逢、复合，都是我自己幻想出来的。失而复得确实值得高兴，可我那也不是唾手可得。”

“桑桎，我认可你的付出，却不认为那有多伟大，那和我的五年寻找一样，不是无条件不求回报的，我们想要的，是她的余生，我们都是带着目的的，而最终能达到这个目的的人，只可能是一个。”盛远时注视着桑桎，一字一顿，“不是你，就是我。”

桑桎几乎以为他是在安慰自己，却听他沉声说：“我不会抹杀你对她的好，也抹杀不了，但我得让你知道，不要以为你对她的好，是给桑家打的保护伞！”

桑桎倏地抬头，看向盛远时的眸光如同深渊沉沉。

“你以为我是来和你谈她的是吗？”盛远时笑了，像是自嘲，又像是对他的嘲笑，“我是要告诉你，我不会看在你的面子上放过桑家，你是时候提醒你父亲小心了。”

周围很静，静到如同时间停滞，静到桑桎能清清楚楚感觉到盛远时言语背后的强势和锐利。许久，他带着几分不确定问：“你要替司徒家报仇？”

“我不能够吗？”盛远时摊手，“我未来的妻子在过去五年里所遭遇的一切，甚至我今天所背负的一切，不都是拜桑、何两家所赐？怎么，在你看来，我是个气量宽宏的人，就该不计前嫌？你错了，我这个人，向来小气。”

桑桎的语气是笃定的，他说：“她不会希望你那么做。”

“我没打算让她知道。”盛远时眼神冷静，“还是你想通过她来阻止我？”

桑桎有一瞬的沉默，然后端起第三杯酒，一饮而尽。

却还没完。

盛远时针针见血：“何勇之所以对司徒家怀恨在心，无非是因为当年司徒家拿走了被他纳入整体开发计划的一块地，让他少赚了点钱。这本就是生意场上再平常不过的得失，不至于置人于死地。一开始他也没打算对司徒家出手，直到你的父亲，表现出了要和司徒家联姻的意图，才激怒了他，你又在这个时候，悔了和何子妍的婚约。”他目光沉湛地看着桑桎，“你心里再清楚不过，司徒家是躺枪。”

桑桎握杯的手因用力青筋暴起。

“我不怀疑你想帮司徒家渡过难关的真心，我也相信，你在悔婚时并没有料到何家正在筹谋着对付司徒家，如果你知道事情发展下来会对南庭造成那么大的伤害，我认为，你是能够忍住悔婚冲动的。但你不能否认，你的父亲在这件事情上所发挥的作用。”

桑桎无言以对，他找不到任何言语替桑家辩解，他也无意为桑正远开脱：“我喜欢她七年，先是有婚约在身，无法表达，后又有那一场你死我活的商场之战，让我心怀愧疚，不能表达。盛远时，你说，我是不是也算躺枪的那个？”

盛远时不回答，他端起那杯八大基酒之首的伏特加，一饮而尽。

桑桎继续：“在你出现之前，我并没打算说出来，我也一直表现得像个朋友，让她别抗拒我，让我能照顾她。我也无数次自问，这么做，爱她的成分和替桑家赎罪的成分各占几分？可即便如此，我还是在暗中做了很多铺垫，哪怕她根本就不知道我想要她这个人，哪怕她都认为凭我父亲的唯利是图，不会接受一无所有的她，我依然在桑家营造出非她不娶的氛围，只为有朝一日，她愿意和我在一起时，消除一切可能有的阻力。”

正因如此，桑母才会对南嘉予说，桑家在等南庭过门。

正因如此，何子妍才会认为南庭该是桑太太了。

可惜这一切，都只是他的一厢情愿。

“后来你出现了，那个从前我和小姨说什么都不会反对的她，开始为了你，在做每一件事情、每一个决定前，都有了顾虑，我才忍不住了。我违背职业操守，把她得过抑郁症的事搬出来，只为让你觉得：错过了她最艰难的时期，失去了和她在一起的资格。结果弄巧成拙，加速了你们的复合。”桑桎用那双深沉的眼注视盛远时，“我说得对吗？”

确实如此。如果没有南庭的那一次发烧入院，如果桑桎不是在那一夜质问了他，盛远时可能不会那么快放下司徒南隐瞒破产，以及骗他分手的怨气，当众在波道中宣布所有权。

“我们见过那一面之后，彼此心里都有数，对她的感情是一样的，但你没对她说，让她和我保持距离，我也在她面前表现如常，好像她喜欢谁、要和谁在一起，都和我无关。”桑桎笑了笑，“我们的演技都不错，目的也只有一个：不因对方和她发生不快。”

他们都是聪明人，懂得回避自己的劣势。

盛远时缺失了五年，那五年，是桑桎用他的专业和真心拼凑出了一个完整的南庭。于是，他绝口不提那五年。桑桎则缺失了南庭的爱，那五年，算是他的偏得。于是，他绝口不提对她的爱，怕连这份偏得都无以为继，直到……

桑桎的嘴角露出一点清冷的笑意：“那一天在电话里，你是在逼我，逼我把对她的爱说出口，你知道她一定会拒绝，这样，不用你说，她就会远离我。”他说完，微微仰了仰头，平复情绪，“是你帮我解脱了。”

原来他是这么想的。盛远时不想解释是何子妍那声“桑太太”让自己失去了应有的平静和耐心，他只说：“输了就输了，别输不起。”

“是啊，得输得起。”桑桎喝了第四杯酒，“多可笑，这些话，竟然是对你说。”

“我们半斤八两，谁也别笑话谁。”盛远时的意思是，自己对南嘉予怨怼的委屈，也只能对桑桎说。

“直接动手啊，为什么要告诉我？”

“我不想像桑、何两家那么卑鄙。”

“如果当年是你在她身边，司徒家是不是不会破产？”

“现在说这些还有什么意义？”

“当然有。”近乎执拗。

盛远时与他对视片刻：“凭我一己之力扳不回败局。”

桑桎笑了笑，替他说：“但是……”

是啊，但是……盛远时移开目光看向窗外，嗓音低沉平静：“可都那种时候了，你认为我不值得把所有的关系都动用起来吗？确实，当年的盛远时，不过是一个小小的外航机长，不具备翻手为云、覆手为雨的能力，但很幸运地，我出生在盛家，我的父亲是盛叙良，母亲是齐子桥。”

清吧的灯光柔和，在他的脸上投下斑驳的剪影，那不露声色的平静，让桑桎意识到，他帮不了自己的父亲：“你打算怎么对付桑家？”

“对于做生意，我不擅长，所以这件事，还得劳驾我妈。”盛远时干了口感甜润、芬芳馥郁的朗姆酒，用这最后一杯酒为自己止痛，“我多希望，五年前我能有机会向她开这个口。”

所以，如果当年是他在南庭身边，司徒胜己的“胜清”是能保住的，他们父女也不必……可当时，从司徒胜己到南嘉予，甚至桑桎，都在极力地向司徒南隐瞒，直到破产成定局，才告诉她，而她也没有告诉盛远时。时隔五年，这些话，再也不能对谁提起。

“那一年暑假，她随我执飞，我教她辨别世界八大烈酒，这五种，她始终分不清。”盛远时用手指指面前的五个空杯，“这五年，我再没喝过这五种以外的酒，你说我是为什么？”他像是喝醉了，身体靠向椅背，姿态慵懒，唯有那双深眸，暗沉、清敛，“桑桎，为了感谢你把一个完整的她送回我身边，我才决定让桑正远死个明白，你可以提醒他，提防齐润集团，至于能否扛得住齐润的打压，看他本事。”

齐润——那是一家具备世界五百强前五十实力的集团公司，而他盛远时的母亲齐子桥，竟然就是那位巾帼不让须眉的齐董事长。桑桎几乎预见到桑家企业的消亡，同样不擅长做生意的他，有些绝望无力：“我以为，给她治病才是首要的，没想到，你是来向我宣战。”

盛远时的眉目随着清吧灯光的变化，变得有些模糊不清：“我确实想过俯身相求，可我作为赢家，既要你退出，又要你为她治病，似乎太过于贪心。”从得知南庭的不眠时起，他就没有把希望寄托在情敌身上。

桑桎却端起那杯朗姆酒说：“如果是我求你呢？”

盛远时静了一瞬，才说：“不必。”

桑桎不放弃地说：“你就当我是为了研究‘不眠’这个课题。”

灯光暖黄，投射在他的眉眼之间，让那如沐春风的儒雅感都有了几分谦卑之意。盛远时在浅淡的光线里，清冷的脸色有细微的变化，他起身，只对桑桎说了一句：“代驾给你叫好了。”然后，先走一步，既没答应，也没拒绝。

原本是打算直接回家的，却在半路改了主意。

南嘉予家楼下，盛远时倚在车前，仰头望向亮灯的南嘉予家的窗户，给南庭发微信：“南律师睡了吗？”

南庭的回复来得很快：“应该是睡了。”

她却由于睡不着，独自一个人在长夜中等待天明。那是一种什么感觉，盛远时无法感同身受，他发了两个字过去：“下楼。”

此刻已是午夜十二点，南庭甚至没到窗前看一眼楼下，确认他在，就直接拿上钥匙轻手轻脚地出门了，夜色里，一抹挺拔伟岸的身影在朝她张开手臂。

南庭跑过去，冲进他怀里。

盛远时把她圈在双臂间，没有任何言语，劈头盖脸吻下来。这个吻，以及这个深夜的拥抱，如同他刚刚喝下的烈酒，带着前所未有的浓烈味道。南庭一时反应不过来，只借着月光看见他紧闭的双眼间蕴藏着自己读不懂的情绪，心口在瞬间像是被什么击中，她闭上眼睛，用心感受他带给自己的强烈的刺激和快乐，并回以同样的热情。

两个人吻得有些忘乎所以，直到盛远时忽然转了个身，把她抵在车身和他身体之间，南庭才听见自己情不自禁的喘息声，脸上更热了。

盛远时双手捧着她的脸，把滑落的碎发别在她耳后，恋恋不舍地在她唇上啄了一下又一下：“好几晚都想过来找你，又怕吵到你。”嗓音中透着激吻后的微哑，“你应该早点告诉我，你睡不着。”

南庭抬眸注视夜色中他清俊的脸：“睡不着也有好处的是吗？”

盛远时眼中升起了淡淡的笑意，他身体靠过来，贴在她身上："至少，我想干什么就能干什么，不用担心打扰了你。"

南庭用细嫩的脸颊蹭了蹭他的侧脸："喝酒了。"肯定的语气。

"嗯，喝了几杯。"他抱紧她，"所以有点冲动。"

南庭隐约听出"冲动"背后他要表达的意思，她把脸贴在他颈窝，不言语。

盛远时把她抱上后座，随后自己也坐进来，下巴压在她头顶，南庭的手臂穿过他的腰，紧紧地依靠着他。

两个人就那么安静地拥抱着，直到盛远时意识到没有开空调，车里有些冷，才抓起一件外套裹在南庭身上："刚才在干什么？"

南庭往他怀里蹭了蹭："看书等你。"

"以往也都是在看书？"

"差不多。"

"一点都不困？"

"偶尔有想睡的感觉，但躺下又睡不着。"

"不累吗？"

"躺一会儿就缓解了。"

借着路灯微弱的光线，盛远时看向外面："换作别人说，我可能不会信。"

"你不用陪我，我都习惯了，反而是你，身体会吃不消，尤其要上航线的话，你睡不够是不能飞的。"南庭仰头看他，"我可不想听到因南程总飞睡不够而令航班延误的消息。"

确实，身为责任机长，如果他无法保证充足的睡眠，是不能执行飞行任务的。可一想到她独自一个人面对黑夜的孤寂，就忍不住心疼，尽管心里很清楚，在不眠的症状去除前，他不可能夜夜这样陪着她："我适应适应。"又陪了南庭一会儿，后来实在是困得不行了，被赶回家睡觉去了。

南庭这么一病，产生了因祸得福的效果，上班第一天就被通知，停岗处罚撤销，可以回塔台指挥了，她高兴得差点哭了。大林等一众师兄更是因为她的回归减轻了工作压力而欢呼。应子铭则说："上席位之余，还是跟我去进近管制室学习。"

大林佯装不满："师父偏心，给如花开小灶。"

应子铭笑道："你们谁有精力报名，我带你们一起。"

大家就自动自觉地散了，大林还带头说："该交班了，抓紧时间。"

应子铭与南庭相视而笑。

再次来到塔台顶楼的指挥大厅，站在几乎接近 360 度视野的角度看向机坪、跑道、航空器，有种重新出发的感觉。

"静风，跑道 18，可以起飞。"

"哪架飞机叫 G 市塔台，请重复呼号，信号不清楚。"

"南程 1186，准备好报。"

"海航 326，进跑道 09 等待。"

原本枯燥的波道中，再次因如花的出现沸腾起来。盛远时才到指挥中心，就听到有飞行员议论："刚刚落地是如花指挥，那声音，好听得不得了……"

除了沉默，盛远时也不知道该给个什么反应才算正常。毕竟，属下是在夸自己的女朋友是吧？是的！不容置疑的夸奖。

一整天都很忙，除了中午一起吃了饭，连打个电话的时间都没有。下午，盛远时有个会，对于即将到来的十一假期高峰，进行工作布置。各部门都针对他此前提出的增加二、三线城市航班的要求，做好了一切准备，只等"旅客订票，按时登机"这一股东风，就可以为南程第四季度的业绩打个先锋。

这样的会议，饮餐中心当然也是需要有人出席的，毕竟飞机餐也是重要一环，何子妍总结完试菜活动的效果，也提交了一份堪称完美的"十一菜谱"。这一次，乔其诺没有让盛远时过目，而是直接批准推行。

何子妍下意识地看向坐在乔其诺右侧首位的盛远时，目光从炽热到黯淡，恰好盛远时抬头，与她的视线对上了，他隐约看出她眼眸中流露出的情绪，眉心微微一蹙，然后拿起了手机。

何子妍几乎以为他是要给自己发微信，在此之前，她偶尔借飞机餐这个话题，和他也是有互动的。然而，当然是想多了。盛远时看到她，瞬间想起了何勇，他给母亲齐子桥发微信问："什么时候动手？"

齐子桥身为董事长，平时基本不去公司，此刻正在书房里翻看盛远时昨晚给她送回来的资料，见到信息，回复道："盛总的意思呢？"

盛远时一笑："越快越好。"

齐子桥立即问他："你不会提醒人家了吧？"

盛远时讨好似的说："这您也能猜到？佩服。"

齐子桥苦笑："你可真会给你妈增加难度。"

盛远时敲下一行字发过去，齐子桥看到儿子说："您就当考试了。"她笑骂道："等我让你爸揍你！"

盛远时发了个跺脚的嘚瑟表情过去，可爱如孩子。

齐子桥笑了，她看着书桌上与丈夫和儿子的合影，自言自语："妈妈就为了你，再考一次试吧。"然后先把电话打到了纽约，了解到一个重要的信息后，又打给公司的常漫，布置了一项工作给这位职业经理人。

晚上盛叙良才进家门就笑问："夫人急唤我回来，有何吩咐？"

齐子桥给丈夫泡好了茶，和他一起坐在客厅的沙发上："生物航煤的开发，已经进入最后的测试阶段，关于技术试飞，我想和你商量一下。"

盛叙良是空军飞行员出身，对于做生意和盛远时一样，不擅长，但对于妻子在六年前提出的开发生物航煤的设想，一直是高度支持的态度，毕竟，航空业对燃料的要求非常高，所以，从齐子桥当年提出这一设想，到后续的生产技术的研发进度，他也始终在关注，此刻听妻子这样说，他还是有些意外："我以为至少还需要一年才能开始技术试飞。"

齐子桥拢了拢披肩："你还以为你老婆做生意就得赔本呢。"

盛叙良揽着妻子的肩膀："是我有眼不识金镶玉了，夫人莫气。"

齐子桥忍笑："关于试飞员，请首长给个意见吧。"

盛叙良往沙发上一靠，一副认真思索的样子："哎呀，夫人突然给我这么大的决策权，我有点举棋不定啊。"

齐子桥推了他一下："不是决策，是建议。"

"试飞非同小可，试飞员必然是千挑万选。"盛叙良握着妻子的手，有一下没一下地抚摩着，片刻间，"那臭小子是什么意思？"

齐子桥把手搭在丈夫的腿上："我没和他说。"

盛叙良想了想："那我说吧。"

试飞员的选拔是试飞前的重要一环，尽管齐子桥有足够的心理准备，清楚盛远时是不二人选，可话从丈夫嘴里说出来，她又犹豫了："你真的要把儿子推上去？"

盛叙良看着她："难道你对航煤的生产技术没信心？"

"我当然有。可是，"齐子桥的考虑是，"这毕竟是一项新的生产技术，试飞成功才能够投入使用，在此之前，谁都不敢保证没有万一。"

盛叙良明白齐子桥的心情，他拍拍妻子的手："总要有人去完成试飞任务，否则这项技术永远都无法投入使用，况且在试飞方面，他是有经验的，比那些同样优秀的飞行员更具优势。"

可齐子桥是女人，还是母亲，让她亲手把儿子推上前线，她怎么受得了？见妻子的眼睛红了，盛叙良语重心长地说："随着我国首架国产大飞机试飞成功，中国的民机事业，就进入了产业化阶段，但你我都知道，一款新的飞机要取得民用飞机的'适航三证'，还将面临更加复杂和艰险的试飞，后续的失速、颤振和自然结冰等科目，都是风险极高的实验。"他握住齐子桥的手，最后说，"所以，就算航煤试飞你把他排除在外，作为国产大飞机首飞的试飞员，他依然还要执行多次的试飞任务。既然如此，何不让他把试飞经验发挥和分享出来，那是多么宝贵的东西啊！"

盛远时对此全然不知，由于大林以庆祝南庭回归为由，组织当晚不值班的管制员聚餐，孤家寡人的他和乔敬则，以及齐妙一起解决晚饭。

关于南庭在飞机上出现的压耳现象，盛远时问：“故障找到了吗？”

乔敬则一脸“小看谁”的表情：“这点问题都搞不定，对得起那声乔高工吗？”

盛远时确认：“右发压缩机问题？”

“虽然问题不大，但是，飞行无小事。”乔敬则抬眼看他，“南庭小妹妹竟然有那么明显的感觉，我都以为她有特异功能。”

她如此敏锐地觉察出了飞机的故障，确实让人不可思议，盛远时眉心微蹙。

齐妙不解：“你们能不能说点我听得懂的？”

乔敬则于是把飞机上南庭经历的压耳事件和她讲了一遍，齐妙的脑回路特别不一样，她没奇怪为什么只有南庭感觉到了，而是好奇：“我一直不明白，怎么保证飞机客舱空气的压力和新鲜？”

“你这个问题很专业，我喜欢。”乔敬则顿时来了兴致，他饭也不吃了，耐心地和妙姐讲解：“飞机是通过空调组件向客舱内供气的，这个组件 RACK1 和 RACK2 相当于水池里的一段供水管……”

盛远时看似也在听，大脑却在想着南庭，直到南庭发微信告诉他：“我们快结束了。”他说：“给我发个定位。”然后就准备去接人了。

齐妙见他要走，随口问：“南庭小妹妹一会儿就回家了吧，睡不着……”

她话还没说完就被打断了，盛远时说：“不回。”

“不回她去哪儿啊？”齐妙被他盯了一眼，“好吧，我继续带睡不着。”

等盛远时走了，乔敬则就没先前那么老实规矩了，他挪坐到齐妙旁边，拍了她一下：“是不是傻？都这种时候了，老七还能让南庭小妹妹独善其身？不赶紧把人吃了，他能安心吗？再说了，他当三十年和尚了，你想让他熬成唐僧啊？”

这话男人之间说没毛病，女人听着就有点不堪入耳了。齐妙生气地瞥他一眼：“你才修飞机修傻了，越来越有第一代身份证的气质呢，独善其身是这么用的吗？”

“第一代身份证的气质……是什么鬼？”一向对自己的帅气指数有信心的乔敬则难得地噎了一下，“你的意思是，我长这样，得去整整容了？”

齐妙漫不经心地说：“你的气质和你的脸没关系。”

乔敬则非要弄个明白不可：“那和什么有关系？”

齐妙笑答：“猥琐的心。”

乔敬则一口水喷出来，齐妙哪想到他会有这么大的反应，避无可避地中招了，然后，两个人又打起来了。不能对女人动手，尤其不能对自己喜欢的女人动手的乔敬则当然是落败了，他叹着气感慨：“从前你骂我，随着你对我的了解，又开始动手打我。”

齐妙以为他要说自己命苦，那是他一贯的伎俩，结果他一歪头，把脑袋靠在了她肩膀上：“打是亲，骂是爱，看在你那么爱我的分儿上，我就不和你计较了。”

齐妙就怕他过于靠近自己，没好气地推开他：“离我远点。”

乔敬则见怪不怪，边继续吃饭边问她：“你那位难驾驭老板没为难你吧？”

这个话题换得让齐妙放松了很多，她略显不解地说：“为难倒没有，虽然还是一副冷冷淡淡的禁欲相，但好像比从前有耐心了点，也不知道是不是在酝酿一场大风暴。”

乔敬则看问题的角度倒和别人不一样，在他看来：“她对老七没面上表现的那么不满。”

齐妙不以为然：“那只能说明她公私分明吧？”

乔敬则一副大家长的口吻：“不管是因为什么，既然你认可那位师太的能力，就好好跟她学。”

“我不一直走在学习的路上吗？”齐妙低头吃了几口饭，忽然叹了口气，“人家才三十五，已经是知名律师了，我这眼看着三十周岁了，还只是个助理，真是越干越没劲头了。乔敬则你说，我在法律方面是不是完全没天赋，或许真的该考虑放弃？不用安慰我，说实话。”

她是那种大大咧咧、风风火火的女人，哪怕曾被南嘉予骂得狗血淋头，也只是在背后边骂回去，边铆足了劲地干，从不服输，这样灰心泄气，还是头一回。

“什么叫天赋啊？我生来就会修飞机吗？乔台长以前还认为我就该老老实实地在他眼皮子底下混着玩玩呢，但现在，公司的人见到我，不得规规矩矩地喊一声‘乔高工’吗？”乔敬则把筷子放下，抬眼注视她，“我从航天大学毕业，进入海航之初，也是在外场航线做了将近三年的维修，夏天机坪地面温度六十多摄氏度，我身上的衣服都没干过，天天湿身朝机长同志们敬礼敬礼敬礼。飞机那么个庞然大物，从结构分是由五个主要部分组成：机翼、机身、尾翼、起落装置和动力装置，还有各种仪表，通信设备咱就不说了，零部件有多少你知道吗？小部件不提，光大部件就有五万多，图解零件目录，看到眼瞎。”

回想那些苦不堪言的日子，乔敬则喝一口水，滔滔不绝道：“那么复杂的东西，能不出故障吗？但有故障不代表不安全，所以才有合法保留故障一说。像之前盛老七在外航飞，到G市经停，飞机就出现过发动机点火故障。”

当时身为放行机务，乔敬则参考最低设备清单保留故障的同时，需要和盛机长沟通：“机长，你好，本架飞机左发点火系统A故障，由于过站时间不足，我们对故障采取了保留处理。请机组在启动发动机时，不要按照正常程序采用自动方式启动发动机，而要按照操作程序的要求，采用人工模式启动发动机，以确保启动成功。”

盛远时知道一台发动机有两套点火系统，而通常启动发动机只有一套点火系统工作，也清楚过站时间较短，要排除点火系统故障有难度，他综合思考过后，毫不犹豫地接收了飞机。

“这是信任我，又有自信的机长。遇到不信任的，他就拒绝接收飞机，你能打他一顿吗？”乔敬则兴致勃勃地继续，“直到我遇到了我的老师倪湛，成为他的徒弟，才不用在机坪上‘烙饼’，可我今天有机会和其他几位高级工程师一起，轮流在运行中心‘坐台’，为飞机提供技术支持，也是被老师千捶百骂出来的。还有盛老七，你看他现在牛逼了，抬抬眼，徒弟都吓得冒汗，当年不也被机长骂到四不像吗？你一个半路改学法律的人，进步算快了。”说着，他拍拍齐妙的肩膀，鼓励道，“没天赋怎么了？后天的足够努力也是天生不凡的一种体现，只要你喜欢，就干。”

齐妙听得笑了：“你这说话的口吻不像二十七，像七十二啊。”

“七十二，话都未必说得利索了，哪有小爷这魄力？”乔敬则白她一眼，“小爷马上就二十八了，眼看着奔而立之年去的。”随后又话里有话地补充了一句，“再说人成不成熟也不完全看年龄。”

齐妙听出了他的弦外之音，她看了看面前这个满脸阳光的小伙子，尽量以轻描淡写的语气说：“你确实老大不小，该交个女朋友了，别没事老和我混，有空也去约约会。”

这话是乔敬则最不爱听的，他抬头，看向齐妙的眼神里充满了内容：“我都和你混到今天了，你才发现耽误我了啊？”又怕把话说得太重，齐妙接受不了，他缓和了一下语气，以惯常耍横的语气说，“一会儿自己回家吧，不送你了，看你来气。”

齐妙脸色一沉：“跟谁稀罕你送似的。”

可等结完账走出饭店，乔敬则见她真的要去路边拦出租车，又舍不得了，拽着她的手往自己停车的方向走：“打车钱付给我，我勉为其难。”

每次乔敬则和她发生肢体接触，齐妙就紧张焦虑，严重时还会冒冷汗、心慌，这一次也一样，她本来就因为工作的事情心情不好，现在又被他拽着走，顿时蹿起一股无名火，有些暴躁地当即喝道：“你给我松手！”

乔敬则顿时上来点脾气，索性把她打横抱起来了，较劲似的说：“我就看看你能把我怎么着！”

原本公主抱是表达爱意的一种拥抱方式，而乔敬则愿意这样抱齐妙，也是因为对她的爱，但这突如其来的亲昵，却让有恐男症的齐妙接受不了，她几乎是瞬间就有了反应，脸红都可以忽略不计了，没准是因为生气呢，她感觉到心慌的同时，身体更有些微微的颤抖，齐妙下意识地挥手推拒，这是以往她最擅长的对付乔敬则的方式，结果慌乱之下手就没了准头，一不小心就打到了乔敬则脸上。

“啪”的一声，有点响。

乔敬则不是第一次被她打，却是头一回被结结实实地打在脸上，他有点反应不过来，怔在当场。

齐妙也是碰到他脸的瞬间就后悔了，而她确实不是故意的，只是不小心而已。

那双向来温柔带笑的眼，渐渐变得深不见底，乔敬则放下她，沉声问：“死活看不上我是吧？谁都行，就我不行是吗？”

不是他说的那样。哪怕是有恐男症，齐妙内心都不抗拒和他在一起，否则两个人也不至于纠缠了这么多年。然而此刻，齐妙却违心地说：“对，谁都行，就你不行。”

有所误会的乔敬则盯着她：“就因为我比你小？”

齐妙与他对视，嘴硬地答：“因为我看着你长大！”

“狗屁！”乔敬则忍不住爆粗口，“我上幼儿园的时候，你不过也就上个大班！还看着我长大！”他气得在原地转了个圈，“比我早那么二十几个月出生，了不起啊你！”说完自己跳上车，临走前降下车窗，负气地说，“老子也不玩了。”

等他扬尘而去，齐妙垂眸平静了很久，直到所有的症状都消失，才打车回家。睡不着和她很熟了，在见不到南庭的情况下，小家伙完全拿她当主人，见她回来，围在她身边转来转去地撒着娇。

齐妙踢掉高跟鞋，把包随手一扔，仰躺在沙发上。

睡不着讨好似的舔她随意垂下来的手。

齐妙伸手挥了挥：“一边玩去。”

睡不着感应到她心情不好，往沙发边一趴，安安静静的一副美男子的样子。半晌，齐妙侧身看它："你觉得'没原则'怎么样？"

睡不着歪着脑袋，瞪着小眼睛看着她。

"说了你也不懂。"齐妙又转过去，自言自语，"你和我一样，都是没谈过恋爱的人。"边说脑袋边往抱枕里扎，嘴里还嚷嚷着，"看南庭小妹妹和老七在一起那么开心，我真是不太明白啊！"

睡不着从没见南庭情绪起伏这么大过，齐妙突然发作，它吓了一跳，受惊似的快速起来，跑到距离沙发最远的阳台里，躲在角落里想念它的主人。

可怜！

盛远时根据南庭的定位过去时，时间刚刚好。

大林见他走过来，逗南庭说："我说让你带家属，你说盛总忙，这不也来接你了吗？"

南庭闻言替自己辩解："他应该也是刚忙完的。"

大林于是对走近的盛远时说："下回我们团建提前和盛总预约，盛总可不能拒绝啊。加深了解，盛总才放心如花和我们一起工作嘛。"

"现在就很放心。"盛远时看向南庭的几位同事，"改天我请兄弟们喝酒。"言语间，胳膊自然而然地揽上南庭的腰。

管制师兄们闻言都很高兴，说如花好福气。

盛远时又亲和力十足地问："我往西山区去，能顺路捎上谁吗？"

大家都很识趣，差不多是异口同声："不打扰盛总和如花约会。"

盛远时对这群几乎是和南庭朝夕相处的爷们儿，有了好感。

彼此笑着告别。

回去的路上，南庭神色愉悦地说："我还是第一次参加团建呢。"

盛远时略显意外："塔台管制室都不组织吗？"

"组织啊。"南庭侧身和他聊天，"可就我一个女孩子，吃什么、去哪儿吃，大家都要考虑我，吃完，大林师兄肯定还不让我自己走，送来送去的，多麻烦，我就拒绝了。”

原来是这样，她一个人的时候，都在考虑不要给别人添麻烦。盛远时腾出一只手抚了下她的小脑袋，承诺：“以后想玩就尽情去玩，多晚都有七哥。”

南庭喜欢这种被宠的感觉，她笑眯眯的：“那你有事要忙怎么办？”

盛远时看她一眼：“没有比你更重要的事。”

他像是随口说的，可南庭听着，心里甜得不行。她凑过去，在盛远时肩膀上蹭了蹭，乖巧的模样像个需要主人爱抚的小猫。

盛远时也喜欢这种被她依赖的感觉，闻到她身上的酒味，他笑问：“喝酒了？”

“一点点红酒而已，我本来还想不告诉你呢。”南庭偏头看他，“能闻到啊？”

趁红灯停车的空当，盛远时俯身过来吻住她，然后似笑非笑地说：“一点点。”

南庭脸红地坐好，目光投向窗外，用看风景的方式掩饰害羞。

盛远时边开车边和她闲聊：“你们还挺会选地方的，北街这边好吃的店不少。”

“北街？”南庭虽然在G市生活了几年，但平时不常出去，对这座城市还有些陌生，“我不记路的，不知道是哪里。”

都不知道是哪儿，却还嘴硬说不用他接，盛远时眉心微蹙：“所以别人带你去哪儿你就去哪儿？”

南庭没有听出他语气中的不满，有点没心没肺地说：“对啊，我是路痴，很好拐走的，你要不要试试？”

试试就试试。随手被撩了一把的盛远时笑睨着她：“我带你去个地方。”

南庭不疑有他，爽快地答应：“好啊。”

盛远时提速。

等他在一个高级住宅小区的地下停车场停好车，带她坐电梯上楼，南庭才问："这是哪儿啊？"

盛远时拿出钥匙开门，推开门的一瞬，他笑得平和、坦然："我家。"

南庭觉得自己的酒量真的该练练了，他接到她时明明说了要去西山区，她竟然没意识到，自己租的妙姐的房子是在反方向，她揉了揉好像有点晕的脑袋："那我今晚还能回家吗？"她其实是想说：我今晚还能见到睡不着吗？有点想它了。

盛远时已经不容拒绝地拥着她进门，然后直接把她抵在了门上，吻住她前低声说："都到这儿了，你还想回家？"

南庭的身体被束缚进他有力的怀抱里，未尽的语声淹没在他唇齿之间。一个比昨晚在车上更炽热激烈的吻，南庭的心不可抑制地狂跳起来，脑袋更像是酒劲上来了似的，晕到不管不顾，条件反射般热烈地回吻，搂在他腰际的手更有些不安分地乱摸着，像是下一秒就要把他的衬衫扯出来。

盛远时哪受得了这个，意志力瞬间变为负数，他低哑着嗓子哼了声，抱起她就往卧室走。当南庭的背触到柔软的床，她以为没有退路了，盛远时裤兜里的手机响了起来，不依不饶。

是乔敬则，也不管盛远时这边是不是火上房了，那位大爷口齿不清地嚷嚷："小爷不要那个臭女人了，明儿就找个年轻漂亮的，气死她。"

换作别人，还是这种不着调的事，盛远时肯定要发火的，此刻，他无奈地揉了揉眉心。

南庭心里也是遗憾的，但还是说："要不你去看看吧。"

"你在家等我？"不甘心。

"或许我该回去看看妙姐。"

这是最恰当的安排，盛远时挫败地仰躺在床上。

南庭一时间也不知道该说些什么。

盛远时见她不知所措的样子，笑了："这回你开心了？"

"我不是不想和你……"南庭把脸埋在他胸前，"我只是……有点怕。"

盛远时侧过身，把她搂进怀里："再留你几天。"说完起身去找什么。

南庭第一次到他这边来，有点好奇："我可以参观一下吗？"

书房的盛远时扬声说："拆了都行。"

等南庭参观完一楼，他玩笑道："真有女人住过的话，也在你来之前处理过了。"

南庭发誓只是想参观一下，绝对没有检查的意思，可听他这么说，还是配合道："难怪没发现什么蛛丝马迹，善后工作做得不错。"

盛远时一步步走近她："对于我这么久的空窗期，你要想想怎么补偿才好。"

"七哥喜欢的话，"南庭眉眼弯弯地笑，"改天我把自己扎上丝带送给你。"

"还撩是吧？"盛远时低头亲了她一口，"别说没出门，就算出了门，要反悔也是分分钟的事。"

南庭笑着推他："快走吧，晚了敬则哥就要醉了。"

"谁还没为女人醉过？"盛远时摸摸她的脸，"有没有人告诉你，会撩的女孩子最可爱？"

南庭踮脚亲他侧脸："除了你，没人有机会告诉我这些。"

临走前，盛远时把钥匙和门卡交给南庭："七哥希望你尽快习惯我们的家。"他看了眼楼梯，终于明白当时装修完成时为什么莫名地不想把这个家全部添满，原来，心里是有预感的，预感某一天，她会来。

他说："改天我们去选下楼上的家具。或者，如果你不喜欢这里，我们再换一处。"

一切事情，他都在为她考虑。

南庭垂眸："有你的地方，我都喜欢。"

盛远时笑着捏捏她小下巴。

就这样，第一次登门的南庭没有看见楼上琴房，盛远时在国外给她定制的那架钢琴。

盛远时先把南庭送回民航小区，才去老地方找乔敬则，那位被打得伤心了，嚷嚷着说："哥们儿差哪儿了？往哪儿站不都是钻石王老五级别的？她怎么就看不上？上赶子不是买卖是吧？盛老七，我告诉你，就算他是你姐，这面子我也不给。"

齐妙、盛远时、乔敬则三个人从小一起长大，只不过乔小弟比他们姐弟晚生了二十几个月，所以小时候，都是齐妙和盛远时带着他玩。那时候，乔敬则比较瘦小，又爱惹事，被揍一顿如同家常便饭。齐妙这个小姐姐很护短，每每遇上这种情况就会很仗义地替他出头，可她毕竟是个女生，没什么攻击力，最后就要盛远时来善后，而他在外头打完了架，回家免不了要被盛叔良拿皮带抽一顿。

幸好盛远时扛揍，确切地说，盛叔良差不多从他能走稳路，就对他施行了军事化管理，他身体素质是极好的，打两下也不当回事。就这样，三个人倒是一路横行到大，直到盛远时去国外学飞，国内只剩上了高中的齐妙和在初中混的乔敬则。

那时乔敬则的个头就蹿起来了，年纪最小的他，已经比齐妙高了，而他自然而然地就接了盛远时的班，开始保护和照顾齐妙。虽然齐妙始终以姐姐自居，但连她自己都没意识到，那些明恋、暗恋，以及骚扰她的男同学，都是乔敬则给解决掉的。而但凡她有事，也会去找乔敬则。纠纠缠缠这么多年，两个人顺理成章就成了彼此身边最亲密的异性。

青梅竹马，不过如此。

乔敬则忍不住替自己抱不平："小爷从小护到大的白菜，看来是要被别的猪拱了。"

盛远时却说："她身边除了同事和我，没有别的男人。"

"她不瞎吧？脑袋也没被门夹过，谁对她好，她看不出来吗？不就小她两岁半吗？较这个真儿有意思吗？"乔敬则负气地干了一杯，"我比十四年抗战都艰难，你也不过是等了五年，我这算是没头了。"然后一副"爷不等了，爷要和她说拜拜”的架势，“我和乔台长发过誓了，从此以后我要是再拒绝相亲，我就不是他儿子，是他孙子。”

“犯浑！”盛远时抢过他手中的杯子，“你拒绝相亲是为谁，乔叔不可能不知道，你这么和老人家一发誓，等同于告诉二老，你和齐妙有矛盾了。乔敬则，你想想，这事让他们知道好吗？还是你确实想好了，到此为止？”

“到此为止……就到此为止。”乔敬则确实没考虑到这一层，自挨了那一巴掌，他就失去理智了，此刻还嘴硬，“是她齐妙不稀罕我，我这成天把脸凑上去让她踩，也是够了。”

盛远时发微信问南庭：“你妙姐做什么呢？”

南庭很快回复：“喝酒！”

盛远时要求：“拍张照。”

南庭趁齐妙不注意，偷拍了一张她仰头喝酒的照片发过来。

盛远时拿给乔敬则看：“她要是真像你说的那样，干吗在家喝闷酒？”

乔敬则还没消气：“没准是庆祝成功甩了我。”

盛远时无奈地敲了敲额头：“现在想来，还是我的南庭好，没口是心非的毛病。”

乔敬则此刻实在接受不了这波狗粮：“你滚！”

盛远时不以为意地一笑：“和南庭分开的那五年，我确实一直在找她，却也和现在的你一样，动过放弃的念头。我一个国家一个国家地跑，一所音乐学院一所音乐学院地找，一次又一次地失望，那种心情，现在想起来，都挺心疼自己的。我也会想，既然是她说的结束，既然也找了，何必这么逼自己？重新开始吧，反正连她都知道，追我的人很多，就算有生之年还能再见，她看到我身边站着别人，也不会觉得意外，没了谁还不都照样活？”话至此，他停顿了几秒才继续，“说出来有点无耻，其实我给过别人机会，我和几个对我有所表示的女人约过会，可面对她们，我完全没有想要去哄、去宠、去喜欢的感觉，我以为只是人不对，结果一个两个这么约下来都一样，我才意识到，”他径自笑了，“确实是人不对，因为那些人，都不是她。”

盛远时本不想喝酒，可提起那过去的五年，他到底还是端起一杯，喝完才说：“乔敬则，我现在想通了一件事，这五年，不是我有多痴情地在等她、找她，是我爱上她以后，再接受不了别人，是我的问题。”他感慨完才想起来嘱咐乔敬则，“我和别人约过会的事你听听就算了，让南庭知道，没准又得和我闹了，这才好了没几天。”

乔敬则本来听得挺好的，几乎都要感动了，结果被他这最后一句话搞得情绪一下子就没了：“闹分手了才好呢，还和别的女人约过会，盛老七，你太不要脸了。”

“你坏我好事的账，我改天再和你算。”盛远时一笑，“那几次约会前我就想，要是一直都找不到她，是不是这辈子就不结婚了？”后来一直都没找到，他却再也不肯给任何人机会，然后组建南程的计划有了，他回了国，在多次的擦肩而过之后，与她重逢。

“你和齐妙，与我和南庭不一样。”盛远时用手撑着额头，看向别处，“当年我打不通南庭手机时，我们就失联了，那时候，我们之间的联系似乎只有那十一位数字。你们俩这辈子就算做不了夫妻，也断不了联系，换你五年找不到她，不见得比我好过。”

“她要是敢消失五年，”乔敬则一拍吧台，“我找都不找她，马上另结新欢。”话音未落，劈手把盛远时的手机抢过来，把南庭刚刚发过来的那张照片转发给自己。

手机重回手里时，正好有条信息来，南庭说：“有件事，不确定该不该和你说。”

“关于你的，”盛远时皱眉想了想，“还是齐妙？”

那端的南庭收到回复，顿时觉得她七哥机智过人，她看一眼半醉的齐妙，快速地输入了几个字，想想又删掉了，然后又编辑，又删，来来回回好几次。

盛远时看到对话框一直显示“对方正在输入”，以为南庭是编辑了长篇大论，结果等了半天，一个字都没有，他忍不住问：“怎么了？”

他刚要把电话拨过去，南庭的信息就过来了，可他还没点开，她又一秒撤回了。盛远时更好奇了，他静了几秒，骗她说："我看到了。"

南庭是手滑发的，见他这么说，悔到不行，她躲进卫生间给他打电话说："妙姐让我给她保密，她说要是我告诉别人，就把老桑在我这儿过夜的事告诉你。"

盛远时有几秒没说话。

南庭反应过来说错话了，她懊恼地捶了捶脑袋，小声地唤："七哥。"

盛远时沉声："这件事，叫七哥也没用。"

南庭憋屈死了："他是为了帮我治睡不着的啊。"

盛远时却计较："我都还没在你那儿过过夜！"

"那晚你不是……"

"那只是半夜！"

"七哥。"

盛远时没挂电话，却不应。

"七哥——"

"你给我好好想想，明天见到我怎么解释。"

南庭委屈巴巴地说："解释不清你就不要我啦？"

盛远时咬牙："要你，马上就要了你。"

南庭听出来他那个"要"字被故意加重了语气，脸有点红："那妙姐的事……"

盛远时收了收脾气："再说一遍她是怎么回事，让你给气忘了。"

其实他刚刚根本什么都没看见，纯属在这儿诈南庭的，结果单纯的南庭小妹妹就上当了，她小声说："妙姐有恐男症，她是因为这个病才不能和敬则哥在一起的。"

"……恐男症？"盛远时抬眼看向乔敬则，"你知道那是什么病吗？"

乔敬则的五官都快皱到一起去了："什么症？"

南庭本意是和盛远时商量，要不要告诉乔敬则，这下好了，不用商量了，她有点怯地和盛远时说："被妙姐知道我把她生病的事情说出去了，她不会把我赶走吧？"

"那正好。"盛远时一扫先前抑郁的心情，逗她说，"想让七哥收留不难。"

南庭哼一声："我要带睡不着离家出走。"

盛远时都快把那个会令自己过敏的家伙给忘了，他捏了捏眉心："要不一会儿我还是去接你吧，回我那儿。"

南庭当然不会让他再折腾了，好言好语地哄着他七哥赶紧带着乔敬则回去了。酒吧那种地方，她才不喜欢让她七哥待太久呢。

这一夜，就这么折腾过去了，在盛远时和乔敬则研究恐男症是什么时，南庭把齐妙安置好，带着睡不着回对门的家了。

依然一夜无眠。

第二天南庭是夜班，她做好早餐后去敲齐妙的门，没人应，打齐妙的手机，那位姐姐说："我上班走了。"

南庭倒也没怀疑，可当她和睡不着一起享用早餐时，齐妙已经到了中心医院，排队挂了精神科桑桎的专家号。

桑桎看到她，没有假装什么都不知道："终于肯正视自己的病情了？"

齐妙看着他："南庭说你很厉害，我不信。"

桑桎淡声："那还来？"

齐妙竟然说："我来证明，你连一个简单的恐男症都治不好，更别说是她的睡不着了。"

"这是激将法吗？"桑桎笑了，"你们姐弟都让我挺意外的。"

齐妙言归正传："凭南庭的热心，我不自己来，她肯定也会和你说，我是不希望给你创造机会。"

桑桎认为没有必要和她说：自己已经退出，确切地说，是出局。

他挑了下眉："说说你的症状。"

"在这儿就能治病了？"齐妙环顾诊室，"我以为该在一个更私密的空间。”

桑桎失笑：“你挂的是我的号，不在这儿，能在哪儿呢？”

也对，要是他带自己到一个私密的空间，她还会以为人家另有企图呢。齐妙调整了很久的情绪，才开始：“我和异性正常相处没问题，比如和同事，只要他们别对我毛手毛脚的……”

桑桎坐在她对面，神色平静地听着，偶尔问一两句，也不深究，不像个医生，反而像个老朋友，齐妙渐渐放松下来，一不小心就倾诉了差不多两个小时，末了问：“能治吗？”

桑桎的答案看似模棱两可：“找到病因应该可以。”

齐妙只请了一上午的假：“那我什么时候再来？”

桑桎把自己的手机号码告诉她：“在你觉得受其困扰的时候。”

齐妙走后，桑桎如常工作，临近下午四点时，他从医院直接赶去机场，然后那么巧地在航站楼遇见了南庭。

南庭的第一反应是转身就走，可走出几步又停了下来，一步步走回来。

桑桎未语先笑：“我还以为，从此以后，我们连打个招呼都不能了。”

南庭抬头看他：“回家吗？”

桑桎点头：“太久没回去了。”

南庭问：“其实是因为我，你才一直不回家的对吗？”

“和你没关系，是我的问题。”桑桎的目光落在她脸上，“不管我们还能不能做朋友，南庭，我希望你都考虑由我为你治疗，我没有办法保证一定可以治愈，但我却是最了解你病情的人，没有人比我更合适。”

是啊，没有人比他更合适。可一个喜欢自己的人，适合做朋友吗？换作别人，南庭的答案是肯定的，面对桑桎，她却迟疑了。

七年对于一生而言，占据了足够大的分量，南庭没有办法把一个帮助自己走出阴霾，并给予了自己太多照顾的人从记忆中抹去，从生命中抹去。至于不眠，她看似无所谓地对盛远时说，也许慢慢地自己就好了，其实是因为考虑到不能和桑桎有过多的接触，有意放弃治疗。

在此之前，南庭也以为，桑桎不再愿意见自己，结果只是这么匆忙地一遇，他首先想到的还是她的病。感动的情绪淹没了所有，相比那个雨天的气愤和冲动，南庭平静地说："是我太迟钝、太自私了，一直把你往好朋友和哥哥的位置上推，心安理得地享受着你的关照，而且，有我家破产的事情在先，我始终觉得，我们是不适合走到一起的，所以，我从不往那上面想，我以为你也是。"

南庭抬眸注视着桑桎的眉眼："我没对你说过谢谢，不是不懂你的付出，而是觉得那两个字，配不上你这五年来，无论在治疗还是在生活上给予我的一切帮助。你曾告诉我，生命是神的馈赠，而神的东西是未完成体，余下的人生，需要我们自己去继续。我能摆脱抑郁症的困扰，从地狱走向天堂，也是因为你告诉我，这世上，最大的奇迹不是宏伟的景观，是人的勇气。老桑，即便面对七哥，我也会说一句，没有你，就没有今天的南庭。你之于我，就是这样的意义。所以除了你，我可能也没有办法信任别的医生。"

即便不能得到爱的回应，自己在她心里也是有分量的，就够了。

"我的心思，对你，对盛远时，都不再是秘密，你不用有负担，盛远时说得没错，我不是无私的，我是有所求，既然求不到，我不会强求。"桑桎笑了，透出几分苦涩，也有几分释然，"你没有说谢，没有发我好人卡，更没有说那些我现在可能还无法接受的祝福，我很感激。治疗中再见，我只是一名了解你病情的医生，你之于我，也只是无数患者中的一个。"他朝南庭伸出了手，"谢谢你的信任，希望通过我的专业，能让你痊愈。"

南庭注视着那双曾把自己从深渊中拉出来的手，眼眶热得下一秒就要有泪落下来，她努力地微笑着，递出自己的手与那只宽厚的手握在一起，她清楚地感觉到，桑桎微微用了一下力，再一下，然后，轻轻地松开："好了，我先回趟家，回来之后和你的家属约治疗的时间。"

他的语气听起来轻松惬意，南庭希望，那是他真实的心声，而不是伪装，她说："一路平安……桑医生。"

桑桎的目光有细微的变化，又被他迅速地用微笑掩饰过去了，等他的身影在视线中消失不见，南庭转身，就看见盛远时站在不远处看着自己，不知道是什么时候来的，又听见、看见了多少。

他走过来说：“那一句桑医生，会让他很难受。”

南庭垂眸：“难受才能忘得快。”

他的蛮蛮，在爱情面前，从来都是坚定而果敢的，盛远时庆幸自己是赢家，否则，他无法保证自己能像桑桎那样平静以待。他摸摸南庭的头：“幸好我是你的独宠。”

南庭今天扎了丸子头，他这样一个摸她脑袋的动作，一不小心就会把她的头发弄散，南庭皱着眉拨开那双作乱的手：“你只是之一。”

盛远时略显不悦地盯着她：“我以为我该是唯一。”

南庭微微皱眉：“那睡不着怎么办啊？”

睡不着……这样的对手和比较，盛远时有点无法接受：“它能和我相提并论？”

盛总这样一副明显嫌弃的语气，让南庭忍不住提醒他：“是你说的，让我养它。”

盛远时脸一板：“我都还没和你算过夜的账。”她倒先和他讲条件了。

南庭才不和他纠缠：“我要去上班了。”说完就要走。

她情绪的变化，盛远时瞬间感知，他扣住她的手：“我作为家属，还没有同意由他为你治疗。”

“人家说的家属是指我小姨吧？”南庭眨巴着大眼睛，“你说是不是啊，男朋友先生？”

盛远时手上用力，把她拉向自己：“你是在提醒我，昨晚没有完成的事吗？”

“我今晚夜班，你明天执飞要在外场过夜，”南庭把手抵在他胸口，忍笑道，“至少这两晚，没有办法继续。”言外之意，她是安全的。

盛远时刚想说：我想收了你，值班和执飞能阻止得了吗？就被一道女声打断了，他听见有人挑衅似的说：“二老公，别忘了后天晚上我们约了玩通宵啊。”

喜欢和他唱反调的女人，这世上，可能只有程机长一人了。盛远时循着声音的方向看过去。

程潇踩着高跟鞋一扭一扭地走过来，毫不尊重领导地拨开了盛远时的手：“大庭广众之下，盛总，你是不是该注意下影响？”

盛远时看向尾随程潇而来的顾南亭：“我产生的影响会有你们夫妻同框的影响大吗？”

顾南亭朝向他打招呼的南庭点头微笑，说：“我们俩已经过气了，你们俩才是 G 市空港近期的热门话题。”

南庭看时间差不多了：“我回塔台了。”

不等盛远时发话，程潇抢白道：“我懂，我送。”说完拉着南庭走人。

盛远时听见渐行渐远的他的蛮蛮问程潇：“你干吗总气我七哥啊？”脸色顿时就好了，他问顾南亭：“找我有事？”

顾南亭点头：“新航煤试飞的事。”

齐子桥牵头，齐润集团负责研制开发生物航煤一事，盛远时当然是知道的，但这事从顾南亭嘴里说出来，盛远时就明白是怎么回事了：“看来在这件事情上，我爸妈没达成共识。”

顾南亭毕竟要年长几岁，能体会作为父母的心情：“新航煤的生产研制是关乎民航工业振兴的大事，试飞的人选当然是慎之又慎，尽管你有经验，还是要按程序办事。”他把一份资料递过来，“试飞员选拔相关资料。”

盛远时打开资料看了看，笑了：“怎么好像比上次还严苛？”

但顾南亭相信，只要他想飞，一定是所有参加选拔的飞行员中综合考核成绩最优秀的。所以，一旦按程序办事，盛远时是当仁不让的试飞人选，尤其他还具备国产大飞机首飞试飞员的身份优势，可顾南亭还是说：“至于最终是不是你来飞，我们商量后再定。”

盛远时却说：“没什么可商量的，我母亲是生物航煤技术的发起人，我作为民航飞行员，试飞责无旁贷。”

顾南亭停顿了几秒：“还是和南庭商量一下。”

这一回，盛远时没有马上拒绝。

当天晚上，南庭是夜班，临上席位前，盛远时发微信告诉她：“我在指挥中心。”不等南庭回复，又追加了一条信息，“我给自己批了间机长宿舍。”

南庭自知劝不动他，只好指示：“为了确保明天的航班不会因为机长没睡够而延误，你十点前一定要睡着。”

盛远时回复：“照办。”

繁忙时段过去后，应子铭带南庭去了进近管制室。

这一次，应子铭亲自上席位指挥，南庭像见习时一样，站在他身边听和学。

临近深夜，基本都是进港的飞机，属于进场阶段，应子铭把几架都在申请进近的飞机排列好顺序，逐一给出指令：

“新锐 2136，可以飞行到 G 市机场，修正海压 1011。”

“海航 7812，能见机场报。”

“中南 268，G 市进近，可以直张 VOR 进近跑道 04。”

“南程 8278，联系塔台 118.2。”

趁给指令的空当，他指着雷达显示屏为南庭讲解：“这几架飞机都是从北面过来的，当它们还没有出现在雷达上时，你就要考虑如何排序的问题，别等他们申请指令了再去想，那样容易造成延误……作为管制员，尤其是进近管制员，你要提前去想象各种问题，把所有可能发生的情况全想一遍，这样才能避免问题的出现。”

南庭专注地听、认真地做笔记，当应子铭完成一个时段的指挥走下席位，她赶紧把保温杯递给他：“下个时段您休息吧，我跟着师兄就行。”

应子铭喝了口热水，皱眉抚了抚胸口：“我去休息室待会儿。”

南庭发现他的异样：“您不舒服吗？”

应子铭摆摆手：“胃有点疼，没事，老毛病。”

那南庭也不放心：“带药了吗？在哪儿呢？我去拿。”

应子铭却说：“休息室里我备着药呢，我过去吃就行。”

南庭跟去了休息室，看着他吃了药，还是不肯走。

应子铭安慰道：“做管制工作的人，作息都有些紊乱，有几个没胃病的？不要紧。”然后还和她聊天，“你是我见过的三餐最规律的年轻人了，这个习惯不错，继续保持。”

南庭又给应子铭接了杯热水，让他拿着暖胃：“因为不好好吃饭，我得过很严重的胃病，后来才学乖了。”

“年轻的时候多爱惜身体是对的。”应子铭说着，忽然想起来一件事，“我们管制员都有航线实习的机会，目前就你没飞过了，这次你去，通知书明天你想着找我拿。我查了下，你实习那天，南程恰好有航班，你提前和盛远时商量去吧。”

南庭感激师父为她和盛远时创造机会，但她说：“这是工作，不是旅行，不用和他商量，到时候，我赶上哪趟航班是哪趟。”

应子铭笑了：“随你。”

南庭看他脸色稍稍恢复了些：“好点了吗，师父？”

应子铭点头：“好多了。你也抓紧时间休息一下，一会儿还要上席位呢。”

虽然睡不着，南庭还是答应下来，而为了避免影响应子铭休息，她关了休息室的灯，在距离应子铭不太远的沙发上坐了下来。

或许是休息室里过于安静了，也可能是遇到桑桎后，她又想起了那段对抗抑郁症的日子，南庭竟然感觉到了疲惫，她闭上眼睛，试着用桑桎教她的方法，努力地调整呼吸，渐渐地，意识有些模糊，南庭隐约听见一道男声说：“G 市进近，南程 6678，高度 9500 米，应答机 2426，听你指挥。”

是盛远时。

不自觉就翘起了嘴角，南庭听见自己说：“南程 6678，G 市进近雷达看到，通播 K 有效，下高度 5700 米保持，保持当前航迹。”

盛远时复诵，声音语气和她的一样，轻松而愉悦。南庭控制不住地想，这是自己急于在进场阶段引领她七哥才会出现的幻觉吗？闭着眼睛的南庭，脸上的笑意更深了几分。

接下来的声音显得有些遥远，南庭要特别集中精力才能听清，盛远时和副驾驶说：“把襟翼 2 放出来。”

放襟翼是为了增加阻力，让飞机减速，可他现在的高度，应该还不需要放襟翼吧？南庭正奇怪，又听见了丛林的声音，他说：“快速检查，襟翼 2。”

除了声音，南庭竟然还看到了丛林把襟翼手柄设置到 2 的位置上，好像自己也在飞机上，在驾驶舱里，看着机组在做着陆前的准备工作。

紧接着，ECAM，也就是飞机中央电子监控系统忽然跳出故障显示：飞行操纵，襟翼故障。南庭被突如其来的声响吓了一跳，丛林则几乎是在瞬间立刻按压警戒灯止响，并汇报故障名：“飞行操纵，襟翼故障。”

盛远时依然是从容不迫的，他冷静地说：“证实。”与此同时，手已经在开始操作，人工选择速度 190 节，防止飞机进一步减速，并向管制员汇报，“南程 6678 申请终止进近，现在襟翼卡阻，需要去 DSH 等待。”

像是第一次在波道中听见他说需要低空通场一样，南庭的心在那一刻有些慌乱，可她还记得自己的职责，迅速让自己平静下来后，她给出指令：“南程 6678 收到，现在可以直飞 DSH，加入标准等待。”

盛远时接收指令：“直飞 DSH，加入标准等待。”随即对丛林说：“我操纵通信，你做 ECAM 动作。”

丛林服从机长安排。

盛远时对她说：“南程 6678，我可能需要等十分钟，好了报告。”

他明明看不见她的动作，南庭还是下意识点头：“收到。”

接下来的十分钟显得格外漫长，南庭一直在看时间，她像是听见了盛远时先后与乘务长以及南程指挥中心通了话，但具体说了什么，她特别努力地去听，却怎么都听不清楚。

十分钟之后，没有接到他的报告。

十五分钟过后，他的无线电始终静默着。

南庭忍不住呼叫："南程 6678。"

没有回应，波道中寂静无声。

再次呼叫，依然如此。

南庭有意持续呼叫，可在这时她像是被什么卡住了喉咙，半天发不出声音。越发不出声音，她越急，情急之下，忽然一个激灵，人就清醒过来。

又是一场梦，一场如同亲身经历的梦。

安静的休息中，应子铭的呼吸声轻轻地传过来，南庭透过窗户看向外面，深夜的空港，没有了繁华城区的喧嚣，显得有些空寂和凄冷，她注视着机坪上那些停得整齐有序的航空器，大脑却在想：襟翼放不下来，可能发生的情况，重着陆、大速度接地、冲出跑道……

盛远时当天有飞行任务，他主持完飞行会议后，就准备直接去机库接收飞机，结果等他从指挥中心楼上下来时，就见南庭在一楼大厅的休息区里坐着，不知道来了多久，看见他的刹那，她蓦地站起来，由于起身的动作太急、太猛，腿都磕到了椅子上，可她像是完全没感觉似的理也不理，径直朝他走过来，与上一次看书等他时的安静相比，判若两人。

盛远时的眉心微微蹙起，他快步迎上去，不及开口问什么，行至近前的南庭整个人撞进他怀里，与此同时，胳膊紧紧地环上了他的腰，末了还像不够似的，用了点力气紧了紧手臂。

盛远时手上还拿着飞行资料，他单手抚上她的背，柔声问："怎么了？"

南庭不说话，只是把脸埋在他胸前。

指挥中心此刻人来人往，有任务的飞行员和空乘，还有值班的其他岗位的南程员工都过来处理相关的工作，看到这一幕，既不敢上前和盛远时打招呼，又控制不住好奇的目光，视线齐刷刷地投射过来，令他们成为被关注的焦点。

盛远时并不在乎那些目光，他只关心南庭怎么了，原本昨晚他们约好的，她下了夜班后自己回家，他则正常执飞，等他返航时，南庭指引他着陆，可向来懂事听话的她下班后却没有走，反而特意来了指挥中心找他。

他们的关系确实是整个空港公开的秘密，但现在的南庭不同于过去的司徒南，她并不愿意在人前和他有所亲密，此刻的一反常态，让盛远时有些担心："身体不舒服吗？"

南庭只是摇头，不肯开口。

盛远时把南庭从怀里拉出来，发现她眼睛里布满血丝。从知道她睡不着那天起，他就格外注意观察，从未见她有这样的状况出现，盛远时把手里的资料递给身后不远处等待的丛林："你先去机库。"然后扣住南庭的手："跟我来。"说着，把她带往自己楼上的办公室。

或许是忍了太久，到了只有她和他的空间里，南庭的眼泪忽然就止不住了，可她又不想在盛远时面前哭，就急急地擦眼睛，但还是被关上门转过身来的盛远时看见了。

盛远时拉开她揉眼睛的手："到底怎么了？别让我着急。"

明知道不该开这个口，可是——南庭抬头，拿那双盈满泪意的眼睛看他："七哥，你今天能不能不飞？"

盛远时靠在办公桌上，把她拢在自己身前："你有什么要求七哥都可以答应你，但是蛮蛮，你要给我一个理由。"

南庭不敢说，生怕说出来就会成真，什么特情、事故、空难，这样的字眼，或许每一个民航人都会刻意回避。她心里也很清楚，盛远时是优秀的民航飞行员，是责任机长，他每次执行任务，都是有一定危险性的。然而，当她莫名其妙地睡着，又毫无预兆地梦到那些，她再无法像从前那样只是祈祷他起落安妥，如果可以，她真的不想让他飞，她害怕他遭遇特情，害怕他发生意外。

可飞行是他的信仰，她不能折断他的翅膀。南庭的眼泪噼里啪啦地掉下来，她就那么哭着央求道：“只是今天不飞可不可以？就今天，七哥，我求求你。”

盛远时有多宝贝她不言而喻，此刻，她像个孩子似的哭得那么无助，他的心情可想而知，可他不仅仅是南庭一个人的七哥，还是民航飞行员，是南程的总飞行师，盛远时把她搂进怀里安抚着、哄着，直到她哭得不那么厉害了，才柔声说：“蛮蛮，七哥只是去工作，和以往每一次飞行一样，把乘客送到目的地就回来。七哥答应你，以后尽量少飞，多在家里陪你，好不好？”

南庭抱住他，像是他会走掉一样不肯松手，更不肯松口，只是在他怀里摇头，不答应他去飞，不让他走。

她从来没有这样任性过。盛远时抬头看了下时间，耐心地说：“七哥是总飞行师，完全可以不必像其他飞行员那样，飞得那么辛苦，可今天这趟航班上有要客，不能出任何差错，甚至为了确保航班不因机械故障而延误，南程都调出了一架备用机，所以才要我亲自飞，而且现在距离预计起飞时间只有三个小时不到，来不及安排别的机长，蛮蛮，你能理解七哥吗？”

身为民航人，他们的工作不仅仅是工作，还关乎无数的生命安全，尤其他身为一家航空公司的总飞行师，南庭能理解盛远时肩膀上担负的责任，只是……她听见他的话，竭力让自己平静下来，微哑着嗓子说：“我昨晚又睡着了，然后梦见……你执飞的航班出了故障。”

盛远时闻言，眉宇间有细微的变化，可他的语气听起来还是那么轻松：“不是都说梦是反的吗？难不成我的蛮蛮还会未卜先知？”说着，把她从怀里拉起来，抽了张纸巾为她拭泪，“因为一个梦哭得这么伤心，我都要以为是生离死别了。”

他随口的一句话，却让两个人的心都一颤，见她又要哭起来，盛远时抓起她的手往自己嘴上打了一下：“说错话了。我是以为乔敬则把我以前和别的女人约过会的事告诉你了，你过来找我兴师问罪呢。”

南庭哪有心情计较他什么时候和别的女人约过会，她吸着鼻子说：“我梦见你的飞机出现了襟翼卡阻。”

“只是襟翼卡阻？”盛远时轻松一笑，“别说是梦，就是真的遇到这种情况，我应付不了吗？你对你七哥的飞行术，是不是太没信心了？”

南庭当然不是对他没信心，可影响飞行安全因素的，不仅仅是飞行员的飞行术啊：“襟翼在起飞和降落时起到的关键性作用，也是不容忽视的。”

“七哥现在没有时间和你详细说明襟翼卡阻时机组的具体操作流程，你只要记住，这种你七哥遇到过多次的特情，难不住我就 OK 了。”盛远时又看了眼时间，“七哥今天真的必须飞，但七哥答应你，飞完这班休息一段时间，陪你治疗，给你做专职司机好吗？”

南庭犹豫着问：“你真的遇到过襟翼卡阻的情况？”

其实没有，但盛远时的神情不容置疑：“当然，我飞了快十年，什么特情没遇到过？发动机着火我都平安着陆了，还怕一个襟翼卡阻吗？”

南庭盯着他看，像在考证他话的真实性，最后，点头。

盛远时低头亲了她一下，在她耳边低声说：“等我这趟飞回来，就吃了你。”

南庭注视他的眼睛，承诺：“好。”

专注热烈的目光在她眉眼处停留片刻，盛远时笑了。

两个人一起下楼时，南庭还不放心地嘱咐：“你再复习一下处理襟翼卡阻的流程。”

盛远时失笑，他指指自己的脑袋：“都在这儿记着呢。”

南庭却依然放心不下，在盛远时赶往机库后，她并没有回家，而是去了塔台，直到两个多小时后，盛远时执行的航班准时顺利地出港，她又给程潇打了个电话，在确定程潇稍后会到机场来的情况下，她说：“能不能通过指挥中心或是签派那边，让我随时了解到他的飞行状态？”

不知内情的程潇笑道：“你这实时追踪做得也太到位了吧！怎么，他今天执飞的那趟航班上有你情敌吗？”

如果只是情敌，她才不会这么担心。南庭一时间没有办法向程潇解释太多，她有点耍赖似的说：“你就说你能不能搞定吧？”

“这点小事我都搞不定，枉被称一句：顾太。”程潇在那边说，“你在哪儿呢？塔台吗？五分钟后下楼，我接你过去。”

其实南庭身为管制员，也可以通过进近管制员和区域管制员了解到盛远时的飞行情况，可那样她听不到盛远时的声音，心里还是不踏实，索性就找程潇帮忙了。

程潇把她接到了指挥中心，联系上盛远时后，她先说：“我二老公要和你说话。”

通常情况下，天上的飞机和地面的指挥中心建立联系，都是有紧急的事情，盛远时本以为是公司有事，结果得知南庭和程潇来了指挥中心，他了然一笑：“我现在处于正常的巡航状态，不用担心。”

程潇拿胳膊肘碰了南庭一下，小声说：“女朋友就是不一样，我认识他这么久，从来没这么和气地和我说过话，我都要以为他生来就不会好好说话了。”

南庭不太有心情说笑，她也清楚，不该以私人关系在盛远时执飞期间和他联系，确定他那边一切正常，她只说：“那你注意安全。”

盛远时温柔地说：“我要两个小时之后才会降落，要是你不急着回家，就和程潇在指挥中心玩一会儿。”意思是允许她留下来，通过指挥中心和他保持联系。

南庭眼眶一热，她低声说：“好。”

程潇听闻她上午来过指挥中心一趟，还在大庭广众之下抱着盛远时不松手，不禁诧异：“不会是你听说何子妍喜欢他的事，过来宣示所有权的吧？”

南庭垂眸：“我才没有那么无聊。”

“你可别不拿何子妍当回事。”程潇随手拉了把椅子过来，骑坐在椅子上，手搭在椅背上看着她，“他们俩是在国外认识的，凭何子妍的资历明明可以到其他航空公司做配餐经理，却为了盛远时到 YG 做了一名普通的配餐师。我刚到 YG 的时候，她以为我是盛远时的老情人，对我还挺有敌意的。后来南程组建，她更是放弃了 YG 那边的升职加薪的挽留，自请到南程工作。而且你别忘了，那次把盛远时气到替飞，也是因为她那一句‘桑太太’。”

南庭本就聪明，尽管当时没反应过来，事后多想了想，也就猜到了何子妍对盛远时的心思。那几天，整个空港都在流传关于南庭的流言蜚语，盛远时作为绯闻男主角也被牵涉其中，何子妍不可能一点风声都没听到，可她偏偏当着盛远时的面，说了那样一句话，南庭怎么可能不明白？

却因为盛远时说了那句“她是我女朋友”，没真的把何子妍放在心上。听程潇说了这些，南庭问：“她是为了七哥才到南程工作的？”

“不然干吗跑到 G 市住南程的员工宿舍？回 A 市住别墅多好。”程潇替她把功课都做好了，“何家的生意做得还挺大的，和国内的几家航空公司都有航煤方面的合作。”

何家的生意有多大，南庭在当年司徒家破产的时候也是有所耳闻的，但当年何家公司的主业是房地产，没想到短短五年，竟然还涉猎了航煤。

南庭好奇：“中南也和何家有合作？”

“他们还排不上号。”程潇一笑，“中南一直都是和齐润集团合作。”见南庭没有任何反应，她疑惑地问，“你不会不知道齐润集团的董事长是盛远时的亲妈，你的准婆婆吧？”

南庭一怔。

程潇一拍脑门：“我好像说多了。”

在还是司徒南的时候，南庭就知道盛远时的父亲是空军首长，由于他不肯从军，选择飞民航运输机这件事，他们父子还曾发生过不快。南庭清楚地记得，盛远时说过：“在部队，我飞得再好，别人也只会说，我是盛叙良的儿子。”就这样，他固执地选择了民航。

至于他的母亲，南庭听过他笑言：“我妈支持我飞民航，在她看来，如果我成为空军飞行员，就是用来被我爸牺牲的。”于是，南庭并不知道，盛远时的母亲竟然是一个集团的董事长。

所以，自己当年隐瞒司徒家破产，他才会那么气愤，因为在他看来，那本是一场可以挽回的败局，她却顾及什么自尊和骄傲，把唯一的机会，以及和他在一起的机会，一并放弃了。

一时间，南庭的心情有些复杂，她不确定，自己是不是在后悔当年的隐瞒，还是依然坚定，自己在吃过那些苦之后的成长，是值得的。

南庭又想起五年前那一晚，喝下那杯牛奶后，意识模糊之时涌起的“如果盛远时再来找我，我就把司徒家的困境告诉他”的念头，她忽然就不纠结了。一切都是命中注定，那属于她的劫，就要她自己来经历，成功了，她就脱胎换骨；失败了，她这辈子，就只能是桑桎所说的，那个神赐予的未完成体。

南庭对程潇说：“放心，我不会因为他明明有能力帮我，却被我放弃了而感到后悔，我始终相信，只有变成更好的自己，才能与那么优秀的他重逢。”

程潇松了口气的同时不忘打趣她：“酸得我牙都要倒了。”

南庭打她一下：“别以为我没亲眼看见你和顾总谈恋爱，就不知道恋爱中的你有多酸。”

程潇无所谓地一挑眉。

就这样一聊一闹间，两个小时很快过去，当盛远时打来电话说：“落地了，一切顺利。”南庭才放心回家。可对于自己只要睡着就做梦的情况，她再不像从前那样持无所谓的态度，当晚，她对在外场过夜的盛远时说：“七哥，我还是想让桑桎替我治疗，我想好起来。”

盛远时其实也通过朋友和心理学方面的专家请教过，清楚桑桎是最适合的人选，只是此前他确实是有顾虑，倒不是占有欲作祟让他拒绝桑桎，而是担心南庭抗拒，可听见她在航站楼里和桑桎的对话，以及她白天因那个梦泣不成声的样子，盛远时也是有了决定的，他说：“等他从 A 市回来，我们就开始治疗。”

结束和南庭的通话，盛远时站在酒店的阳台前，手撑在栏杆上看向夜空，反复地思考，等齐润集团扳倒了桑家和何家，南庭那边，他要如何解释？

同一时间的A市，桑桎终于等到了桑正远。

听闻父亲出差是为了航煤的事，桑桎劝道：“桑家的主业是物流，这些年，虽然也有很多新的物流公司崛起，但并未影响桑家在物流方面的地位，爸，你最好听我的，做好物流，别碰化工，别碰航煤业务。”

“物流再做也就这样了，既无法形成垄断，还可能越做越小。”桑正远比五年前苍老了些，可眼底身为商人的犀利和精明还在，他说，“这些年，民航业发展迅速，航煤的需求也是逐年增加，G市的齐润集团更是凭借航煤业务，跃居行业之首，我跟着他们走，怕什么呢？”

齐润要对他出手，他却跟着人家走？桑桎都要控制不住嘲笑他了：“如果我告诉你，齐润盯上了你，盯上了桑家，你相信吗？”

“你听谁说的？”桑正远怎么可能相信？他自认为没有得罪过齐润集团，“我们桑家和齐润没有过任何业务往来，他们盯着我干什么？”见桑桎还要说什么，他语有不善地抢白道，“我还以为三十五岁之前你都不打算踏进这个家门了。”

桑桎无意和他讨论其他，他近乎执拗地说：“如果你还希望我在三十五岁之后，能有机会从你手里接手‘远洋物流’，你就别跟着齐润的风向走，尤其是航煤业务，千万不要沾染。”

桑正远显然无法接受这份突如其来的“忠告”，他试图说服桑桎和他达成共识：“我了解过了，也得到了确切的消息，最多两个月，国际航煤价格一定会涨，我如果把握先机，抓住这个时间差，‘远洋’就能顺利拓展一项新的业务，这个业务的利润是你没有办法想象的。”

桑桎于是换了一个角度提醒他：“‘远洋’要拓展新业务我不反对，但我希望你三思而后行。先不说航煤作为航空零部件管理，有它专门的工艺和特定的标准，生产研发是不可能的，充其量你就是无数代理中的一个，既然是代理，那收集、运输、仓储、渠道，每个环节的推进，都需要投入大量的资金，如此高的成本风险，你难道都不担心吗？”

“我就是都考虑到了，才决定根据我们在运输方面的优势和‘何创’合作……”

桑桎打断了他：“你要和何家合作？”

桑正远答得理所当然：“‘何创’三年前开始接触航煤业务，现在已经做得有声有色，我不利用何勇踢这临门一脚，怎么推开这扇门？”

难怪他会突然要去化工领域分一杯羹，原来是和何家有关。桑桎冷笑：“我们和何家是什么关系？你竟然还想借何勇的‘何创’涉足航煤，你难道不怕反被他利用了？”

桑正远向来自负，面对一天生意都没做过的儿子，他几乎是胸有成竹地说：“商场上没有永远的敌人，只有永久的利益。另外，你可能不知道，何子妍目前就在G市的南程航空工作，南程隶属于中南集团，一旦何勇通过这层关系和中南建立了合作，那我们可就是渔翁得利了。”

何勇都快自身难保了，自己的父亲却还想着渔翁得利。桑桎无可奈何，这一刻，他突然有些遗憾，遗憾自己不是“远洋”的掌舵人，没有话语权，更没有决策权。“五年前，司徒家是怎么破产的你没忘吧？”见桑正远的脸色越发地沉了，桑桎以破釜沉舟的心情说，“齐润集团的董事长是位女士，你应该是知道的，我要告诉你的是，这位齐董事长在不久的将来会和司徒家成为亲家，成为司徒南的……婆婆。”

桑正远闻言怔了片刻，眉心蹙紧的样子像是把儿子的话听进去了，在思考涉足航煤业务所承担的风险。可桑桎太了解自己的父亲了，那个好不容易和何家联上姻，又认为司徒家更好，企图和司徒家攀上关系的桑正远，在此之前或许还在想，如何阻止无权无势无背景的南庭嫁入桑家，但当得知南庭要成为齐润集团齐董事长的儿媳妇了，心里怕是又要不舒服了，说不舒服或许不恰当，确切地说，是无法接受。

果然，当桑正远反应过来，他顿时就发作了，冷声质问道：“司徒南不是和你在一起吗？她的婆婆不该是你妈吗？什么时候她要成齐家的儿媳妇了？”

看吧，这就是自己的父亲，桑桎的语气难得地犀利起来：“司徒家破产后，你不是就抵触她、排斥她吗？你不是认为我娶她不能给桑家带来利益回报，一直持反对态度吗？怎么，我不能和她在一起了，又不合你心意了吗？”

桑正远怎么能接受儿子这样和自己说话，他气得浑身发抖，伸手就要打过来：“连个女人都搞不定，还为桑家惹来这样的麻烦，桑桎，你可真行。”

竟然成了他为桑家惹来的麻烦！桑桎有些哭笑不得，而他也不认为自己应该承受这一巴掌，于是，面对父亲不可理喻的怒意，他霍然抬手，稳稳地隔开桑正远的手，一字一顿：“你儿子长大了，你打不动了。”然后甩开那双从小到大也没牵过他几次的手，“我能做的、该做的，就这些，你听得进去最好，若是不信，决意挑战一下齐董事长维护儿媳妇的决心，我不拦你。”

离开家前，桑桎对向来软弱可欺的母亲说：“面对利益的诱惑，他怕是很难回头，我其实也知道，这趟回来，起不到太大的作用，可我到底姓桑，人家都直言不讳地告诉我，该提醒他小心了，我总不能什么都不做。我了解过了，齐董事长是一位非常正直，且有魄力的企业家，她不会像当年何勇算计司徒家那样对付我们和何家，所以，您也不用特别担心，就把属于自己的东西守好就行。”

桑母是那种视婚姻和家庭为全部生命的女人，可多少年了，丈夫和儿子一直这样水火不容，现在……或许是意识到了“远洋”及桑家的辉煌，终于要在丈夫的利欲熏心中终结了，也可能是对自己的婚姻和人生感到绝望，她泣不成声。

桑桎把母亲搂在怀里：“没事，还有我呢。”

当晚没有回 G 市的航班了，桑桎必须在 A 市再停留一晚，可面对母亲的不舍和挽留，他终究还是选择了住酒店。明明疲惫至极，却怎么都睡不着，他就下楼去买了包烟，然后坐在窗前，一根接一根地吸。他是医生，最懂吸烟有害健康的道理了，然而这一夜，向来不吸烟的男人，恨不得用尼古丁毒死自己。

第二天回 G 市的航班是下午的，桑桎却早早就到了机场，像是一刻都不愿多在这座长大的城市停留。临近中午，盛远时到航站楼的南程服务台取资料，不经意抬头，就看见桑桎坐在休息室里看杂志。

盛远时走过去，坐到他对面："这么快就走了？"语气熟稔。

之前在 G 市机场和南庭遇见时，桑桎也看见盛远时了，只是没料到回程又能遇见，他说："不走能干什么？也帮不上忙。"

盛远时注意到他面上的疲惫之色，几乎可以想象他此行有多不愉快。回家能不愉快到这种地步，这是一个在温暖健康家庭长大的人无法理解的："看来你爸挺执迷不悟的。"

桑桎一笑，苦涩又无奈的那种："我有时候也奇怪，他那种脾气秉性是怎么把'远洋'撑到今天的。"

"那就说明，他还是有道的。"盛远时挑了下眉，"也许你的忠告他能听进去。"

桑桎抬眼看他，像是在问："如果他听进去了，你打算怎么办？"

盛远时就笑了，那笑容有着胸有成竹的自信，然后，他没再继续这个话题，而是问："什么时候开始治疗？"

"我随时都可以，"桑桎端起咖啡喝了一口，"看你。"

盛远时也不犹豫："那就根据她的排班来吧。让她请假治疗，怕是不可能。"

桑桎对此没意见，只是事先说明："治疗需要到我那边去，不是医院，是我家。"见盛远时抬眼看过来，他说，"你可以一起来，虽然我内心并不欢迎你。"

盛远时失笑："咱们俩彼此彼此。"然后意外地感慨了一句，"你这份大气，我还挺服的。"

向来温和的桑桎不客气地怼了他一句："不是你说的，要输得起吗？"

盛远时看时间差不多了，起身时发出邀请："要一起吃个午饭吗？"

桑桎拒绝："我怕消化不良。"

盛远时也不勉强，只说："既然选择了南程的航班，有需要就提，除了在她的事情上我有必要的原则，不能退让外，其他方面，我还算好说话。"

桑桎的目光落在他飞行制服的四道杠肩章上，不领情地道："我现在改签还来得及吗？"意思是不想坐他飞的航班。

盛远时笑了下，像劝老朋友似的说："别改了，麻烦。"

桑桎无语。

这样的气氛，在外人看来哪里像是情敌共处？说他们是好朋友，都有人信。但两个男人心里是清楚的，在医院打过那一架，在酒吧喝过那几杯酒后，彼此都坦然了，因为胜负已成定局。

桑桎从昨晚就没吃饭，这么聊了几句后，忽然有些饿了，他找了家餐厅吃午饭，然后去办登机手续。排队期间，听见前面一位老人问："免责单是什么？为什么我要填这个？大家都填吗？"

值机把手里的单子放在柜台上，解释说："老伯，公司有规定，八十岁以上的乘客属于特殊乘客，需要填免责单，否则就不能乘机。"

老人"哦"了一声，似乎是听懂了："是怕我在飞机上出什么事，让你们负责吧？"

值机是个挺负责的小姑娘，她耐心地说："高空飞行，氧气相对减少，气压又比较低，再加上空中飞行难免会有颠簸或是其他什么特殊情况发生，出于安全考虑，公司才会有此要求，请您理解。"

老人不疾不缓地说："我身体好着呢，又不需要特殊照顾，就因为年老，就要被歧视吗？"虽然这么说，但是还是掏出眼镜戴上，拿起单子在看，

“如果我不签，就不让我上飞机吗？”

值机心平气和地说：“公司有运输限制，我必须遵守，如果您不填单子，我确实没有办法给您办理登机牌。但您放心，如果您既不想填单子，又一定要坐飞机去G市的话，我可以请我的领导为您安排，看是否有其他航空公司愿意承载，尽量帮您改签。”

或许是老人听着都觉得麻烦吧，他语速很慢地嘀咕着：“竟然还有这种规定，真是的。”手上则拿起了笔，开始填单子，末了还拿给值机看，“这样可以了吧？”

值机明显松了口气：“没错，就是这样。”末了还不忘确认，“上面的条款您都看清了吧？”

老人还嫌她啰唆：“我不是都签字了吗？”

值机收回免责单，开始查询座位：“第二排靠窗可以吗？”

应该是对座位还比较满意，或者根本不计较，老人说：“都行。”

值机把登机牌打出来后嘱咐：“您是一个人出行，上机后可以和乘务人员说一声，让她多照顾您一下。”

老人接过登记牌拿好：“算了，还是不给你们年轻人添麻烦了。这人老了啊，到哪儿都不招人待见。”边说边走远了。

排在他后面的旅客边上前递上身份证边抱怨：“慢死了，真是麻烦。”

值机只能道歉：“不好意思，让您久等了。”

桑桎对此无奈地一笑，随后，他办理好自己的登机牌，去过安检。

由于G市大雨，航班延误了，盛远时作为机长，在接收完飞机后，向乘务长了解了一下全机的旅客情况。其实他只要掌握头等舱的旅客资料就可以，但从他晋升责任机长那天起，只要是他飞的航班，他都会提前和地面沟通，让他们把旅客名单统计一份给机组，多年如一日地坚持着这个习惯，直到成为南程总飞行师，更是直接把这一要求落实成了机长职责，目的是让机长对执飞航班的客舱情况事先有个了解。

发现这趟航班有一位八十高龄的旅客，盛远时交代乘务长："头等舱客不满，如果林老愿意的话，给他换到头等舱，能坐得舒服点。"

乘务长点头："好的，盛总。"

盛远时又说："今天气象条件差，途中会有些颠簸，多关注一下。"

乘务长应下："我会多留心的，盛总放心。"

盛远时才转身进了驾驶舱。

排队等待的时间，盛远时坐在驾驶舱里给南庭发信息："下雨，延误了。"

南庭应该是在席位上，手机不在身边，没有回复。

盛远时等了片刻，把手机放下，闭了闭眼："我右眼怎么跳得这么厉害？"

丛林不以为意地说："估计是南庭想你了。"

盛远时略显不满地看向他："南庭也是你叫的？"

丛林立即改口："我是说师母想你了。"

盛远时揉了揉眼睛，还是跳，他给乘务长打电话："给我包纸。"

乘务长很快送了一份当天的报纸进来。

盛远时眉心一沉："我要报纸了？"

乘务长理所当然地说："不是您刚打电话要的吗？"

盛远时抬头看她一眼："再帮我拿包纸巾，谢谢。"

乘务长才反应过来，赶紧出去又拿了包纸巾送进来，临走时还不忘给丛林使眼色，意思是：怎么不帮我打个圆场？

丛林憋笑："你不用急，就是下个雨，也就晚落地一个钟头，南……师母会等你的。"

盛远时心里想：她当然会等我。嘴上则吩咐："再和塔台沟通一下。"

自从盛远时脱单，只要不是南庭指挥，他就懒得负责通信的新习惯，丛林已经掌握了，他说："你不说我也知道，我这正准备再问一次呢。"

盛远时用手按住还在跳的右眼，忽然就想到了南庭梦见他襟翼卡阻的事，他静下心来，在脑海中过了一遍处置襟翼卡阻的相关流程，末了还翻出《缝翼或襟翼卡阻时的着陆》检查单看起来。

从林和塔台通完话，见他在看检查单，意外地说："这里面的内容你都能倒背如流了，还用看啊？"

盛远时瞥他一眼："我那么厉害吗？"说着，把检查单扔给他，命令道，"复习一遍。"

从林的脸皱成一团："为什么啊？"

盛远时又按了按跳个不停的右眼："加深记忆。"

在延误了四十分钟后，南程 1268 次航班从 A 市起飞，飞往 G 市。由于当天全国天气都不好，飞机绕飞雷雨耽误了一定的时间，且全程都有些颠簸。这样的气象条件，对于飞行员而言是很常见的，盛远时却特意给乘务长打了电话，再次交代她："注意林老那边的情况。"

乘务长在电话里说："我刚刚看过了，没什么异常，起飞后就睡了，餐食一口没动，我还想等会儿他下机时，问他要不要打包。"

一直在睡？盛远时忽然想到什么："机上有位桑医生，我没记错的话，他应该是坐在六排过道位置，你请他到林老旁边，帮忙照看。"

乘务长认为他过于紧张了，又不能不服从命令。

听乘务长说"机长说您是医生，请您协助我们照顾一位高龄乘客"，桑桎就明白盛远时在担心什么了。

桑桎走到头等舱林老旁边的位置，恰好飞机在这时颠簸了一下，他立步不稳，落座时不小心碰到了林老的腿，力道不小。

老人家一点反应都没有，像是睡得很沉。

医生的敏感让桑桎下意识搭上老人的脉搏，脉象微弱，他立即迭声叫林老醒醒。林老毫无反应，桑桎立即喊旁边的旅客帮忙，迅速把老人的座椅调平，实施抢救，乘务长则把头等舱的客人调到后面去。

接到乘务长通知的那一刻，盛远时终于明白为什么在起飞前自己的右眼一直跳了。相比返航和备降其他机场，此刻距离目的地 G 市最近，他马上与区调通话，申请直飞，以减少空中飞行时间，争取尽快落地。

区调得知机上的情况，立即指挥他下高度。

进入进近管制的范围，盛远时说："G 市进近，南程 1268，机上有位旅客疑似突发心脏病，申请优先落地。"

机上出现急症病人是最常见的特情之一，进近管制员很快给出指令："南程 1268 收到，现在雷达引导直飞长五边，左转航向 090，下高度 1500 米，大速度第一个。"

盛远时语速很快地复诵："左转航向 090，下高度 1500，南程 1268。"

进近管制员指挥其他飞机避让，同时电话通知塔台管制室做好交接准备。

南庭此时正在指挥大厅等待盛远时归航，接到进近管制室的电话，得知他的飞机上有急症病人，她第一时间和大林协调最近的机位，然后呼叫医疗救护，一切就绪后，用望远镜向外看。

一架飞机从西南方大速度飞来，紧接着，波道中响起盛远时低沉的声音："南程 1268 建立 07 号盲降，听你指挥。"

南庭语速虽快，语气却稳，她给出指令："南程 1268，修正海压 1010，继续进近 07 号。"

等他正确复诵完毕，她说："南程 1268，现场已为你协调了最近的 306 机位，医疗援助已到位。"随后询问，"方便提供关于患病旅客的更多信息吗？"如遇特殊病例，才好提前通知救援车。

波道中有短暂的沉默，盛远时才说："已无生命体征。"

同一频道的塔台管制员闻言都怔住了，整个塔台指挥大厅在瞬间陷入空前的寂静。

应子铭疾步来到南庭身后，抬手按住了她的肩膀。

这个时候，机组的情绪已处于极度紧绷的状态，每个人的心理压力都很大，尤其是机长，南庭的反应，是可能对盛远时造成影响的。

南庭深呼吸，用平静、平稳的声音在波道中唤了一声：“盛远时。”

飞机上的盛远时静了一秒：“南程 1268 申请反向着陆。”

反向着陆是为了节约时间，南庭确认风的因素够标准，回复他：“可以反向着陆。”

塔台上的管制员把目光都投向了跑道，他们看着那架印有“中南南程”标志的空客 A320，完成了一个漂亮的反向着陆，平稳接地。

南庭继续给出指令：“南程 1268 左转 A5 跟引导车滑行，停机位 306，第一个。”

盛远时冷静地回复：“收到。”

然而，即便如此争分夺秒，也没能挽救林老的生命。

桑桎是医者，其实见惯了生死，从他发现林老的异样开始紧急抢救，到飞机即将着陆前患者失去生命体征，他始终没有放弃，持续进行抢救，可落地后，当医生尝试各种措施终是没能让林老的心跳恢复，他还是有些难以接受。桑桎就那么坐在地上，直到这趟航班的旅客全部离开，直到盛远时最后一个从飞机上下来。

盛远时站在客桥梯上，看着桑桎垂头坐在机坪时，就知道最终的结果了。确切地说，在对塔台汇报林老没有生命体征时，已经意识到希望渺茫，可心里难免持有那么一丝奢望，奢望能有奇迹出现。此刻，他保持下梯的姿势很久都没有动，直到走在前面的丛林都忍不住了，回头低低地唤了一声：“师父。”他才呼出一口气，走下来。

行至桑桎面前，盛远时伸手。

桑桎抬头，看见他，递上手，借着他的手劲站起来：“抱歉，我尽力了。”

盛远时用力握了一下他的手，诚恳地说：“是我该说谢谢。”

“没人会见死不救，只是……”桑桎看看站在他身后的机组和乘务组，“我先回去了，后边有什么需要，就给我打电话。”虽然不是民航的业内人士，但在飞机上出了人命，他也意识到事情不会就此完结。

盛远时点头，到了嘴边的感谢终究是收了回去：“估计免不了要麻烦你。”

或许是体谅他此刻的心情，有意缓解一下他的心理压力，桑桎抬手，不轻不重地捶了他肩膀一下：“让你欠着我的感觉，还不错。”

盛远时无奈地笑了笑，等桑桎走了，他回身对丛林和乘务组说：“大家都辛苦了，不过，还不能马上回家。这样，大家先给家里打电话报个平安，然后回指挥中心待命。”

机组成员当然是无条件服从他的安排。

乘务长带领乘务组先回指挥中心，盛远时要和丛林去医院看看，他都准备走了，才想起来该给南庭打个电话，毕竟，经历了刚才的一幕，她一定会担心，结果手机才开机，就听见身后有个声音在喊他：“七哥。”

是南庭无疑。

丛林于是对盛远时说：“我先去开车。”

盛远时点头。

南庭一路从塔台跑到机坪，额头上都是汗，可她也顾不上了，过来后踮脚搂住了盛远时的脖子。盛远时展手抱住她，始终憋着的那口气，终于在这一刻沉沉地叹出了口。

南庭什么都没说，只是拥抱他，用身体的温暖缓解他内心所承受的压力。

盛远时闭上眼睛，把头埋在她颈窝，低哑着嗓子说：“没抢救过来。”

南庭是有心理准备的，可亲耳听见这样的结果，还是觉得接受不了，由此可以想象，作为机长的他，该有多难受，南庭在盛远时耳边说：“你已经在最短的时间内落地了。”

当飞机上出现患病旅客，机组就是在和生命赛跑。十年，从学员到副驾驶，从副驾驶到机长，再一步步走到今天，盛远时遇到过最多的特情就是旅客发病，却是第一次，这样无力地看着一条生命在飞机上逝去。他那么谨慎地关注着，乘务组也尽可能地给予了老人最周全的照顾，可还是没能平安地把林老送到家。

盛远时是遗憾的，却只能面对。

把她散落在脸颊的碎发别在耳后，他说："我得去趟医院。"

南庭其实很想陪着他，可在这种情况下，他肯定有很多事情需要处理，她跟在身边，反而会成为他的累赘，所以她说："你快去吧。"见他还要说什么，她忙说，"我不是小孩子，会照顾自己的，你忙你的。"

盛远时摸摸她的头就走了。赶到医院时，林老的家属已经到了，他人才走过去，未及开口，林老的女儿看见他的机长制服就发作了，疯了一样冲上来，瞪着一双泪眼质问他："你是南程航空的人？"

盛远时刚说了一个字"是"就被打断了，她边哭着说："我爸上飞机前还好好的，怎么才几个小时，人就没了？你们到底对他做了什么？"边就要上前捶打盛远时。

丛林见状，赶紧上前拦住她，急急地劝："大姐，你冷静点，我们是飞行员，除了开飞机，把乘客送往目的地，难道还会对他们的人身安全造成威胁吗？"

这话听在死者家属耳里如同推卸责任。林老的女儿认定，自己的父亲之所以发生意外，责任在航空公司、在机长："你们是怎么开飞机的？能把一个好好的人飞到没命，你们配做飞行员吗？"

年轻的丛林更是第一次遇上这样的事，本来心里就难受得不行，面对如此质问，小伙子的眼圈顿时红了，他以带着哭腔的声音说："我们只是飞行员，你们作为家属都不清楚乘客的身体状况，我们怎么确保他们在飞行途中不会发生意外？六分钟急降 7000 米，整架飞机的人都在配合……"话至此，他说不下去了，最后吼道，"谁希望这样？"

他说得有道理，可这个时候，和家属是讲不了道理的。盛远时上前拉开情绪有些失控的丛林，对林老的女儿说："我是 1268 次航班的责任机长，你们有什么话对我说。"话语间，把徒弟护在了身后。

林老的女儿像是就在等这一刻，她一点迟疑都没有，抬手就给了盛远时一巴掌：“你是机长，你就要对我爸爸的死负责！”

丛林反应了一下才意识到盛远时挨打了，纵身就要冲上去：“你凭什么打人？”

盛远时及时拽住丛林，不让他上前，冷静又克制地对林老的女儿说：“对于这样的结果，我很遗憾，机组尽力了这些话，我也不想说，至于我和我的公司要承担怎样的责任，民航局自然会有裁定，现在，我只是想了解一下，有什么需要我们协助你们做的。”

林老的女婿没料到妻子会动手，他把悲伤难抑的岳母安顿到一旁坐下，上前扯回妻子，低声训斥道：“你这样，爸爸就能醒过来了吗？”然后道歉说：“她是太难过了，你别往心里去。”

盛远时说了句“理解”，快步走到林老的老伴旁边，蹲下去说：“您老节哀，林老的行李稍后我们会给您送到家里。”然后从丛林手中接过一串古玩，递到老人家手里，“林老一直拿在手上，我怕丢了，就拿过来了。”

老人家拿着那串老伴玩了多年的古玩，眼泪就掉下来了：“老林啊……”

直到公司派专人来到医院处理后续的相关事宜，盛远时才离开。回指挥中心的路上，丛林还委屈得想哭：“又不是我们的责任，他们怎么可以打人？太无理了，简直是泼妇。”

盛远时手上打着方向盘，眼睛看向外面，隔了会儿才说：“在生命面前，先不要谈责任的问题。”

丛林不服气：“可林老都八十高龄了，本来就属于特殊旅客。”

盛远时此刻比平时给他做飞行指导耐心得多：“我们把机票售出去了，也没有阻止他上飞机，客运合同就成立了。当合同成立，我们对乘客就是有责任的。别说他……就算他在机场摔倒，我们都难辞其咎。”

丛林却以为：“他是签了免责单的！”

盛远时腾出一只手，拍了拍徒弟的肩膀：“我知道你是在为我抱不平，但我们也要理解儿女失去父亲的心情。”

这一回，从林没再说什么。

回到指挥中心又是一番忙碌。

或许在旁人看来，八十岁高龄的老人因突发心脏病死亡，和任何人都没有关系。可他不是在医院过世，更不是在自己家中过世，而是在作为履行运输旅客义务的南程航空的飞机上去世的，即便以特殊旅客的身份签署了免责单，南程需不需要承担责任，不是盛远时一个人说了算，也不是机组的七个人说了算，更不是南程航空说了就算。

事情发生后，民航局立即就派了调查小组对该事件进行调查，所以，从林老购买机票的行为产生，和他有所接触的售票员、值机员、机组等相关人员，都被停止了工作，配合调查，包括身为总飞行师的盛远时，在调查结果没有出来前，也暂时不能执飞。而身为旅客的桑桎，以及见证了林老被抢救过程的部分旅客，也被请回来做证。甚至管制人员，也会被问询。

调查持续了一周，在这一周里，所有和林老有过接触的南程航空工作人员都被调查组详细地问过话。售票员的描述是这样的：“收到林永休老人的身份证号码时，我有电话确认，是否有随行家属，他们回答说没有，就林老一人出行。他们还强调，林老的身体很健康，能够适应高空飞行。我提醒他们，尽量提前一点时间到机场办理登机牌，因为公司有规定，八十岁以上的老人属特殊旅客，需要签署免责单才可以登机，否则会被拒载。他们当时是同意了的，我才出票。”

值机员从A市坐飞机来到了G市，把当天办理值机牌、林老签署免责单的过程也讲了一遍，而她所说的，和桑桎给出的证言内容相符。至于桑桎，除了把排队换登机牌看到的情景描述了，机上抢救的具体过程也说了一遍。

机组和乘务组的七人，被问询的时间是最长的，尤其是机长盛远时，调查组的两名工作人员反复地问他：“在发现旅客陷入昏迷后，你都做了什么？”

起初盛远时的耐心很好，尽管他整个人都处于极度疲惫状态，调查组问一遍，他还是会很配合地说一遍，直到他自己已经快不记得重复了多少遍以后，他实在没有办法那么心平气和了：“如果你认为我哪个环节操作有误的话，请你听录音。”

调查组的一名工作人员牢牢地盯着他：“盛总，我们只是例行询问。”

“同一个问题，你已经问过九遍了。”盛远时把身体靠向椅背，用那双隐隐泛起血丝的眼睛回视对方，他再一次说，“由于天气不好，从起飞到着陆的全过程，都是由我操纵，副驾驶协助，而绕飞雷雨是我主动申请的，目的是减少颠簸。具体的指令申请，请你听录音。整个飞行过程两小时三十分钟，我没有办法把说过的每一句话都记得一清二楚。”

调查组的工作人员和他对视了几秒，没再重复这个问题。

到第七天时，进近管制员和塔台管制员也接到了通知，南庭来到南程指挥中心时，刚刚做完心理疏导的盛远时正好从办公室出来，这是自出事那天在机坪见过后，他们的第一次见面。

盛远时身上还穿着机长制服，南庭一时也分辨不出来他是回家换过了衣服，还是一直就穿着那天执飞的那一套。她的目光在他脸上流连，发现他眼睛里的红血丝，心疼不已。

盛远时这几天没见到她，心里也很惦记，可太忙了，确实也顾不上，除了给她发了几条消息，连电话也没空打一个，见她一瞬不离地注视自己，他笑了：“我太狼狈，让你认不出了？”

南庭清楚他心情并不好，故作轻松地开玩笑只是不想她担心，而她也不愿他为自己分心，于是也笑了：“是啊，要是初次见你的时候就这样，肯定不追你了。”

盛远时掐掐她脸蛋：“嫌弃我和追我一样，都那么明目张胆。”

南庭回身看了看，确认走廊里没人，上前一步拉住他的手：“调查还要几天啊？”她才放单没多久，没有任何经验可供参考，不了解流程。

盛远时手心一转，反握着她的手：“问询今天就完了，明天开始应该就是听录音了，一周之后会出调查结果。”末了摸摸她的小脑袋，“不用紧张，问你什么照实说就行。”

南庭往他身前凑了凑：“那你今天能回家吗？”

盛远时抬腕看了下时间，像是在算手上的工作处理完需要多久，然后说：“能。”

南庭被问询的时间并不长，毕竟整个进近和塔台接力指挥的时间才不过五六分钟，发给机组的指令也没几句，她都记得清清楚楚，只是最后，调查组的人突然问了一句：“你和盛远时是什么关系？”

南庭并不认为自己和盛远时的关系与这起特情有什么必然联系，她看着调查组的两位工作人员说：“盛远时是我男朋友，我们是恋人关系。”

调查组的两人对视一眼，其中一个说：“谢谢你的配合，我们没有其他问题了。”

调查组走后，顾南亭把乔其诺和盛远时叫到了办公室，他说：“虽然调查结果要在一周后才会公布，但我们心里是有数的，在操作流程方面我们没有问题，医院方面的报告也很快就会出来，如果证明林老的人身伤亡是由他本人的健康状况造成，公司作为承运人，并不需要承担责任，虽然在人情上，我们愿意为林老太太做点什么，但那不是赔偿，只是我们的心意，接不接受，就在于家属了。”他看向盛远时，“回去好好休息一下，后续的工作就不要管了。”

事情是顾南亭说的那样没错，但是，“林老的外孙女林如玉，应该是不会善罢甘休，听说，她已经在联系律师了。”盛远时想了想，“马上到十一了，南程在这个时候惹上官司，会很麻烦。”

“她不怕麻烦的话，”顾南亭掷地有声地说，“有律师团的我们，何必嫌麻烦？”

凭林如玉一己之力要和一家集团公司抗衡，确实是以卵击石，不自量力，尤其等民航局和医院的尸检报告出来，她也占不到理，还有免责单白纸黑字摆在那儿，她没有赢面。

可打官司是需要时间的，盛远时顾虑的是，在事情有官方的裁定前，林如玉利用舆论抨击南程，南程是刚刚起步的新公司，声望正在建立中，一旦不知情的大众受其引导对南程造成误解，会直接影响十一期间南程航班的上座率。

除此之外，林如玉必然会借此拿他和南庭的关系做文章，想方设法把南庭拉下水。见过大风大浪的盛远时倒无所谓，尤其现在他今非昔比了，只要民航局的调查结果判定他操作无误，没有人有权力停他的飞。可塔台如果顶不住舆论的抨击，或者为了平息事端，没准会停南庭的岗。她是新管制员，动不动停岗，心理压力自然会大。

不过，真被停岗也没什么，正好治病，思及此，盛远时也没什么可顾虑的了，他揉了揉眉心说：“兵来将挡，水来土掩，反正今晚谁都不能拦着我睡觉了。”

乔其诺挑眉：“这就对了，你是责任机长没错，但也不是要把莫须有的罪名当责任承担下来。林如玉适可而止最好，太过分的话，你就连她上次造谣中伤南庭的账一并算了。不是我们没风度要和一介女流计较，是她自己太没数了。”

盛远时略显意外：“你也知道她？我是说林如玉。”

“敢不把我们盛总当回事的女人，我不得了解了解吗？”乔其诺故作诧异，“还是你不知道，自己在航站楼一怒为红颜的举动，成了南程佳话？”

盛远时一笑：“这我还真不知道。”

乔其诺像煞有介事地叹道：“我太不争气了，到现在还没脱单，想在女朋友面前显显威风，都不能够。”

盛远时拍拍他的肩膀：“让程潇多给你留意留意，别枉费她那颗媒婆心。”

乔其诺愤愤地捶他一拳：“她明明要把南庭介绍给我的，结果半路杀出你这么个初恋！”他惋惜地啧一声，“南庭真是个好姑娘，可惜把全部的爱都奉献给你了。哎，正好今天提起这事，我问问你啊，她有妹妹吗？”

“妹妹没有。”盛远时想了想，“要不等我们生个女儿，考虑考虑你？”

“你们的女儿？”乔其诺撸袖子，“盛远时，你降我辈分是不是太不厚道了？”

“越说越不像话了。”顾南亭没让他们继续，“都回家睡觉去，明天放你们的假。”

乔其诺敛笑道：“我就别放了，他好好休息吧，熬了这么多天，换谁都受不了。”

盛远时也不客气，站起来说：“没见哪家总飞这么辛苦，好像我很缺钱！”

顾南亭与乔其诺相视一笑。

南庭刚从塔台出来就听见了喇叭声，她循声望过去，就看见盛远时那辆路虎停在不远处，而他正倚着车身朝她笑。

南庭跑过去，主动投怀送抱。

盛远时逗她说：“你师兄们都看着呢。”

“又不会被看坏。”南庭抱着他不松手，“就当犒劳他们工作辛苦了。”

“我家蛮蛮就是大气。”盛远时搂住她的腰，“是先抱会儿过过瘾，还是回家再抱个够？”

南庭在他怀里扭了扭：“你累了好几天，我来开车。”

盛远时意外地看着她：“你行吗？”

南庭拉开驾驶位的车门坐上去：“小看谁呢。”

虽然持怀疑态度，但是盛远时还是乖乖地坐到副驾位置。令他没想到的是，时隔五年，南庭在开车方面进步很大，不仅启车的动作流畅，而且开得也很稳。

放心之余，盛远时问：“桑桎陪你练的车？”

南庭瞥他一眼：“这也要吃醋吗？”

盛远时把目光投向窗外，有点酸地说：“一想到他做过很多我想做却没做到的事，还是有点嫉妒的。”

“那你可以换个角度想啊。”南庭双手扶稳方向盘，“老桑像培养祖国花朵一样把我培养得门门通了，你只等着受益就好，省了多少心。”

盛远时轻笑：“作为受益方，我的良心不该痛才对。”

南庭却说：“希望老桑早点遇到一个好姑娘。”

盛远时也是同样的想法。

下了机场高速，前方路口左转是往民航小区去的，右转则是他家的方向。盛远时适时指示：“红绿灯路口右转。”

南庭照办。

盛远时注视她的侧脸一会儿，笑了。就这样，他一路为她导航，回到了他家。停好车后，南庭提议：“去买点菜吧，我做饭给你吃，你这几天肯定没好好吃饭。”

明明在指挥中心时还累得一动不想动，恨不得到家就倒床上睡一觉，可当她在身边，又像是浑身都是力气，盛远时特别好说话地答应：“听你的。”

于是，两个人一起去了超市。

以往就盛远时一个人时，虽然家中厨具一应俱全，但是他也懒得开伙，而他对吃又十分挑剔，喜欢吃新鲜的，速冻的东西很少往回买，导致冰箱几乎是空的。现下有了南庭，这个从前十指不沾阳春水的姑娘，俨然一副小主妇的样子，时不时就会拿起一样说：“我们买一袋这个吧，万一时间来不及，可以当早餐。”偶尔还会举棋不定，“哪个好啊？这个我没买过呢。”盛远时就会帮她做个决定，还不忘帮她选几样水果和零食。

南庭却把从前最爱吃的那些膨化食品从购物车里挑出去：“我现在不吃这些东西了。”然后再补充两样他爱吃的。

她变了很多，连口味都和从前不一样了，唯独对他的心意，一如既往。盛远时心里温暖至极：“七哥的口味倒记得清楚。”

南庭脱口而出：“你的喜好，我可是当功课背过的，怎么会忘？”

能被一个女孩子这样放在心里，盛远时的幸福感不言而喻：“不枉七哥满世界找你。”

这还是第一次听他说找过她，南庭开心地抱住他的胳膊，撒娇：“那还口是心非说没等我呢，害我难过到发烧。”

盛远时莞尔：“还不是被你气的？”

南庭宽宏大量地说：“所以人家并没有怪你啊。”

不顾人来人往，盛远时展手抱住她。

盛远时本欲亲自下厨，南庭却不肯，把东西分门别类放进冰箱后，推他去浴室：“你都快发霉了，快去洗澡，换衣服。”

这几天盛远时都是在宿舍将就的，也确实要霉掉了，见她坚持，只好嘱咐：“别切到手。”

“知道啦，不会切丝，还不会切块吗？放心好了。”听到浴室传来哗哗的水声，南庭胸间被满足和温暖填得满满的，她蒸上了米饭，开始择菜、洗菜，把配菜也切好放在一边，没一会儿工夫就已经完成两个菜了。

盛远时冲完澡，套了条棉质的居家长裤就出来了，南庭看一眼他健康的麦色肌肤，微红着脸提醒：“穿上 T 恤，小心感冒。”

换作六年前，她怕是要找机会摸一把的。

果然是长大了，稳重了。

盛远时俯身亲她脸：“你做饭这么辛苦，我总要给点爱的奖励。”

南庭微微嗔道：“小心别弄你身上水。”

“我能做点什么？”

“看电视，等吃。”

盛远时坐在客厅的沙发上，看着厨房里忙碌的身影，才觉得自己这里有了烟火气息，像一个家了，至于什么特情、林如玉，和与南庭在一起的现实的幸福相比，他不愿在这个时候再去想。

南庭动作很快，前后不到一个小时就开饭了，看着餐桌上很家常的四菜一汤，盛远时有种热泪盈眶的感觉：“我从未想过会有这么一天，我的蛮蛮能给我做一顿饭。”

南庭夹了一口菜递到他嘴里，俏皮地问：“七哥，你说实话，男人是不是更喜欢会做饭的女孩子？”

盛远时就着她的手把菜吃完，才说：“喜不喜欢一个人，无关她会不会做饭，但如果喜欢的人会做饭，肯定更好。”

南庭笑睨着他：“这倒是句实话。”

盛远时每道菜都尝了一口，看向她的目光有赞赏之意：“味道不错。”

“这话就有水分了。”南庭很有自知之明地说，“我的厨艺也就睡不着不挑。”

盛远时被呛了一口，他咳完抗议道：“不要总拿我和一条狗比。”

南庭笑得眉眼弯弯：“那我身边就一个它呀，啊，忘了告诉你，它是男的。”

“看出来了，要不不能对我有那么大的敌意。”盛远时开过玩笑，宠爱地揉揉她的小脑袋，“我说真的，你做的菜，入口即是福。”

恋爱果然是一件很美好的事，随口说一句话，都是情话，像是醇香的酒，闻香即醉。

南庭下定决心：“我还有进步空间，一定能征服你的胃。”

盛远时的笑意蔓延至眼底：“心都被你征服了，还在乎什么胃。”

饭后，南庭切了一盘水果端出来，请她七哥享用。

盛远时享受着她的服务，还不忘要求：“甜头给了就一直给，别一次了事。”

南庭拿遥控器换台：“我可是很专一的，不像某人还和别人约会。”

“这是要开始和我算账了吗？”盛远时伸手搂过她，“如果我说，我那天是为了哄你才那么说的，你信不信？”明显有点混淆视听的意思。

南庭无意和他掰扯，她特别大气地回应：“我就算没亲眼看见，也能够想象有多少女人前赴后继地追你，约个会也不足为奇。”

“前赴后继？”盛远时笑得惬意，“真给我面子。”

见他没下文了，南庭歪着脑袋看他：“只是约会，就没干点别的？”

盛远时似笑非笑地看她：“别的……”双手一动，就把她抱坐到了自己腿上，“指什么？”

这突如其来的亲密，司徒南在追盛机长时曾无数次地幻想过，此刻，南庭在盛远时热烈的目光注视下，红着脸凑过来，在他唇上亲了下：“比如这样。”

盛远时可不是蜻蜓点水的一吻就能满足的，他扣住南庭的后脑，让她整个人伏在自己胸前，热烈地吻了好一会儿，才握着她的手替自己辩解：“这样都没有过，更别说吻了，不信你问程潇，除了她，没人近过我的身。”

南庭被他的措辞逗笑了：“你的意思是她近过你的身了？这事要是被顾总知道，估计他要找你好好聊聊了。”

“你以为他没聊过？”盛远时开始忆从前，“那个时候，海航冯晋庭给我开出的条件好到无从拒绝，相比之下，中南的诚意就差了点，要不是有程潇在，我和顾南亭应该没机会合作，后来……”忽然失去了司徒南的消息，他又决定再回纽约，中南的那份机长聘书就成了一张废纸，“顾南亭以为我是冲程潇而来，程潇又在不久后去了 YG，当我们在 YG 见面，他就误会了，觉得程老爹有心把女儿许给我，当场就爹毛了。”

盛远时和程潇又属于那种没事就怼，遇事彼此维护的交情。老朋友相见，以拥抱表达欢迎，并不为过，结果这一抱，就招来顾南亭一拳。

“幸好我是军体，躲过了那一拳，否则就得血溅当场了。”盛远时回想当时的场面，忍不住笑了，“结果程潇那个不嫌事大的女人还煽风点火，火上浇油。”

程潇非但不解释，还说：“顾南亭，你干什么？难道除了你，我还不能有别的男人追了？”

盛远时暗骂了句：这个死女人！手上则揽住了程潇的肩膀，低头在她耳边用仅有两个人能听见的音量说：“害我，嗯？你等他碰到我一根头发，我让你后悔！”

程潇压低了声音说：“他心情不好，快憋出内伤了，你让他发泄一下，就当帮我了。”

她都这么说了，盛远时怎么能不答应？他挑衅地看向顾南亭。

他们这样一副亲昵的姿态，顾南亭能不发飙？于是，盛远时陪他打了一架，末了，他用手指指顾南亭，又指指程潇：“你们俩记着，欠我一个人情。”然后抹抹嘴角，走了。

善后的事情，当然是程潇来。

顾南亭回国那天，他在机场等盛远时，说：“谢谢。”

盛远时一挑眉：“还不够。”

顾南亭伸出手，语气诚恳：“拜托了。”

盛远时要的就是这一句，他伸出手与顾南亭一握，承诺：“放心，竭尽所能，护她清净。”意思是，充当程潇的护花使者，让她免于被那些外籍飞行员骚扰。他当然是做到了，那期间，除了找司徒南，只剩帮顾南亭杀退三千情敌这一件事可以分散注意力了。

原来是这样的交情，难怪最终他们成了合伙人。

“我其实听到过关于你和程潇的传闻。”南庭仰脸看他，“在认识她之前，我都以为你可能会喜欢她，她那么优秀，你动心，根本就是理所当然。”

“我欣赏她爷们儿似的飞行术和处世态度。”盛远时温柔地说，“至于我的心，早为你动过了，再容不下别人。”

南庭搂住他的脖子，把脸贴在他胸口。

盛远时没再说话，他打开音响，在缓缓流动的乐声中，抱着心爱的女孩，闭上了眼睛。夜色如水，两人彼此依偎着，享受难得静谧安宁的时光。

不知道过了多久，久到南庭都以为他睡着了，她轻轻动了动，准备从他身上下来，盛远时的手就收紧了，在她头顶问：“干什么？”声音微露疲惫。

南庭看看时间，已经十点了，想到他连轴转了好几天，她声音低低地说：“……去洗澡。”和他回来前，就已经有了决定，这一夜，留下来。

她这样坚定和主动，给盛远时的，是猝不及防的震动。

有这样一个女孩子，无所顾忌地陪着他、爱着他，比多少言语的安慰都有效。

盛远时眼眸深处隐藏的那些灼热的情感如同到达沸点，瞬间沸腾起来，他看着她一字一句地说：“自己去衣柜里找件我的衬衣穿。”

南庭心跳如擂鼓，她从他身上下来，走进他的卧室，打开衣柜，在一排熨烫整齐的衬衣中随手拿了一件，走进浴室。

耳畔是哗哗的水声，窗外是辉煌的灯火，心底却只剩渴望多年的温暖与安宁，盛远时静静地坐在沙发上，眼底漫漫浮现起隐约的笑意，幸福而满足。

十分钟，二十分钟，或者更久，水声终于停止，里面窸窸窣窣穿衣的声音也停止，南庭再也拖延不下去了，一步一挪地走出来。

盛远时一笑，仿佛世界因南庭一下子亮了起来，而他眼里，只容得下一个小小的她。

南庭站在浴室门口，脸颊染上的红晕，分不清是因为刚刚洗过澡，还是害羞，只觉得那道一瞬不离落在自己身上的，他灼热而专注的视线，让她的呼吸都有种被挤压得快要停滞的错觉，她几乎是怯怯地唤了一声：“七哥。”

这份依赖与信任，让盛远时的心莫名就是一颤，他起身，一步一步走过来，抬起她的下巴：“我把手机都关了。”

那一刻，他的微笑，灿若星辰，南庭明明一口酒都没喝过，却有种醺然欲醉的感觉，她像站不稳一样，手轻轻地抓住了他的胳膊。

盛远时接收到了交托的信息，俯身抱起她。

南庭搂住他的脖子，任由他把自己抱进卧室，倒向柔软的大床。

卧室的灯光被调暗了，遥远模糊的光线里，他的脸上是别样温柔的神色，从南庭的视线看过去，能清楚地看到他麦色的皮肤和温暖的胸膛，他轻浅的呼吸拂过她的脸，他的心跳带着灼热如火的力量敲击她的心，他伸出手，与她十指相扣。

他抵着她的头，声音喑哑暧昧：“想要你，要全部的你。”

如此直白露骨的宣言，听得南庭心底流过一种不能自制的激动与屈服，这情绪使她软弱，让她心甘情愿放开怀抱去拥有，去接受他，如同一叶漂流许久的扁舟，终于找到可以栖息停靠的终点。

思绪起伏间，盛远时的唇覆上来，用炽热与深情化解南庭的防线与紧张，他扣住她的手，吻她的脸、细嫩的颈、浑圆的肩膀，用唇点燃她身体深处暗藏的火，在她每一寸细滑的皮肤上留下属于他的痕迹。

世界陡然寂静，只听见他们的呼吸从轻浅变得沉重，心跳从平稳到急促，直到彼此全线崩溃在一室的柔情里，盛远时终于把她搂紧，深沉地用尽全力融入她。

南庭在疼痛中攀紧盛远时的背，用温柔低婉的声音告诉他：“七哥，我爱你。”

哪怕时光飞逝，我依然只爱你。

盛远时的目光穿透夜色灼灼地注视她，他低头，用唇吻去她眼角的泪，并告诉她：“以后都有我。”未来五年，十五年，以及更久，都有我为你挡风雨，你再也不用像过去五年那样辛苦地生活。

那么怜爱疼惜的语气，那么滚烫安稳的怀抱，差点又让南庭落了泪，她主动躬身迎向他……

和飞行一样，整个过程都由盛远时主导，他看似强劲，很放得开，却又克制着自己的冲动和急切，时时刻刻都不忘照顾南庭的感受，与平时宠她的样子十分符合。

直到南庭承受不住，盛远时才终于放过她，却还没有要睡的意思，他侧身躺着，把南庭搂进怀里，亲她的头发和后颈，身体线条更与她紧紧贴在一起，舍不得留半点缝隙。

房间里静得能听见身后男人平稳的呼吸，窗外不知何时下起了雨，淅淅沥沥地敲打着玻璃，如乐声浮动，南庭枕着他的胳膊，一动都不想动。

盛远时用下巴蹭了蹭她头顶：“想让你终生难忘，就卖了点力气。”实则有点歉意太过放纵，担心未经人事的她承受不住自己的热情。

可这话怎么听都有点流氓的意思，和他多年来树立的正人君子的形象有些偏差，南庭微微嗔道：“又没说你像老司机，干吗解释？”

老司机？当年怀疑他不是初吻，现下，似乎是在质疑他不是第一次。盛远时搂在她腰间的手默然着力：“我是该理解为，蛮蛮在表扬我的技术好呢，还是在质疑我对爱情的忠诚？”

南庭讨巧地说：“表扬表扬，蛮蛮在表扬你呢。”

盛远时的手又向上，覆在她柔软的胸前轻轻捏了捏：“熟能生巧，你七哥的技术还可以更好。”感觉到南庭缩着身子躲他，他笑得轻佻得意。

南庭转过身来，在昏暗的光线中看着他的眼睛：“你比我想象的还要好。”

看她青涩的模样，实在不像是想过这些的人。

盛远时懒懒地问：“怎么想象的，嗯？”

南庭在他胸口亲了一下：“那个时候总在想，是不是得到你的人，就能留住你，可又担心，太轻易把一切都给你，你不珍惜，所以每次你回来，我其实总在纠结要不要诱惑你，现在想想都觉得辛苦。”

难怪她会时不时撩他一下，却从不过分亲密，原来，她一直处在渴望和压抑之中。盛远时刹那间情动：“我一直后悔，没早早要了你。”他始终相信，一旦有了这份亲密，她对自己的依赖会更多些，不会那么轻言离开。

南庭伸出手臂，环住他脖颈：“七哥，永远都不要离开我。”

盛远时更紧地搂住她：“再也不会让你一个人。”

窗外风雨摇曳，他们坦诚相依，南庭依偎着她的避风港：“可是林如玉……”

这个夜晚不适合谈那个女人，太煞风景，但为了让她安心，盛远时还是说：“她掀不起多大的浪，更不可能影响到我们，只是你得答应我，这一次，我无论做什么，你都别为她求情。”

事关南程的声望与他的前途，南庭当然不会横加干涉，她甚至后悔上次不该劝他手下留情，竟然给了林如玉兴风作浪的机会：“你怎么做都好，我听你的。”

盛远时满意地“嗯”了一声。

南庭抚摩他的脸：“别说话了，睡觉吧。”

盛远时舍不得留她一个人面对漫长黑夜，有意陪她彻夜聊天，可身体极其困乏，他在睡过去前说：“陪我躺会儿。”

南庭在他耳边说：“我不起来。”

盛远时轻笑：“等我缓缓，再好好疼你。”

南庭掐他一把：“等你睡着我就闹你。”

盛远时伸出长腿压住她：“那也不打你，谁让七哥宠你呢。”

“快睡吧。”南庭亲亲他下巴，“我们，来日方长。”

是啊，细水长流，才能共白首。

盛远时闭上了眼睛，任由困意侵袭。

南庭也很累，身体又隐隐有些胀痛，本以为这种情况下也会睡得着，结果，她双目紧闭地躺了很久，依然没有睡意，她动作很轻地翻了个身，盛远时竟有所觉，下意识收收手臂，像是在确认她在怀里。为避免打扰到他，南庭没敢再动，任由他抱着她，手扣着她的手，腿压着她的腿，亲密无比地贴合在一起，然后听见他呢喃：“蛮蛮，你终于回来了。”

我的心从未离开你，哪怕我的人没有和你在一起。窗帘都被拉上了，房间里昏暗寂静，南庭闭上眼睛，在盛远时均匀的呼吸声中，让大脑和身体慢慢放松下来。

再次醒来，外面的阳光已格外炽亮，盛远时拿起床头柜上的手表看时间，已临近中午，床上除了自己，哪里还有南庭的影子，唯有耳畔传来的琴声，证明她在家里。他起床，披了衣服走出卧室，站在客厅唤了一声：“蛮蛮！”

琴声依旧，唯独没有她的只言片语。

盛远时上楼，站在琴房门口，看见穿着他衬衣的女孩，面朝阳光，用跳跃的手指弹奏属于他们的故事。

仿佛回到六年前那个夜晚，她替他许愿："明年的这个时候，答应做我男朋友。"

时隔六年，她终于愿望成真。

盛远时却差点忘了，今天是他的生日，而她把自己作为礼物，给了他。

直到她停下来，盛远时才宠爱地说："蛮蛮，你吵到七哥睡觉了。"

南庭既不回头也不理他，抬头看向窗外的姿态，让人猜不透她在想什么，片刻，才听她负气似的说："我是故意的，谁让你都不告诉我。"

"给你买钢琴的事？"盛远时走过来，双手搭在她肩上，"提前说了，不就没惊喜了？"

南庭转过身来抱住他的腰："你总是这样，喜欢人家不说，找人家也不说。你不说，我怎么会知道？有几个人像你那么聪明啊？盛远时，你太讨厌了，我都后悔喜欢你了。"然后嫌不解气地补充一句，"我看你还是找一个和你一样聪明的人在一起得了。"

盛远时失笑："都敢直呼我名字了是吧。"

南庭吸吸鼻子，底气十足地说："那又怎么样？你还能不要我啊？"

"舍不得。"盛远时抚摩她的头发，"你都把七哥扑倒了，七哥得赖着你，让你负责。"

南庭破涕为笑，仰着小脸问他："我要是不认账呢？"

盛远时捏捏她的小下巴："那我只好带你重温一下昨晚的记忆了。"

南庭伸手给他一拳，又一拳："就知道欺负我。"

这样肆意又带些小任性的她，才是他想要的。盛远时轻触琴键，纯净如泉水的乐声中，他说："每次看到这琴，我就会想起你对我笑的样子，才能坚定我继续找下去的决心。"他蹲下来，仰头看着她，"我想给你这世上最好的一切，哪怕只是一架钢琴，也要选国际钢琴比赛的指定用琴，可直到你回到我身边，我才发现，我才是得到了这世上最好的，那些我曾经以为的最好与你相比，都不值一提。”他说着，眼眶竟有些湿，“从前的盛远时嘴硬不说，是不懂爱情，后来绝口不提，是觉得自己太蠢了，你明明近在咫尺，我偏跑去天涯。蛮蛮，七哥比你想象的爱你，这件事，除了你，全世界都知道。”

南庭俯身与他相拥：“那是不是代表，以后我都可以仗着你的爱，为所欲为？”

盛远时抱着她，承诺：“是。”

既然这样……南庭松开手，命令道：“那你快去做饭，我都饿了，你还一直睡不醒。”

盛远时哭笑不得地掐她的小脸：“遵命，女王大人。”

但其实南庭已经做好了鸡蛋火腿三明治，连牛奶的温度都是刚刚好，盛远时看着餐桌上的早餐，一时间百感交集。

南庭却淘气地说：“不用太感动，我就是看你昨晚付出挺多的，给你补补。”

盛远时一脸宠爱地笑：“什么话都敢说。”

南庭眉眼皆是笑意，等到他拿起第二个三明治咬了一口时，她忽然想起什么似的说：“那是给睡不着的啊，你怎么也给吃啦？”

盛远时差点没噎着，见她眸底都是狡黠的笑意，才明白她是故意的，他慢条斯理地把味道很不错的三明治吃完，才走过来，在她的惊呼声中把人抱起来，回了卧室。

女人这种生物，必须身体力行地让她知道你的厉害，否则，她总是习惯性挑战你的自制力。盛远时这么想着，又狠狠地要了她一次，直到她求饶。

下午时两人才出门，在盛远时的提议下，他们先去逛街。南庭早已习惯俭朴的生活，对于他为她挑选的衣服什么的，其实已经没了从前的兴趣，尤其想到自己的工资，也认为太过奢侈了，可当她从试衣间出来，触及盛远时炽热的眼神，她又为能取悦到他，感到欣喜。

盛远时从身后搂住她，一起看向镜子：“我并不喜欢别的男人盯着你看，但我的蛮蛮明明可以更美，我总不能剥夺了别人欣赏美的权利。”

南庭明白他是洞悉了她的心理，她看着镜子中截然不同的自己，对他说：“没不让你买，反正我努力工作也不是为了超越你，就让你养呗。”

她在某个瞬间也想通了：虽然有了自食其力的能力，但要跟盛远时过一样的生活，不是要比较收入的高低，而是凭借相通的心意。既然成为灰姑娘是改变不了的命运，何必为难自己，更为难他？“但是，工作我是要做的，你不能有意见哦。”

盛远时似笑非笑地说：“你要是不出去工作，我岂不是也舍不得出门了？”

南庭笑得甜蜜。

本想之后再去看场电影，结果那么巧，竟然在商场里遇见了林如玉。她丝毫没有因外公的去世有任何颓废之相，除了依然化着精致的妆，连所穿衣服的颜色，都和以往一样艳丽。

盛远时本不想理她，南庭也无意打招呼，可当他们几乎要擦肩而过时，林如玉却冷笑着说：“乘客都死在飞机上了，你们还有心情约会，盛远时，你身为机长的职责到底是什么？司徒南，你也不提醒提醒自己的男朋友？”

南庭看着她：“逝者已矣，生者如斯，我们无权，也无意干涉你以什么方式祭奠和怀念林老，你就不要自以为是地和我们谈机长职责和其他了。”

林如玉本以为南庭会像在航站楼那样不敢和自己较劲，在她看来，破产了的司徒南，再没了从前的威风和底气，就应该谨小慎微地活着，闻言，她讽刺一笑：“果然是有人撑腰不一样了，但是司徒南，你的运气真不是一般的差，先是老爸破产，接下来，没准男朋友也要栽跟头了，你说，到时候你怎么办啊？”

让她七哥栽跟头？南庭生平第一次那么不屑地和人说话：“就凭你，还不配！”

“他能以盛总的身份把我列入黑名单，还能凭借和乔家的关系，让我在电台混不下去，我难道不该好好把握这次机会，回敬他一局？”林如玉冷脸看向盛远时，“你可以瞧不起我，但是盛远时，不要小看舆论的压力，我就不信，当整个 G 市，乃至全国都知道南程的总飞行师是一个置乘客生命于不顾的人，谁还愿意坐南程的飞机！没错，要扳倒南程不太容易，可至少这个十一，你会因为南程的机票卖不出去，损失几个亿。”她一脸得逞的笑意，“几个亿呢，盛总不在乎的是吧？”

盛远时无所谓地笑笑：“这个单，我还买得起。”

等林如玉走了，面对南庭紧锁的眉头，他还有心情开玩笑：“心疼那几个亿呢？”

南庭抬眼看他：“那不是个小数目，尤其这件事如果继续发酵下去，会对南程的声望造成极坏的影响，那是钱不能挽回的，即便能，也需要一定的时间，这份损失，不可计量。”

盛远时就猜到，她刚刚在面对林如玉时，面上没输了阵仗，心里却是不放心的：“中南发展到今天，也不是没遇到过比这更棘手的事件，还不是成了业界龙头？难道你认为，七哥不如顾南亭，摆不平这件事？”

南庭当然不是那个意思，见他一副胸有成竹的姿态，她说：“算了，反正我操心也是于事无补，你想怎么做就怎么做吧。”

盛远时拍了拍她的手：“安心上你的班，然后做好会被停岗一段时间的心理准备。”

本以为南庭会惊讶于自己可能被停岗，结果她却说：“我已经准备明天起开始请假了，免得林如玉拿我做文章，攻击塔台、攻击你。”

盛远时对此倒有些意外：“我的蛮蛮什么时候变得这么聪明了？”

南庭闻言怼他一句：“我的智商一直在线，只是不稀罕拿出来对付你罢了。”

好吧，那个牙尖嘴利的司徒南，回来了。

盛远时笑而不语。

南庭又不想去看电影了，而是提醒他：“你该早点回去陪阿姨吃个饭，儿的生日，母的难日。”

盛远时把她的手一牵：“我们是要回去陪她吃晚饭的。”

半个小时后，南庭被盛远时带到了空军大院，进门前，他用力抱了抱她：“你不是丑媳妇，我妈也不是恶婆婆，没提前告诉你，只是不希望你紧张一整天，为了七哥，勇敢点，好吗？”

心里明明紧张得不行，南庭还是坚定地说：“我等这一天都等六年了，难道还会退缩吗？”

盛远时失笑。

事实证明，盛远时的担心是多余的，因为齐子桥都替南庭考虑到了。当他领着女朋友回来，他家娘亲就熟稔又热络地说：“你们回来得正好，南庭，来帮阿姨端下菜。”

南庭还没来得及紧张，就赶紧去厨房帮忙了，完全免除了像政审一样傻坐在客厅等的尴尬，尤其当齐子桥边端菜边对她说：“远时和你叔叔一样，嘴特别刁，大男人居然还挑食，你说多讨厌，南庭，你以后都别下厨，爱吃什么让他自己做去，免得像阿姨一样，累出了白头发不说，还听不见一句表扬。”她顿时觉得，居家的齐董事长是这世上最可爱的人，确切地说，是这世上最可爱的准婆婆。

晚饭气氛融洽，脱下了军装的盛叙良，在妻子面前只是体贴的丈夫，即便是在家里，也会帮齐子桥夹菜，然后轻声细语地说：“今天这道菜的火候正好，你尝尝。”

面对盛远时，他又是威严的父亲，会交代儿子：“给南庭夹菜，她第一次来家里吃饭，要是吃不饱，就是你的责任。”然后还问南庭：“这小子最近没犯浑吧？要是他跟你耀武扬威的，告诉叔叔，叔叔踢他。”

盛远时苦笑：“爸，您这么说，好像我经常犯浑，会影响我在南庭心中的形象。”

盛叙良脸一板：“在你媳妇面前还要什么形象？作为丈夫，谁还没跪过搓衣板？”

齐子桥面露不解：“请问首长，您什么时候跪过搓衣板？我怎么不知道？”

盛叙良一拍脑门：“哎呀，那我是在谁家跪的来着？容我想想。”

对于如此恩爱又幽默的长辈，盛远时与南庭相视一笑。

齐妙的电话在这时打来，听闻盛远时在家里，她有些生气地说：“你还有心情过生日！”

盛远时意识到有事，直接问：“怎么了？”

齐妙也不绕弯子：“林如玉今天到律所来了，请南律师代表她和你们南程打官司！”

盛远时默了一瞬：“南律师准备接这个案子？”

齐妙显然是被气到了，她没正面回答这个问题，只是在骂了上司一通后说：“你说她是不是一定要逼着南庭和你分手才甘心啊！”

所以她的意思是：南嘉予接了这桩案子，同意代表林如玉和盛远时打官司。南庭顿时沉不住气了，她甚至忘了自己还在面见未来公婆，就要去找南嘉予问清楚。

盛远时适时拦住她：“即便不是她，也会是别人，那只是她的工作。”

南庭气愤不已：“作为法律专业人士，可以不顾职业操守和职业道德吗？难道可以为了代理费，帮当事人耍赖？”

盛远时试图和她讲道理：“就算她接了这桩案子，目前也只是就有关法律问题给林如玉提供意见，除了代理诉讼，她还有调解的作用可发挥，你怎么就敢断定，这对南程、对我，是不利的呢？”

“都什么时候了，你还替她说话。”南庭都快急哭了，“她不是普通的律师，她很厉害的，至今为止，还没输过。她既然接了这桩案子，一定会全力以赴的。”

“我也会全力以赴，因为这不仅仅是一起普通的民航纠纷，还关乎民航特有的法律制度的技术性和普及程度。”盛远时扳正南庭的肩膀，“我们身为业内人士都清楚，在民航业迅速发展的今天，民航纠纷越来越多，旅客们经常抱怨民航领域的规则不公开、不透明，显失公平，但事实其实是，了解并懂得运用《民用航空法》解决纠纷的人数尚仅个位数，甚至有的法官对此也不甚了解。如果能通过这次的‘免责单’事件，引起全社会对航空法治意识的培养，也不失为一件好事。”

“可你想过没有，一旦官司输了，对南程、对你个人的影响？”

“我不是法律专业毕业的，但作为南程的总飞和一名责任机长，我也是研究过《航空法》的，如果基于我所掌握的民航法律规范，不能让南程免责，蛮蛮，你七哥认了。”不给南庭反驳的机会，盛远时又说，“谁的错，谁来担责，这是亘古不变的道理，如果法律判定南程有责任，我有责任，别说是损失几个亿，即便是吊销我的飞行执照，也不为过。”

“可是……”

“没有可是。”盛远时看着她的眼睛，“你也应该相信，南律师只会维护当事人的合法权益，至于那些非法的，她不会给予支持，更不可能任由林如玉扭曲事实。”

“万一……”

“万一她输了，你也别怪七哥。”

在此刻看来，无论谁输谁赢，对南庭而言，都是很难让她接受的。而无论输赢，盛叙良和齐子桥都看到了，南庭对盛远时的维护之心，以及盛远时作为民航从业者所具有的职业精神和行业自信。于是，对于两个孩子的未来，他们丝毫不担心，而对于生物航煤的试飞人选，他们也终于达成了共识，只不过在此之前，是一定要先解决林如玉的，否则，盛远时必然是飞不了。

南嘉予从办公室出来的时候就见齐妙还坐在办公桌前，电脑也开着，她都快走过去了，想了想，停下来说：“怎么还不走？是我分配给你的工作量不合理，还是你能力不够？”

她说话一直都是这么难听，齐妙基本都习惯了，毕竟有本事的人，都有个性的道理，她是懂的。可此刻，齐妙有点忍不住了，她把手上的案例放下，确切地说，是摔到了桌子上，起身与南嘉予对视：“先不说民航纠纷的案子你是明确表示过不接的，单凭南庭和盛远时的关系，南律师，你认为这个案子你该接吗？”

“他们是什么关系是他们的事，我接案子是我的事，齐妙，我请你摆正自己的身份。”南嘉予神色无波无澜，“作为助理，你还没有资格指示我，什么案子该接、什么案子不能接。”

“我确实没有资格指示你，我也没有要指示你。”齐妙努力让自己心平气和，“但至少我们不能扭曲事实，林正休老人在飞机上发生意外，是谁都不愿意看到的事情，家属不感激机组争分夺秒地抢救就算了，竟然还要告机长，南律师，我请问你，这和医闹有什么区别？”

“林如玉作为当事人是不是在扭曲事实，是我接下来要让你去了解的事情，不过现在看来，你似乎并不适合负责这个案子。”南嘉予无意和齐妙多说什么，她只在临走前交代，“你今晚想一想，如果有顾虑，或者无法以平常心对待一个关乎你表弟的案子，我可以换人跟进这桩案子。”

等南嘉予走了，齐妙还坐在办公室里，连乔敬则什么时候进来，她都没发现，直到身高腿长的他在自己面前坐下来，手在眼前晃：“发什么呆呢？”她才回过神来。

自上次打了他的脸后，他还是第一次出现，齐妙想到那一天他的气急败坏，还以为……“你怎么来了？”

乔敬则盯着她的脸看了几秒，移开了视线：“既然你打了人连道个歉都不会，小爷就送上门来给你个台阶下。”

齐妙瞪他一眼，没好气地说：“有脸就别来，爱找谁找谁去。”

这是什么人呢！乔敬则差点一口气没提上来，可想起盛远时的提醒，他忍了忍：“都几点了还不下班，工资高到要二十四小时工作了吗？你也是厉害到不行。”

齐妙心里烦着呢，闻言也不想再待在办公室了，她关了电脑，拿包走人。

乔敬则吊儿郎当地跟在她身后，和她保持着不远不近的距离，到了地下停车场时，才从她手里抢过车钥匙：“我来。”

齐妙下意识地问：“你没开车？”

乔敬则坐上车：“我是来和你吃饭的，不是开车跟在后面负责安保的。”

齐妙有点火：“你不会好好说话啊，怎么总带刺？”

乔敬则一拍方向盘：“说谁是刺猬猬呢？”

齐妙忽然就笑了：“我只听说过刺猬，刺猬猬是什么东西？”

乔敬则懒得再和她呛声，把车驶上街道才气呼呼地说：“吃什么？说话。”

乔其诺听闻林如玉的代理律师是南嘉予，显然比较乐观：“林如玉是自寻死路吗？”

盛远时也认为是这样：“她应该确实不知道南律师和南庭的关系，她曾经和我说过，南庭没有别的亲人了。”

“这就有意思了。”乔其诺一笑，“南律师的心思有点让人猜不透啊。”

对于南嘉予的心思，盛远时笃定地说：“考验我或帮我。”

乔其诺看看他满面的春光，失笑：“原来是一念之间啊。”

盛远时拿资料扔他。

闹够了，乔其诺问：“这官司，我们怎么打？”毕竟对方搬出了南庭的小姨，作为准外甥女婿，盛远时是否接招呢？

盛远时丝毫不觉为难，他只回答了四个字：“全力以赴。”

“免责单”事件的调查结果在一周后如期公布，局方判定，南程航空的飞行员与空管中心的管制员，在该事件中的操作与指挥，并无失误。如此一来，只要公安医院的尸检报告出来，证明林老的人身伤亡是由于他本身的健康状况造成的，作为承运人的南程航空，就不用承担任何责任。

尸检报告却迟迟没有出来，林家又拿出了林老生前的体检报告，以此证明林老的健康状况良好，是适宜单独出行和乘坐飞机的，也就是说，在上飞机前，林老的健康状况并不会危及自身。

这明显是要把南程往风口浪尖上推，毕竟，即便林老属于高龄乘客，南程航空也把他划归了特殊乘客一列，但是，谁都不能够证明，健康与年龄的关系，简单地说，达到一定年龄即是非健康。林如玉又在面对采访时表示，南程航空不能以法律规定来免除自己运输老人的义务，所以，免责单根本就是其推卸责任的证据，是以欺骗、强制性的手段，以合法形式掩盖非法目的，损害了乘客的人身权利。

作为曾经的电台名主播，林如玉的忠实听众有之，微博粉丝可观。从被盛远时列入黑名单那天起，她不止一次在微博及其他网络渠道哭诉某航空公司仗势欺人，某老同学飞上枝头后对她奚落嘲弄。此次，林老的事件发生后，她又开始扮弱者博取同情，更晒出一张林老夫人因老伴去世过度伤心病倒，她从旁照顾的照片。

如此孝顺的外孙女，怎能不被人怜惜？短短几天，大众就在林如玉意有所指的信息中扒出了盛远时和南庭，一个是南程航空的总飞，一个是空管中心的管制之花，这样的两个人在一起，要说他们在航站楼为难一个普通乘客，似乎太过容易。

受害者发声，群众质疑，是再正常不过的因果关系，作为被质疑方的南程航空要坚决否认此事，必然要通过法律途径，可报告没出来，问题没有办法得到根本解决，尤其，当绝大多数人不懂《航空法》，甚至连事实真相都不知道的情况下，朴素的正义感就会被无限放大。

林如玉利用的，恰恰就是这种正义感。

什么是朴素的正义感呢？就是当人们遇到与自己朴素道德观不一致的事情时，会通过自己的判断，化身成为仲裁者，并通过实际行动给予责任方应有的舆论惩罚。所以，在等待尸检报告的时间，南程公关其实就是和公众“朴素的正义感”在斗争。

公众全然不知被林如玉利用了，南程公关又不能对同样也是“受害者”的他们出手，于是，公关效果并不显著。此时正值十一假期之初，许多原本订了南程机票准备出行的旅客受舆论影响纷纷退票，并无理地要求赔偿退票损失，意思是，造成他们退票的罪魁祸首是南程自己，甚至有乘客发微博到南程航空的官博说：“你们飞出了人命，难道还要我们拿自己的命冒险吗？”

就这样，十一期间，南程所有航班的上座率不足百分之五十，最惨的一班飞机，只有四分之一不到的乘客，连飞行部和客舱服务部都有人沉不住气说：“还不如取消航班呢。”

是啊，赔着油钱，搭着飞行员和乘务员的小时费，亏本地飞，还不如取消航班呢。但是，航班怎么可能随意说取消就取消？在这个节骨眼上，由于座位坐不满就取消航班，不是给了林如玉继续抹黑南程的机会？

除了南庭都分析得出来的这些表面原因外，之所以不能取消航班，还涉及了航权及航线的问题，南程航空作为民航界新秀，本身就存在不少与其他航空公司重叠的航线，你取消航班，等同于把旅客拱手送给竞争公司，人家不会感谢你，反而认为你是傻缺，得不偿失。

尤其，南程航空正在争取 G 市总基地到某国某市的第五航权，这一航权是九大航权中最为复杂，但内容也最为丰富的重要航权，一旦谈判成功，南程航空就能分流国内三大航空枢纽的优质客流，不仅能为南程带来颇丰的经济收益，更让南程具备了与三大航的国际航线正面竞争的实力与机会。

相比国际航线，盛远时其实更看好国内二、三线城市，所以，他才会把这些航线作为十一期间的重点航线。这些航线的竞争不那么激烈，可发展的空间很大，基本上可以做到悄无声息地拿下，完全不惊动三大航。而南程的第一个发展计划，盛远时在公司组建之初，和顾南亭以及乔其诺商定：把二、三线城市作为主场，三年内实现航空公交化。

然而，一家航空公司连个撑门面的航权都没有，还谈什么发展？于是，为了拿下某国某市的第五航权，盛远时不仅不会考虑取消航班，他甚至要求南程的员工：“哪怕只有一位乘客在飞机上，也要确保服务质量是最优质的。”

于是，准备在十一期间大展身手的南程，虽然在利益方面计算，赔得连云南白药都止不了血，却一跃成为口碑排行榜老大。这就形成了，一部分公众受林如玉蛊惑质疑南程的服务及安全性等，谩骂诋毁南程；一部分对免责单事件不太关注，或是全然不知晓的公众在乘坐过南程的航班后，力赞南程机长飞行术好，服务贴心周到，表示日后出行首选南程。如此两极化的评价，一时之间，也是让公众真假难辨。

相比南庭的忧心，盛远时对此很坦然，确切地说，他很乐观，也很理智：“民航业本就不是高利润行业，即便没有免责单事件，也不能确保十一期间就能获得很大的利润回报。出行的乘客越多，发生特殊情况的概率也就越高，这就相当于，一个航班满座了，但刚起飞就有乘客身体不舒服需要返航，也不只是落地下客那么简单，飞机着陆是有重量要求的，你刚飞，油还没用多少呢，超出最大着陆重量了吧，那就需要耗油减重，这个损失，谁来买单？不可能是乘客，只能是航空公司。”出现这样的特情，这一趟就白飞了。

道理确实是这样的，可在这个时期从盛远时嘴里说出来，明显就是对南庭的安慰了，尤其南庭没做过生意，哪怕明白做生意有赔有赚，可看到南程一直在赔钱赚吆喝，吆喝里还有骂声，她怎么受得了？尽管她相信盛远时的能力，但尸检报告一天不出来，免责单事件就没办法画上句号，她是无论如何都不能放心的。

至于南嘉予那边，南庭在盛远时的劝解下，过去吃了一顿饭，而她实在没憋住，到底还是问了：“你为什么要接林如玉的委托？”

“我为什么不能接她的委托？”南嘉予抬头看她，“因为事关南程、事关盛远时？”

“你可以不用考虑我的感受，可我相信南程不会只是为了赚钱就什么都不顾地卖票，免责单或许在乘客看来是不合理的、是强制性的，但并没有人逼迫，或是欺骗林老签字，那是经过工作人员的解释和协商达成的结果，况且，航空公司维护自身的权益有什么错？哪家航空公司都有免责单！还有就是，我相信七哥的飞行术，林老发生意外，绝不可能是由于七哥飞行术不过关导致颠簸造成的。”

“你相信有用吗？不拿出真凭实据，怎么让大众闭嘴？”南嘉予的语气沉下来，“我不接，难道不会有别人接吗？还是你以为全国就我南嘉予一个律师？遇到个比我难缠的，你七哥只会更麻烦。”

南庭怔了一下：“小姨，你的意思是……”

南嘉予打断她：“我的意思是，我不会在证据面前信口雌黄。”

一向聪明伶俐的南庭想了很久也没太明白，最后只好问盛远时：“小姨的意思是，要是最终尸检报告证明是林老自身的健康问题，她会临阵倒戈？这样……也行？小姨从来没有输过官司，万一……她不是砸了自己的招牌？”

盛远时倒没敢奢望南嘉予临阵倒戈，那是对她职业生涯的挑战，她精明老练，不会做那么鲁莽的决定。以盛远时对南嘉予品行的了解，他相信，即便南嘉予对自己并未认可和接受，也不会是非不分、公报私仇，更何况，他盛远时和南嘉予之间何来私仇？充其量就是小姨看外甥女婿不顺眼罢了，应该上升不到对簿公堂的层面。尤其作为行业翘楚，南嘉予必然会在事前进行证据搜集，盛远时笃定她一定能够发现事实的真相。

可他的蛮蛮啊，关心则乱，盛远时给南庭吃定心丸：“小姨再怎么看不上我，为了你，也不会在工作上为难我，大不了就是不给你户口本和身份证，让我干着急。”

南庭嘟嘴：“我哪有那么大的面子？”

盛远时提议：“要是你不相信，我们打个赌。”

“什么赌？”

“我赌南律师会建议林如玉撤诉。”

南庭的第一反应是：“她扭曲事实给南程造成了直接的经济损失，撤诉就完了吗？”

他的蛮蛮还是很精明的：“她撤不撤我不在乎，等尸检报告出来，南程肯定会针对她散布谣言一事起诉她。”

南庭皱起秀眉：“就怕她砸锅卖铁也赔不起，最后还是要你来买单。”

“那就是给我的教训了。”盛远时想起之前在公司会议中曾立下军令状：十一期间，飞往二、三线城市的航班不超售，剩余座位的机票他全包了，自己忍不住笑了，“看来话还是不能说太满，这次我这脸打得有点响。”

南庭淘气地捏捏他的下巴，笑嘻嘻地说：“敢打我七哥脸的人，不多啊。”

盛远时把她摁在怀里，好好欺负了一顿。

齐妙最终还是负责了这起案子，她按照南嘉予的指示，先是拿到了林老一年前在 G 市一家三甲医院的体检报告，更得到了林如玉母亲为林老订票的电话录音，接下来，更是排除万难地找到了 1268 次航班上的几位乘客，得到了一些证词，最后还约了桑桎见面。

本以为她是因为恐男症，结果听她说：“能把那天在飞机上的情况详细复述一遍给我吗？”桑桎才知道南嘉予接受了林家的委托，可能会和南程打官司。

桑桎把在航站楼看见的、听见的、林老办理登机牌的全过程回忆了一遍，又把在飞机上他参与抢救的情况也详细说明了一遍，最后才问：“林家要向南程索要赔偿？”

“如果只是钱的问题，事情倒简单了。”齐妙收好录音笔，“我看林如玉是想借此事打压盛远时，要是顺便能让南程也栽个跟头最好。”

桑桎微微皱眉：“可能吗？”

齐妙一笑：“根据我现在掌握的证据，她怕是要偷鸡不成蚀把米了。”可想到南嘉予，她又乐观不起来，“只是，南律师可是能言善辩的。”

桑桎认同齐妙对南嘉予的评价，作为律师，南嘉予的辩论技巧确实高超，当年，她为自己姑姑打官司时的犀利，桑桎是见识过的，但他说：“她是明辨是非的人。”

尽管和南嘉予相处的时间不长，但通过这两个月来她接手的案子来看，齐妙也认为她是一位正义又正直的律师，可事关盛远时，齐妙似乎失去了判断。

桑桎洞悉了她的疑惑：“不是还没上庭吗？”说完还安慰似的拍了拍她的肩膀。

他的态度和盛远时一样，甚至看似玩世不恭的乔敬则也对她说：“南程那么大的公司，还怕一个林如玉？你别看她现在蹦跶得欢，等她知道自己请的律师是南程总飞的小姨，她怕是要哭了。”

男人们都这么稳，齐妙稍稍放了点心，她说：“谢谢你了桑医生。”

桑桎淡淡地笑了：“不用客气。”然后问她，“是最近太忙了，还是症状没有加剧，怎么治疗中断了？”

齐妙想起来，那天乔敬则去律所接她吃饭，在没和她发生肢体接触的情况下，她并没有任何症状出现，直到他送她回家时不小心拉了她手一下，她才有些心慌，于是齐妙说：“我这个症状好像只在面对一个人时才会出现。”

桑桎抬眼看了下窗外：“是他吗？”

齐妙循着他的目光看过去，就见乔敬则黑着脸站在咖啡厅外面。

这也太巧了吧，她下意识皱眉。

乔敬则转身就走，齐妙几乎就要起身追出去解释，然而最终，她坐着没动。

桑桎观察了她片刻，提议：“等免责单事件了结，你详细地和我说一下，和他从相识到相熟的过程，最好能巨细无遗。”

齐妙不解：“这对治疗有帮助吗？”

桑桎肯定地点头：“我刚刚拍了你的肩膀，你没有脸红，也没有紧张，而你自己也意识到，只在面对他时，才会出现恐男的反应，我判断，是和他有直接关系。”

齐妙恍然大悟，桑桎先前拍她肩膀时，她只是单纯地理解为安慰，并没有任何排斥和恐男反应。原来，乔敬则才是罪魁祸首：“如果真是因为他，我该怎么办？”

“以毒攻毒，”桑桎笑望着她，“主动和他多接触。”

齐妙把能搜集的证据资料交给南嘉予看过后，她看了看时间说：“约林如玉下午两点到律所来一趟，我只有一个小时的时间。”

齐妙忍住了想问的冲动：“好。”

等她磨磨蹭蹭地走出办公室，南嘉予笑着摇了摇头，然后给桑桎打电话：“你当时也在那趟航班上？”

桑桎也正准备打给她，闻言，把事情的经过又耐心而详细地口述了一遍。

南嘉予听完沉吟了片刻：“盛远时的运气真是不错。”听到桑桎的笑声，她问，“怎么不叫我小姨，改回南姐了？”

桑桎还以为她没有注意到自己对她称呼的改变：“既然不能随南庭称呼你，不如借你的身份提一下自己的辈分，等有机会，好让盛远时喊一声：桑叔叔。”

南嘉予笑了：“我也觉得让你喊小姨，有点占便宜的意思，行，就叫南姐吧。”

林如玉比约定的时间晚到了十几分钟，南嘉予面上没表现出什么，只是让齐妙把相关的证据资料复印了一份拿给她，然后直言不讳地说：“我们第一次见面时我说过，我接委托有一个硬性要求，就是当事人必须和我说实话，我不希望等我搜集完证据，或是站到庭上的时候发现，当事人对我撒了谎。”

自认是金主的林如玉听出了南嘉予言语中的不悦，她无所谓地说：“律师的工作不就是维护当事人的权益，为当事人的利益着想吗？”

南嘉予纠正道：“律师的第一要务是维护当事人的合法权益，为当事人谋取合法利益，挽回或减少当事人的损失。”

林如玉听出她刻意在“合法”二字上加重了语气，她笑了笑：“合不合法不就在于官司的输赢吗？只要南律师帮我赢了这场官司，我的一切诉讼都是合法的，不是吗？”

“没有哪个律师可以保证每起案件都可以获得绝对的赢，输与赢是相对而言的。”南嘉予点点办公桌上的证据资料，“我能拿到的，南程航空也能拿到，等他们把这些证据呈给法官，不告你诽谤、不提出巨额赔偿，”南嘉予抬眸注视她，一字一顿，“我认为，就是你赢。”

“你说什么？”林如玉的语气和眼神一样冷下来，“南律师是对自己没信心吗？”

“信心是证据给的。”南嘉予拿出那些三甲医院的体检报告，“这上面明确显示，林老是患有心脏病的，没错，我知道你手里那份报告也是真的，但出具这两份体检结果的医院，哪家更权威，你我心里都有数。”

然后是录音证据：“我完完整整地听过，你母亲给林老订机票时，南程方面是拒绝售票的，是你母亲一再声明，你外公身体很好，坐飞机没有问题，她还说：‘出问题算我们的，又和你们无关。’这个‘你们’是指谁，不言而喻。”

接下来是桑桎的证词：“有证人亲眼看见南程值机向你外公解释免责单的作用和意义，你外公是自愿签字的，所以，你所说的，南程有逼迫和欺骗行为发生，是不存在的。”

林如玉听不下去了，她几乎是愤怒地打断了南嘉予：“我花钱请你，不是让你找这些不利于我的证据。”

南嘉予懒得再说林家阻碍尸检，导致尸检报告至今没有出来的事：“我的建议是，接受庭下调解，对于林老的去世，南程航空一定也是遗憾的，你退一步，他们或许愿意以经济……”

林如玉再次打断了她："我们林家不稀罕他们的赔偿。"

"我需要纠正你的是，即便我为你争取到南程航空的经济补偿，那也不是赔偿，只是抚恤金或是丧葬费的形式和名义。"南嘉予继续，"林家还不能无偿地接受这笔钱，南程航空必然会要求你公开致歉和致谢。"

林如玉冷声质问："凭什么？"

南嘉予回答她："凭你故意捏造并散布虚构了关于免责单事件的事实，破坏了南程的声誉。"

林如玉竟然还不甘心："杀人罪都能被开脱，更何况我们林家还是受害者，我不相信没人打得赢这官司。"

南嘉予当然不会反对林如玉另请高明，她也想看看，谁有这个本事，反败为胜。

等林如玉骂着走了，齐妙敲开她办公室的门："是不是你早料到了？"

南嘉予有事要出去，她拿起外套边穿边说："我那么厉害吗，能未卜先知？"

齐妙意识到错怪她了，笑嘻嘻地说："就算不能未卜先知，在我眼里，你也是最厉害的。"

南嘉予瞥她一眼："我喜欢忠厚诚实的助理。"

"我就是忠厚诚实的。"齐妙心情极好地说，"要不之前也不会把对你的不满表现得那么明显是吧？"

这话没毛病。南嘉予临走前交代："证据你看着处理，别浪费。"

齐妙反应了一下，才朝她的背影说："谢谢南律师。"

南嘉予在回身前敛了笑，冷冷淡淡地说："顺便提醒一下你弟弟，他和南庭还没结婚，别动不动就把人接去他家里，闹出人命，我饶不了他。"

南庭最近确实都在盛远时那边住，齐妙都习惯带睡不着了，可作为小姨，她是怎么知道的？还有就是……什么人命啊？

齐妙亲自把那些证据送到了盛远时手里，眉眼之间满是得意："我猜你们南程的律师搜集到的证据，不如我的这份有力。"

小表姐工作细致用心，盛远时是知道的，现下又有南嘉予从旁指点，他丝毫不意外她们拿到了最有利于南程的证据：“南律师怎么说？”

齐妙有点没心没肺地答：“她说让我看着处理，别浪费。”

盛远时皱眉：“只是这样，没别的了？”

齐妙才反应过来，她瞥了眼在厨房准备果盘的南庭，凑到盛远时耳边，小声地把关于“人命”的原话重复了一遍，末了还不嫌事大地说：“我还挺期待，要是南庭奉子成婚，她能放什么大招。”

盛远时料到南嘉予会让齐妙带个话，类似警告他别得意那种，但“人命”这事……可行。

受到启发的男人揉着眉心笑了。

南庭只听到了后半句：“什么大招啊？”

盛远时从她手上接过果盘放在茶几上：“她又不是没手，你管她要不要吃水果？”

齐妙抬手打他一下：“这还没成你老婆呢，就不能给我切个水果了？好歹我也是你姐。”

盛远时不客气地怼回去：“我去你那儿，你也从来没给过我这份待遇。”

齐妙叉了块水果送进嘴里：“谁让你从小就能在任何环境中茁壮成长呢。”

盛远时不和她在这个话题上纠缠，话锋一转：“恐男症好点了吗？”

“喀喀喀……”齐妙顿时被水果卡住了。

然后，不等她对南庭发问，盛远时又说：“听桑桎的意思是，这病能治？”

好吧，就这么轻而易举地嫁祸给了桑桎，南庭深感抱歉。

得知齐妙送来的资料是对南程有利的证据，南庭马上给南嘉予打电话说谢谢，南嘉予还是那副冷冷淡淡的样子：“南程的律师也不是吃素的，早晚会拿到这些，我不过是做了个顺水人情。”

小姨刀子嘴豆腐心的性格南庭算是掌握了，她刚想撒个娇，就听南嘉予问：“一个人在家？我过去接你，今晚到我这儿来住。”

南庭顿时就心虚了：“……呃，我都要睡了呢，今晚就不过去了，小姨，你别来了。”

南嘉予看似随和地说：“随你吧。”

南庭刚松了口气，又听她语速很快地说了一句：“让盛远时接电话。”

“哦，好。”南庭答应完，张口就喊，“七哥！”

“嗯？”刚洗好澡的盛远时从浴室出来，“要洗澡吗？”

房间里很静，他声音又不小，南嘉予在那端听得清清楚楚，她深呼吸，连续地，然后对一声不响、努力减少存在感的南庭说：“明天搬我这边来！”说完径自挂断。

“你瞎说什么话啊！”南庭把手机丢给盛远时，扑到床上，把脸埋进被子里。

等她七哥明白过来是怎么回事，也是委屈到不行。可就算被南嘉予发现了好事，盛远时还是因为她立场明确心情大好，尤其想到奉子成婚的“建议”，他当晚格外地卖力气。

不知道是被他折腾得太累了，还是最近因林如玉的事情让南庭的精神过于紧张了，事后她竟然很快睡着了。这是除生病那晚，她第一次在自己面前睡着，原本该高兴的，结果盛远时反而不敢睡了，一直关注着她的体温和睡着的状态，生怕她像那晚一样，是病倒的前兆。

南庭却睡得安稳，呼吸均匀，身体放松，偶尔翻个身，还会下意识伸手寻找什么。盛远时见状贴近她，轻轻拍拍她的背，她就会往他怀里蹭，后来像是做梦了一样，眉头微微蹙起，渐渐地，还发出了轻微的呓语，可惜声音太小，盛远时听不清。

某个瞬间，盛远时想要叫醒南庭，担心她像上次在塔台值夜班时那样，梦见什么不好的，可又心疼她好不容易才能睡一觉。于是，在南庭没有出现更大反应的情况下，他静静地守了她一夜。

凌晨五点，南庭睁开了眼，就见盛远时在看自己，她瞬间笑开：“你醒啦？”

盛远时亲亲她额头，实话实说：“没敢睡。”

南庭才反应过来自己睡着了，向他确认：“我睡了一整夜吗？”

盛远时抱住她想了想：“六个小时。”

“这么久？”南庭意外又欣喜。

“做了什么梦？”

“梦见我们初遇的情景，在飞机上。”

他们的初遇不仅浪漫，还绝对是愉快的，她为什么会一直皱眉？

盛远时拢了拢她睡得乱乱的头发：“我们今天去找一下桑桎。”

听说南庭睡了六个小时，桑桎也很意外，他问：“还记得梦里的情景吗？”

南庭不记得了，但她认定：“我梦见了我和七哥，我是说，我听见梦里的女人喊：七哥。”

盛远时直觉不是，他的判断是：“她的这个梦很长，还不连贯，而且并不愉快。”他很肯定地告诉桑桎，“除了五年前我们分手，从我认识她的那天起，我们之间没发生过任何不愉快的事。”可她一面说梦里是自己和盛远时，一面又整夜都皱着眉头。

桑桎认为梦是不眠的关键所在，决定以催眠的方式帮南庭回忆起这个梦。

盛远时没有异议。

遮光窗帘拉起，房间里的光线暗淡下来，像是夜晚降临，桑桎的声音犹如从摇曳的烛火中飘来，浑厚悠远，南庭听见他问：“看见了什么？”

烛火把桑桎和盛远时的身影投射到他们背后的墙上，形成一朵巨大的云，南庭说：“烛火不稳，晃得我有点眼花。”

给南庭催眠的次数并不多，之前她都有些紧张，这一次情绪缓冲很快，几乎没用引导，整个人已经完全放松下来，桑桎隐隐觉得，是因为盛远时在场的缘故。

果然，他不仅仅是南庭的心事，也是她的心药。

桑桎收敛情绪，静心投入到催眠之中："这回稳定了吗？"

南庭"嗯"了一声，主动开口："我一直以为烛火是红色的，这回看起来像是白色，还有点蓝。"她眼睛一瞬不眨地盯着烛光，像是在里面看到了什么特别的东西，"白色是墙的颜色吧？"

桑桎以闲聊似的语气说："别一直盯着看了，眼睛会不舒服。"

南庭听话地闭上了眼睛。

桑桎把握着机会问她："那些颜色还在吗？"

"在啊，但好像深浅有点不一样了。"

"有形状吗？要不要伸手摸一摸？"

"好啊。"南庭说着，慢慢地伸出了一只手，开始摸索。

桑桎伸手轻轻地托住了她的手，南庭没有躲，但也没有动。桑桎给盛远时递了个眼神，盛远时领悟，他伸出自己的手，从桑桎手中接过南庭的手，南庭忽然就握住了他的手，和以往与他牵手的姿势一模一样。

盛远时唇边和眼底都有了笑意。

桑桎继续："蓝色的是天，白色的是云，对吗？"

南庭想了想："还有飞机呢。"

蜡烛在这时"啪"的一声响，烛光扩散开来，照亮了房间，南庭看见的第一个画面是：一架飞机在跑道上滑跑，然后昂起头，脱离了跑道，冲入云霄，片刻后，听见一道清脆的女声说："由于雷达盲区，将短时间失去雷达识别，保持长守。"

南庭刚觉得那声音有些熟悉，眼前又出现了另一组模糊的画面：驾驶舱里，一位飞行员以玩笑的口吻说："每天在天上飞，都快忘了脚踩在地上的感觉了。"回应他的不是副驾驶，而是波道中的女声："磁航迹200，距离32公里。"

接下来是第三组画面：飞机着陆，一位身穿飞行制服的男子从飞机上走下来，开机打电话："接你下班吧。"听见那边说了句什么，他温柔一笑，"行，听你的。"

第四组画面是：一道俏丽的身影从一座楼里跑出来，冲进他怀里。

他逗她说："不怕被人看见笑话啊？"

她仰头望着他笑："老夫老妻，如胶似漆，谁敢笑我们？"

他也觉得管他呢，低头吻她："想你了。"

南庭都忍不住微微笑了起来。

然而，甜蜜过后，却是一次次的分离。

她怀孕了，吐得厉害，他却要去执行任务。

她坚强地说："你去吧，我没事。"

他舍不得走，又不得不走。

直到他的背影消失在视线之内，她才任由眼泪落下来。

宝宝出生那天，父母、亲戚都来了，唯独不见他的身影，她一直对所有的人笑，包括宝宝，却在夜里无声哭泣。

宝宝满百天，她就回到岗位工作了，只因那样，才能有更多和他见面、听他声音的机会。

他是愧疚的，可身负的责任让他无法为妻子和儿子做更多，只能利用极少的回家的机会，把家里他能看到、能想到的所有事，都尽量做出安排。

她从没责怪过他，每次他走的时候，还微笑着说："家里有我。"

他湿着眼眶抱住她，轻声地说："对不起。"

她温柔地回应："说什么呢，我爱你啊。"

直到他驾驶的飞机顺利起飞，她才哽咽着念："七哥，起落安妥。"

那一声"七哥"让盛远时不得不相信，南庭梦里的男女，是她和自己。然而，他是总飞，不能说南程的一切事务都由他说了算，但飞不飞这件事，他还是做得了主的，何必为了飞行让她独自承受那么多？别说有一天她怀孕了，就是现下，为了能够更好地照顾她，他已经准备少飞了，根本不可能出现梦里的情景。

桑桎也是百思不得其解："可能她潜意识里在担心，你为了飞行忽略她，或者，她是害怕飞行不安全，才日有所思，夜有所梦。"

盛远时本想说，那我以后尽量不飞了，可想到生物航煤试飞在即，他只能说："我最近多陪陪她。"

"她很久都没有睡过觉，直到你们复合，她开始陆陆续续地睡着，虽然每次都会做梦，但我认为，是比持续睡不着要好的现象。"桑桎思考了片刻，"我有个大胆的假设。"

盛远时抬眸，静待他继续。

"你说她梦里的情景不是你们相处的样子，那会不会她梦见的，"桑桎皱了皱眉，像是在下决心，又像在顾虑什么，然后才说，"是你们的前世？"

"前世？"这对盛远时而言，太过匪夷所思。

桑桎想了想说："这个世界，有很多无法用科学解释的事物存在，就像从某些角度看，疯子或许还是天才也说不定。"

盛远时是个普通人，他的思维模式是趋于正常化的。桑桎则是心理学家，无论是专业需要，还是在做研究时看到的，以及接触到的，都可能和常人不同，所以，在看待南庭不眠和梦境这两个问题上，他没有以正常思维去考虑。

盛远时努力地跟上桑桎的思路，但还是说："让我想想。"

桑桎见他眉头紧锁，故意以娘家哥哥的口吻说："怎么，怕她有特异功能啊？不想要的话，现在说话，退货还来得及。"

盛远时瞪他一眼："你想得美。"

南庭当天是夜班，在局方的调查结果公布后，她就正常上席位指挥了，尽管林如玉散布的谣言牵涉到了她，但包括应子铭在内的所有塔台管制员，对她的态度都没有任何改变，甚至还有师兄义愤填膺地表示："坐等盛总碾压那个不识好歹的林如玉！"所以，南庭如常工作，没有请假。

盛远时还在为梦放心不下，但为了避免给南庭压力，他面上表现如常。南庭也一样，为了不让他担心，她在去塔台的路上时还抱怨："怎么这辈子和上辈子一样，都是我等你啊？”

盛远时伸手捏捏她下巴：“要不我疼你呢。”

南庭笑眯眯的，一脸甜蜜，可等完成一个时段的指挥，她站在休息室的窗前，看向机坪时，内心却是波澜四起。

你在梦里告诉我，那是一个故事，有开始，也有结局。可我在摇曳不清的月色里，只看到每一个人的身不由己。夜幕渐渐拉起，我终于留意到，另一个自己。

然而，那真的是我吗？想到那个关于襟翼卡阻的梦，南庭又忍不住担心，梦里不是自己和盛远时的前世，而是他们的……未来。直到这个时候，南庭才开始惧怕不眠，惧怕梦境，更惧怕空难。

第七章 翅膀之末，脚步之初

你的翅膀之末，是我的脚步之初。

从今以后，你在云端上飞翔，我在苍穹下守望。

盛远时把相关证据资料交给南程的律师后，对顾南亭说："我现在终于明白，为什么当年你会亲自出面请南律师了。"

"南嘉予？"顾南亭也是记忆犹新，"她至今没输过官司，业界因此都称她'南大状'，这样的人才不请到麾下，岂不是损失？"然后抬头看向盛远时，"我面子不够，没请动，以后请不请得动，就看你了。"

"我在那位面前连谈面子的资格都没有。"盛远时表示无奈，"她不为难我，我就谢天谢地。"

顾南亭已经听程潇说了南嘉予和南庭的关系，想到盛远时的处境，一时也是感慨万千："当年我岳父给我出的考试题目可比你现在难多了。"

盛远时却不服气："我的就简单吗？一个五年，考不过就是错过五十年。"

相比之下，自己还偏得了七年。顾南亭挑眉："要不我们能成合伙人呢，都是难兄难弟。"

盛远时笑道："就冲你这名字，这辈子，我们也拆不了伙。"

"世界也是够小的，你说你家那口子怎么就和我撞名了呢。"顾南亭叹了口气，"你不知道，我一听程程喊二老公，牙都疼。"

"我就不牙疼吗？自己女朋友被喊老公，也是不能再奇怪了吧。"盛远时捏了捏眉心，“我挺纳闷，怎么你会取‘亭亭玉立’的‘亭’？”

顾南亭说：“当年我爸妈都希望生个女儿。听我爸说，当时我妈知道生了个儿子，还让我爸确认一下是不是抱错了。”他说着自己先笑了，“对于我妈，我也是服了。”所以，其实顾南亭这个名字，是顾家二老为女儿取的，否则，本该是顾南庭才对。

“我妈当年也想生个女儿，说女儿是小棉袄，很暖和；儿子却像皮夹克，一年穿不了几回，平时穿热，冷天又不挡寒，扔了吧，那么贵的东西还舍不得，只能束之高阁当摆设，证明这物件她有。”盛远时说着，也笑起来，“也不知道她哪来的这一套理论。”

于是，在林如玉去找别的律师试图和南程对抗时，这二位像没事人似的，在办公室里闲聊着自己的女人和亲娘，如此不务正业，也是够嚣张的。

同样关注着民航、关注着免责单事件、关注南程的何子妍的父亲何勇不知从哪个渠道获知，齐润集团由于投入大量资金致力于新项目的研究与开发，将在次年转变经营方向，正与中南集团协商后续不再提供航煤供应事宜。

这个非常时期，齐润要与中南解除合作，在何勇看来，是落井下石的不厚道。这样的天赐良机，他岂能放过？他有意通过女儿何子妍，争取与中南的合作。

换作之前，何子妍或许愿意以私人身份和盛远时提一句，毕竟，那其实是一个她接近盛远时的机会，可现在，在整个空港、整个民航界都知道盛远时与南庭是恋人的情况下，她实在没有办法开这个口。她对何勇说：“要是你认为‘何创’供应的航煤可以达标，就通过正常渠道约顾总谈。”

何勇很生气，可他到底和桑正远不同，并没有太为难女儿，于是就让秘书联系盛远时。本身航煤采购的事，盛远时是不负责的，可在约不上顾南亭的情况下，他打着何子妍父亲的名号找上了盛远时，更提前把合作计划书送到了南程。

盛远时久候他多时，让助理答应了他来G市谈合作的请求。

何勇几乎是兴高采烈地飞过来了。

他本人比照片上显得更瘦、更年轻一些，唯独眼神里，似乎缺少了为商者的精明，如果不知道他曾经设局令司徒家破产，盛远时险些以为他是个忠厚老实的商人。

盛远时在自己的办公室接见了何勇，并以晚辈的身份与他寒暄了几句，还主动提到了何子妍：“让何经理和我说一声就好了，何必还和助理约时间。”

何勇一听，顿觉航煤一事有戏，他故作姿态地说：“公私分明一直是我的处事态度。”

盛远时心里冷哼了一声，面上依旧带着笑：“您的这个态度，我欣赏。”然后切入主题，“‘何创’的合作意向我已经清楚了，只是我不明白的是，航煤的价格……”

何勇看似诚恳地接口道：“网上那些造谣生事的信息我都看见了，南程在十一期间的直接经济损失，我多少也有个估算，在南程处于危难之时，我们‘何创’压缩利润空间，表达的是一份诚意。”

“何创”所报的航煤价格，比现在齐润的供价低，尽管只是低了一点点，可一旦达成合作，航煤的需求量就会很大，那一点点的差价也会是一笔可观的数字。何勇的这一番表白，仿佛他真的是位良心商人，在考虑到南程目前正处于资金周转困难期，愿意帮南程渡过难关。

简直是恩人一般的存在。如果盛远时是善茬，都要相信了。“愿意在这个时候伸手拉南程一把的人不多。”盛远时起身，朝何勇伸出了手，“我先代表南程谢谢何总了。”

何勇握着盛远时的手说：“能和南程合作，才是‘何创’的福气。”

盛远时有点明白何勇做生意的套路了，他属于那种柔和谦卑型的，以一种老实忠厚的姿态呈现在合作伙伴面前，为的是让对方卸下心理防备。

“此前齐润集团供应的也是这款进口航煤，质量方面，我们是没有疑义的。”见何勇眼睛都亮了，盛远时抱歉一笑，“但南程隶属于中南，航煤的采购是有流程的。”意思是，不是他一个人说了算的。

何勇陷入了思考：“盛总的意思是……”

盛远时话锋一转：“齐润集团董事长是我母亲，想必您也是知道的。”

何勇不太明白为什么盛远时会在这个时候主动提及齐润，但他还是点头表示知道：“要不是听说齐润集团经营转向，我也不会亲自来拜访，毕竟，无论是从资金实力，还是……”

盛远时明白他的欲言又止是想说“无论是资金实力，还是人情关系，齐润都是当仁不让的航煤供应商”。做生意这种事，有的时候确实是这样，谁有关系就上，没关系的，货硬也不行。

“我母亲其实在两年前就不负责集团的经营管理了，都是那些职业经理人在做。”盛远时沉吟了一下，像是有什么难言之隐，“航煤的价格也都是那些经理定的，顾总倒也没说什么，算是给我面子吧。”

而“何创”现在的报价低于先前齐润的供应价，会让顾南亭觉得他们盛家母子从中获利？何勇有点拿捏不准，他试探着问：“那么您看这个价格……”

盛远时指点道：“我听到了些消息，美国的航煤应该是上涨了，这样看来，不出两个月，我们国内的航煤价格也是会有些浮动的。”

何勇就明白盛远时是让自己把报价提上来，保持和齐润现在的供应价一致：“是是是，这个消息我也听到了，我之所以不惜亏本地给您报低价，也是考虑到南程最近的处境，您也说了，能拉一把的人不多，但我绝对是那其中之一。”

这诚意，简直是百分之百的。盛远时必然要好好谢谢人家何总，谢过之后，他把计划书推过去：“既然是合作，必然是要共赢的，怎么都不能让何总赔本。”

何勇要乐疯了，不压价还暗示他提价的合作方，请来一桌好吗？他眉开眼笑地说：“肯定不会让盛总为难的，您放心。”

盛远时一副“你懂就好”的模样：“顾总已经把航煤采购权下放给我了，我的意思呢，走个招标流程，免得有人议论，认为我盛远时从中获了什么利。而为了检验供应商的资金实力，我会要求所有参与竞标的公司提前交纳保证金，您公司的实力虽然和齐润比稍有差距，但能拿下美国航煤的代理权，也是有底气的，要是何总有意，就回去准备标书和保证金。后续的事情，”他停顿了一下，像是在斟酌措辞，“我来运作。”

一句“我来运作”相当于是给了何勇承诺，承诺会让他中标。盛远时更是在最后笑眯眯地给他吃定心丸：“何总可要把航煤备足了，别到时候满足不了我们需求啊。”

何勇自然是一番千恩万谢。

等把那个虚情假意的何总送走，盛远时致电齐子桥：“对外放的齐润经营转向的消息，怎么没提前知会我一声？”

齐子桥却说：“凭我儿子的智商，还需要提前知会吗？”

盛远时笑了：“您这是给我考试啊。”

齐子桥轻笑：“母子同考才有意思。”

好吧，这样的太后娘娘，也是屌炸天了。

等盛远时把何勇来找自己谈航煤合作的事情向齐董事长汇报后，齐子桥慢条斯理地说：“桑正远并不像我们想象中那么固执，他还是听了桑柽的劝要收手，那我不能让我儿子失望啊，为了请桑正远入局，我只好让常漫对外放了点消息，这样一来，何勇必然是坐不住的，可‘何创’还不具备拿下美国航煤中国代理权的实力，如此一来，何勇就需要一个合伙人。”

于是，何勇亲自登门，邀桑正远一起做航煤生意。桑正远却迟疑不前，利润越大，风险就越高的道理，他还是懂的，尤其桑柽那么坚决地反对他涉足化工行业，他怎么也要想一想。

为了向桑正远证明，风险可控，何勇才来争取中南，一旦与中南达成合作，航煤就不担心卖不出去了，甚至如果一切顺利，等美国的航煤到位，就可以直接入中南和南程的库房，既不愁销路，连仓储费都省了。退一步讲，即便和中南的合作最终没有达成，那个时候，航煤价格涨起来了，他们把低价购进的航煤抛出来，怕是各家航空公司也要抢的。何勇以为，自己掌握了国航航煤的价格走势，是抢占了先机。

盛远时对齐子桥说：“我准备借竞标保证金之由，把他的一部分资金锁住。”如此一来，等储备了航煤，他们的资金就周转不过来了。

齐子桥一听笑了：“谁再说我儿子不懂做生意，我真的要和他急。”

盛远时挑眉：“以前我总说蛮蛮是戏精，今天面对何勇，顿时觉得自己也是个演员了。”

齐子桥又问了问免责单事件的进度，才说：“没有这次的事件，要请何勇入局或许还要费一番周折，这样一来，你也算因祸得福。”

没有免责单事件，就不会有南程十一机票售不出去、资金周转不灵的状况出现，那么这个保证金的数额还不好设定得太高，现下何勇必然会明白，中南之所以要求如此大额的保证金，除了供应商要确保航煤质量外，还是借这部分资金解子公司南程航空的燃眉之急，而他如果想争取合作的机会，就一定要先把这部分资金准备出来。至于暗示何勇提高航煤价格，则是为了让他在巨大的利润空间面前，失去应有的判断，这样他才会抽调一切可动用的资金大量囤积航煤。

如齐子桥所料，何勇回到A市连公司都没回，直接去找桑正远：“我已经和南程的盛远时谈好了，由他运作，确保我们中标，这样一来，我们的航煤就有了销路，你还担心库存积压吗？”

自桑桎提醒他，不要跟着齐润的风向走，桑正远就不敢投入资金，此刻听何勇这样说，他又有些动心：“可盛远时是齐润董事长的儿子，他的承诺能信吗？”

“如果是我们和齐润抢客户，我当然是不敢信他的，但现在的情况是，齐润为了确保新项目的正常推进，放弃国内航煤市场，才要终止和中南的合作。不过，我也听到风声，说南程受此次免责单事件影响，资金出现问题，导致三季度的航煤款迟迟未付，我就在想啊，齐润所谓的经营转向会不会只是个幌子，对中南延迟付款有意见才是真的？”

“盛远时还是南程的总飞，管理着近千人的飞行团队，权限甚至高于总经理乔其诺，齐润会因为一个季度的航煤款就耿耿于怀到放弃中南这个大客户吗？”桑正远蹙眉，“毕竟，中南的企业实力不容小觑，否则你也不必如此费心争取，不是吗？”

何勇笑了：“所以分析下来，我也觉得齐润真的是经营转向。”

桑正远也倾向于这个理由。

“你也说中南的企业实力不容小觑，”何勇自信满满地说，“那么一家大型的航空集团，航煤的需求有多大我们是清楚的，要是这次的合作是通过盛远时促成的，他能从中获利多少，他算得比我们清楚，所以这么看下来，我们和他可是双赢。”

“你的意思是……”桑正远思索着。

“他没有压价，反而嫌我的报价低了。”何勇一改在盛远时面前的谦和温厚，语气不屑地说，“他暗示我把报价提高，你想啊，我们能全赚吗？总要割一些肉给他个人吧。”

这是生意场上惯用的伎俩，但盛远时要的却不是那一点肉，而是他的整个公司，一无所知的何勇还在遗憾自家公司可调集的资金有限，无法独吞下这一大笔利润，无奈之下，只好拉桑正远一起干，既增加了资金投入，又能风险共担。

“齐润与中南合作，是齐子桥赚钱，齐润撤出去了，盛远时赚钱，说到底，无论是谁和中南合作，钱都是落入人家母子手里。”何勇提示桑正远，“我们做得漂亮点，满足了盛远时的胃口，还愁和中南的合作达不成吗？”

这样看来，风险确实没有预想的大。桑正远被说服了，他和何勇签订了一份合作协议，然后开始筹备资金。当时的航煤价格趋于稳定，相比以往没有明显涨幅。与此同时，何勇听闻几大航煤代理商的同期订单比往年都大，这让他意识到，航煤要涨价的消息准确无误，大家都在趁还没涨价提前囤货，欲趁此大赚一笔，他因此越发有信心，不惜抵押贷款加投资金，从美国大量购进航煤。

当桑正远以“远洋物流”为抵押从银行贷到款，他有些心慌：“中南那边不会出意外吧，万一我们没有中标，这么多的航煤，单纯是仓储费，都会压得我们喘不过气。”而航煤这种东西，卖不出去的话，想销毁都不能够，那么，仓储就成了最大的问题。

何勇更是把整个“何创”都押上了，心中的忐忑与忧虑并不比桑正远少，但他面上还是很稳得住：“我今天和盛远时通过电话了，他说中南已经开始评估工作了，他看了其他几家公司的标书，我们的优势最大。”

只是优势最大，并不是百分之百，比起尘埃落定还有距离。然而，出乎何勇和桑正远意料的是，中南竟然很快就公布了最终入围的三家企业名单，相比另外两家实力明显不足的新公司，“何创”确实是有极大优势的，于是，何勇和桑正远以为，这一次十拿九稳了。

林如玉再次来到了律所，客气地请齐妙安排她与南嘉予见面。本来她没有预约，南嘉予不见她是很正常的事，齐妙只要照实回复就可以，结果这位妙姐却说：“南律师出去了。”

林如玉其实是担心预约的话，南嘉予不见，毕竟她那天的态度实在很差，见齐妙没有一口回绝，她语气温和地说：“我有时间的，可以等她回来。”

齐妙笑笑：“随你啊，不过我们办公室的饮水机坏了，就不给你倒水了，啊，对了，林小姐只喝咖啡，要不我给你叫一杯外卖？”

林如玉心里气得牙痒痒，面上却只能保持微笑：“不麻烦了，你忙你的，不用管我。”

齐妙果然就不再管她，径自处理自己手上的事。她是真的很忙，林如玉几次想问她南嘉予什么时候回来都插不上嘴，导致林大小姐就那样在律所里待了整个下午，临近五点时，齐妙在接了一通电话后对她说：“林小姐，南律师今天不回来了，你看你……”

是她自己要等的，就算心里有火也发不出来，尤其现在还是她求南嘉予，林如玉忍了忍说：“那能麻烦你帮我预约一下明天吗？”

齐妙煞有介事地翻了翻南嘉予的工作安排：“三天内，南律师可能都没有时间。”

林如玉伪装不下去了，语气冷下来：“她真那么忙吗？你们是故意的吧？”

齐妙把手上的南嘉予的行程表推给她看：“是不是我们南律师要二十四小时恭候你，就不是故意的了？你不会以为，我们律所没了你这笔代理费，还运转不下去了吧？怎么，之前你耽误南律师的时间，我们没收你咨询费，你倒还不满意了？”

林如玉气得胸口起伏：“不就是怕输才不敢接这官司吗？什么‘南大状’，无非就是当事人本身无辜罢了。”

“对啊，我们南律师可输不起你这官司。”不给林如玉反驳的机会，齐妙语速很快地说，“反正林小姐也不差钱，多高的代理费都出得起，快去请更厉害的律师吧，免得输了官司，还要赔很多很多的钱给南程。”话至此，她一笑，“哦，你应该知道了吧，南程的盛远时是我表弟，他呀，正在和律师团商议向你索赔的金额。”

林如玉没有想到齐妙竟然还和盛远时有关系，她讶然：“你说什么？”

“我说，南律师是盛远时未来的小姨。”见林如玉的脸色已经难看到极点，她补了最狠的一刀，“司徒南不是你同学吗？你不会连南律师是她亲小姨都不知道吧？啧啧，这功课做得也太不到位了，再请律师，可要谨慎点。”

林如玉又是骂着走的，要不是齐妙拿出手机录视频，她怕是要砸东西了。

南嘉予从办公室出来，语气淡淡地说：“她在这儿坐一下午，不会影响你工作吗？”

齐妙把手机放下：“看见她坐在那儿，想象她请不到律师干着急的样子，我干劲十足。”说着把整理好的文件资料递给她，“你要的遗产案全部证据材料。”

南嘉予简单翻了一遍：“效率倒是挺高，质量过不过关，我需要进一步确认。”

见她又要回办公室，齐妙问：“你是不是早就料到她根本请不到别的律师？”

南嘉予停步，抬眸看过来：“她手里的那些证据材料明显就是业内人整理出来的，无论是谁，看到这些总会向她了解一下，之前请了谁吧？”

但凡是有赢的可能，她南嘉予会推出去吗？于是，当对方得知林如玉请过“南大状”，只要脑子没病，正常是不会接这份委托的。所以，南嘉予让齐妙把证据材料送去给盛远时不是最大的人情，让林如玉请不到律师、让盛远时从被告变原告，吊着打林如玉，才是大礼。

“我就说我辛辛苦苦找到的证据材料，为什么要让她带走一份啊，原来……”齐妙恍然大悟，可她又忽然想到，“那些证据都是对她不利的，万一她不拿出来呢？”

“我耗时四十分钟和她说明她的处境，别说她认为自己是受害者，就算她杀了人，也要和律师说实情了。”南嘉予揉了揉眉心，“我的咨询费有多贵你是清楚的，你以为我那宝贵的四十分钟是随意浪费在她身上的吗？”

“这坑挖得够深啊。”齐妙对南嘉予的佩服简直如滔滔江水，“南律师，你这么帮我弟弟，其实对他也没有那么……”

南嘉予没让她继续下去：“我是不能由着她欺负南庭，和你们家盛远时没关系。”

齐妙一副“你不用解释，我又不是没长脑”的表情。

南嘉予瞥她一眼：“你为什么改学法律？”

齐妙坦言：“临床医学太难了。”

“法律不难？”

“也难，但总好过学不好临床医学会治死人。”

“你的这个逻辑，”南嘉予停顿了一下，“没毛病。”等在自己的办公桌前坐下，南大律师还在想，幸好齐妙没再执迷临床医学，否则……算了，不敢想下去。

很快地，林如玉收到了南程航空的律师催告函，这封函把南嘉予提到的所有问题都体现出来了，网络散布谣言、刻意阻碍尸检、扭曲事实为南程带来的声誉影响，以及诋毁南程高层等一系列事件，不动声色地告知她，然后要求她，在一个星期内来人或来函来电协商处理此事，否则……

林如玉甚至没有勇气把这封合法的“恐吓信”看完，她怕南程航空除了要求她公开道歉外，索赔数额是整个林家都承担不起的，直到这一刻，林如玉才后悔不该逞一时口舌之快，和盛远时谈什么几个亿的话题。几个亿，盛远时或许真的买得起这个单，而她林如玉，光想想都会被吓哭。

意识到大事不妙的林如玉在犹豫过后，决定给南庭打电话。

南庭当时正在楼上弹琴，自从发现盛远时为她买了这架钢琴，她只要有空就会弹一会儿，可当盛远时问她，要不要继续学琴时，她笑嘻嘻地说：“我好不容易才放单，这个时候改行有点亏吧。再说了，当管制员可以名正言顺地指挥你，这种机会，我才不要放弃。”

她是真的爱上了管制职业，既然如此，弹琴就作为爱好玩吧，盛远时当然是随她，见有来电，他喊她接，南庭却懒得下来：“不是小姨你就接。”

是个陌生的号码，盛远时接起来，语气淡淡地问：“哪位？”

林如玉听着像是他的声音，有那么几秒没说话。

盛远时也不急，耐着性子等。

片刻，林如玉深呼吸：“司……南庭在吗？”

盛远时听力非常敏锐，一下子就听出了她的声音：“林如玉？”

林如玉不敢应。

盛远时更确定是她了，他就明白她这通电话的用意了：“有什么事，和我说也一样。”

林如玉犹豫了一下："盛总……"

"不敢当，我不过就是个开飞机的老司机，未必担得起林小姐这声总。"盛远时懒得和她废话，直切主题，"如果林小姐是为律师函打过来，抱歉，那是公司行为，我无权干涉，看在你是南庭同学的分儿上，我个人不会追究你对我名誉的损害，除此之外，请免开尊口。"

林如玉顿时急了："盛远时，你明知道我赔不起！"

"现在才知道赔不起吗？我还以为，每一个人在做事前，都会先评估自己的实力。"盛远时一笑，"我记得林小姐还教过我，没有金刚钻别揽瓷器活。"

林如玉咬牙切齿地说："如果我认坐牢，你什么都得不到。"

"你认，林总经理可未必会认。"盛远时建议她，"准备卖别墅吧，你们林家不是买下了司徒家的别墅？而且，林小姐名下应该还有别的房产，差不多就够了。"不等林如玉反驳，他还慢条斯理地说，"我不像林小姐胃口那么大，张嘴就是几个亿，赔偿这种事，是那么个意思就行。"

林如玉当场摔了手机，然后号啕大哭。

南庭把一切听得清清楚楚，她从楼上下来："我们家的房子被林家买了？"

盛远时点头："我查过了，是林如玉的名字。"而他判断，林如玉之所以说服林父买下司徒家的别墅，多半是出于对南庭的嫉妒，至于重逢后怎么没在南庭面前提起，估计是想显摆的太多，一时还没来得及。

"这几年我回A市，好几次都想回去看看，却没有勇气。"南庭叹气，"我都不知道那房子姓林了。"

"虽然我们以后也不会过去住，但那里毕竟有你和伯父、伯母生活的痕迹，所以我还是想买回来。"盛远时搂住她肩膀，"当然，如果你不喜欢，我们也可以再卖掉，房款所得，用来修葺灵泉寺，或者做慈善都可以。"

南庭忍住眼泪说："就算没有了家，和他们共同生活的记忆，我也不会忘记。"

盛远时听出了她语气中的哽咽之意："我们会有一个新家，一个虽然没有他们，但同样能让你感到温暖和幸福的家。"

南庭"嗯"了一声："有七哥的地方，就是我的家。"

盛远时无意惹她哭，为了逗她故意说："有了七哥，连小姨都不要了吗？"

南庭破涕为笑："那我也没有办法带着小姨结婚呀。"

盛远时抬起她的下巴："这是提醒我，是时候求婚了吗？"

南庭微红着脸说："恋爱是我追你谈的，总不能婚还让我催着你结吧。"

盛远时笑着亲她一口："是是是，婚当然得是我求着蛮蛮结，要不等我老了，蛮蛮不要我了，可就不好办了。"

南庭得意地一挑眉："那你可要好好求求我了，我这个人啊，还挺作的。"

盛远时凑到她耳边低语："要不床上先求一次吧，就当演习了。"

南庭打他。

林父第二天就亲自到了南程，协商免责单一事，连律师都没有，官司肯定是不好打的，理亏的林父只能试图大事化小，可林如玉使尽浑身解数散布谣言、捏造事实的行为，确实对南程的声誉和十一期间的机票销售造成了直接的影响，南程不可能因为他代表女儿赔个礼道个歉就不追究，那样的话，以后不是谁都可以诋毁南程，连责都不必负？所以，除了公开道歉外，林家还需要承担相当数额的经济赔偿。

林家不是什么大家，林家夫妇又不是很会经营，家底无非就是林老年轻时赚下的那些，林如玉这么一作，去了半数。办理别墅过户那天，林父气得当场给了林如玉一个耳光，并警告她："再没记性，就滚出这个家！"林母刚要说话，林父斥责道："你再放任她，这个家就要被她败光了！"

就这样，林如玉因为嫉妒心，不仅丢了主播的工作，还把林家最值钱的那套别墅，也是林家夫妇准备给她做嫁妆的房产也折腾没了。

免责单事件出现了如此反转的结果，大家都以为，南程航空会借此开新闻发布会，对外澄清此事，以求在最短的时间内恢复声誉，结果南程一点动作都没有。

从林问盛远时："师父，这事就这么过去了吗？"

盛远时反问："不过去你还想怎么样？"

"我的意思是，我们总得让外界知道，我们是被冤枉的啊！"

"林家不是道过歉了？还有谁不知道吗？"

"可我们明明可以让更多的人知道，你不觉得让媒体大力报道一下效果更好吗？"

面对自己的徒弟，盛远时终于说了一句："时候未到。"

从林不明白，但见师父无意说更多，也就没再问，只是在航站楼偶遇南庭时，他说："师父肯定还有大招没发呢，师母，你知道是什么大招吗？"

南庭突然想起那天齐妙提到的关于大招的话题，又想到最近盛远时总是在打电话，如此联系起来，她有预感，盛远时是在筹谋什么事，但他是中南总飞，自然是有很多事情需要处理，南庭无意多问，只是从林那声"师母"取悦了她，她好心情地说："如果你想知道，我可以帮你刺探一下军情。"

刺探军情？这么不着调的师母，是波道中沉稳有度的如花管制员吗？从林怕被他师父知道，他胆敢给师母添麻烦，会失去晋升机长的机会，于是他说："我就是随口一说，师母你就当没听见吧。"

随后是一段时间的平静，一切看似照旧，但当何勇和桑正远把"何创"和"远洋"两大公司的命运尽数押在航煤这一单生意上，他们在某个下午突然发现，受原油价格持续下跌的影响，美国航煤零售价相比五年前同期，下跌了近百分之五十。

没有涨价，反而跌了百分之五十！那意味着，他们那一整艘邮轮的航煤，运到国内就从原本的十个亿跌成了五亿。如果中南集团，或是任何一家航空公司得到这个消息，还有谁会出之前的价格采购航煤？二十多万吨的货，卖不出去要怎么办？

何勇和桑正远在商场上摸爬滚打了几十年的两个老油条瞬间就傻了，何勇在得到消息那一刻差点晕过去，桑正远也是好半天都没说出来话。这个时候，他们只能指望：美国航煤价格下跌的消息是假的，假如消息属实，就要抢在国内航空公司得到消息前，把即将到货的二十多万吨航煤出手，万一来不及出手，还要想办法解决仓储问题。如果前面的几点都实现不了，就只剩破产一条路。

然而，这么危急的时刻，不仅中标的消息没来，始终关注国际航煤走势的桑正远却看到一则更糟糕的新闻，报道中称：齐润集团历时六年的探索与研究，终于成功开发出具有自主知识产权的生物航煤生产技术，而首批生产合格的 1 号生物航煤已炼化完成，即将进行技术试飞。

桑正远几乎是抖着手给桑桎打的电话："是不是试飞成功，那种低碳环保型生物航煤将会取代进口航煤？"

桑桎在他的提示下查看新闻，也是蒙了一下，他抱着最后一丝侥幸心理问："你到底是没有听我的话，还是涉足航煤领域了？"

桑正远跌坐在沙发上，半哭半笑地说："如果我和何勇合资购进的航煤卖不出去，我们桑家就完了。"

桑桎一句话都说不出来。

何勇也很快得到了消息，他怎么都没想到齐润集团所谓的经营转向，不是不再涉足航煤领域，而是自主研发出了新型航煤，而他们和中南的洽谈，并不是解除航煤合作，而是盛远时以综合排名第一的成绩通过了试飞选拔，他们在商议组建试飞小组一事。

从踏入化工业接触航煤，何勇也不是没有听说过，早在十多年前，国内就有人提出过探索航煤的生产技术，可那是世界上仅有三个国家拥有的非同一般的技术，何勇认为，中国要成为继美国、法国、芬兰之后第四个拥有生物航煤自主研发生产技术的国家，怎么也得是五十年之后的事情，甚至更久。

都说“国之强大，民之骄傲”，何勇身为中国人，竟然不相信也不希望自己的国家在进步，在悄无声息地追赶着，变得更强。这样一个只看重个人得失的商人或许永远也不会明白，国家才是他最坚实有力的靠山，至于那些通过不择手段获取的畸形利益，则是没有根基，无法立足的。

何勇已经不想给盛远时打电话催促竞标结果了，直到这个时候，他才意识到，什么齐润集团经营转向、什么中南集团航煤招标、什么暗中运作，根本就是一个环环相扣的局。他不想承认，又不得不承认，在商场上纵横了多年的自己被一群在他看来翅膀还不硬的年轻人请入瓮中了。

如果只是美国航煤价格下跌，即便无法达成和中南的合作，只要民航业存在，航煤的需求就一定是有的，无非就是航煤不能立即出手，因运输及仓储费用的大量投入，导致利润空间降低，资金回笼缓慢，正是基于这样的盘算，何勇和桑正远才敢倾其所有地购进航煤。

结果现在的情况是，齐润集团研发并生产出了新型航煤，这种以餐饮废油为原料，以一定比例与常规航煤调和而成的，二氧化碳排放量可以在现有进口航煤基础上减少50%的生物航煤，一旦试飞成功，投入使用，对于进口航煤是极大的冲击。齐润集团选在他们的航煤即将到货之时，发布这样的消息，用意还用说吗？

何勇第一个就想到了盛远时，却不是给盛远时打电话询问原委，而是调查盛远时。显然，这个调查来得太晚了，当他发现盛远时和司徒南竟然是恋人关系时，他恍然大悟，又难以置信，堂堂齐润集团，会为了一个无依无靠的丫头，置他于死地？可除此之外，何勇确认自己没有得罪过盛远时，别说是得罪，盛远时根本是他何勇想攀都攀不上的高枝。

于是，有些慌不择路的何勇把矛头指向了桑正远，他几乎是暴跳如雷地质问：“你儿子悔婚不就是为了那个司徒南吗？当年司徒家破产，我是准备斩草除根的，看的就是你桑正远面子！结果现在，司徒南竟然成了盛远时的女朋友！桑正远啊桑正远，你看看你生的好儿子，连个女人都留不住！”

司徒南放弃桑桎，和盛远时在一起这件事，一直让桑正远耿耿于怀，确切地说，是让他觉得很丢面子的一件事，所以，他虽然也提醒过何勇要提防齐润集团、提防盛远时，甚至为了让齐润集团不注意到“远洋物流”也涉足了航煤领域，他和何勇都是私下里达成的协议，对外只是“何创”在参与“中南”的竞标，与他的“远洋物流”没有半分钱的关系，却没有直言不讳地对何勇说起盛远时和司徒南是恋人。本以为自己考虑得足够周全，结果还是被株连。

其实，尽管桑正远把桑桎的提醒听进去了，他还是和何勇一样，对于赫赫有名的齐董事长会为了一个一无所有的丫头，以齐润集团为武器，对毫不相干的“远洋物流”出手，心存质疑。否则，桑正远又怎么会在何勇的鼓吹下，在巨大的利润面前，失去了应有的理智？明明都决定收手了，如果不是何勇信誓旦旦地保证一定能够和中南达成合作，桑正远又怎么会改变主意？可何勇也是自身难保，就算桑正远再恨他，又有什么用？

桑正远已经不敢奢望这件事还能反转，他听桑桎的劝，想要来说服何勇，向盛远时和齐润集团妥协，请他们高抬贵手，接手他们从美国进口的航煤，试图以此保住“远洋物流”。因为桑桎告诉他：“齐董事长是一位非常正直而有大义的企业家，尽管她确实因为盛远时的追究，在帮司徒家报仇，但她不会赶尽杀绝，所以爸，这个时候，死撑硬拼是没有任何胜算的。你也不用指望我去替你求盛远时，如果我有那个面子，我就不用事先提醒你了，你更不要以为司徒南会替你说话，你没有让她为你求情的筹码，在她心里，你和曾害司徒家破产的主谋何勇，没有区别。”

桑正远这才放弃了联系南庭的想法。可现下的情况是，何勇根本没有意识到问题的根源在哪里，甚至他把这件事归咎于桑桎与司徒南的关系，这让桑正远非常气愤，他有些跑题地反驳道：“别说桑桎还没和司徒南结婚，就算结了，也无法保证就不会离，你何总不也再娶了吗？不然和女儿的关系也不至于破裂成现在的样子，连她是因为司徒南才不能和盛远时在一起这件事都不知道。我话是难听，但因为‘远洋’的命运和‘何创’绑在一起，我才要提醒你，与其把责任推到我儿子身上，不如回忆一下自己当年做过什么！”

当年桑桎退婚，已经让何勇颜面扫地，现在又扯进来一个盛远时，何勇当场砸了茶杯：“你是什么意思？桑正远，当年我是算计了司徒胜己，可如果不是你从中作梗，会留下司徒南这个祸根吗？说到底，就是你儿子埋下的隐患！否则没有了司徒南，何来盛远时？”

桑正远想到此刻“远洋”面临的危机，一时之间也不确定自己当年受桑桎“威胁”没对司徒家落井下石是福还是祸，可彻底看清了何勇本性的他，是无论如何都不能接受何总的指控，于是他说：“幸好还有个盛远时，有个齐润集团，否则你何勇怕是要不自量力地称商界第一了！”

何勇语气不屑地说：“你桑正远不是也一直想借我‘何创’称A市第一吗？现在倒好意思以此说事。”

“我是想过，我还那么做了。”桑正远竟然不忘在这个时候插了何勇一刀，“但谁让我儿子看不上你女儿，我这个当老子的，也是无能为力！”

何勇被气得恨不得要动手打人了：“他看不上我女儿，还不照样也被别人看不上？”

这可能就是因果报应吧，谁知道呢？桑正远冷笑：“你女儿也一样，当年因为司徒南被我们桑家退婚，现在还是因为司徒南，被盛家拒之门外，就像你何勇算计完司徒家，也要还回去一样，历史总是惊人地相似。”

何勇砸了自己的办公室。

就这样，两个在商界也算有些分量的“前辈”竟然在晚年遭遇事业危机时，不先考虑对策，反而拿晚辈的感情作为武器攻击对方。面对这样不太有分量的对手，无论是齐润集团，还是盛远时，都有种胜之不武的感觉。可对手就是这么不给力，作为稳赢方，盛远时也没打算客气。

中南集团飞行总队队长、国产大飞机试飞员盛远时作为试飞组长，带领试飞小组为齐润集团研制生产出来的新型航煤做技术试飞的消息一公布，别说是各航空公司要对业界老大的中南马首是瞻，那些之前受林如玉蛊惑的大众，也都把目光聚焦到了南程航空。

中国中南集团，南程航空总飞行师是中国首次生产成功的 1 号生物航煤的技术试飞员，这则消息，比任何媒体报道都有说服力。

拥有能做试飞员的总飞行师，无论是他的飞行术，还是南程航空的飞行安全，乘客还会质疑吗？既然都没什么可质疑的了，机票不超售，说得过去吗？

于是，在试飞消息公布出来的二十四小时之内，南程航空像春运期间大众买火车票一样，呈现出一票难求的盛况。至此，免责单事件造成的不良影响，全部消除。

南庭该为盛远时高兴的，毕竟，南程航空遭遇的声誉危机是很严重的，试飞不仅能轻易消除外界对南程飞行安全的质疑，生物航煤的问世，更是振兴民族工业的一大壮举。然而，面对包括大林在内的很多人的恭喜和期待，南庭高兴不起来。

她翻看手机上的最新资讯，在一条条关于新航煤、关于试飞的消息中，不得不接受，盛远时确实是要执行试飞任务了。而直到此刻，盛远时没对她提及一个字。

盛远时开了一天的会，等他忙完赶到塔台时，南庭已经走了。这段时间，除非是她值夜班，否则都是他接她一起回家，回盛远时的家，可这一天，南庭下班后，悄无声息地坐通勤车回了民航小区。

盛远时本意是想等晚上回家就和南庭说，因为就在昨晚，齐子桥还问他："告诉南庭了吗？"可由于最近，她为那些莫名其妙的梦境，以及林如玉的事情困扰，情绪不是特别稳定，他就隐瞒了参加试飞选拔的事。

之所以这么难开口，是因为盛远时太清楚，南庭不会愿意让他试飞，却也不会阻止自己，哪怕她知道，试飞是有危险性的，也只会把所有担心的情绪都压抑在心里。盛远时不希望，在试飞一事没有最终定论前，让她承担过多的心理压力。可当南庭不肯接电话时，他才意识到，让她最后一个知道自己要试飞的消息，更加不对。

赶去民航小区的路上，盛远时给南庭发微信说："是七哥不对，但你总要给七哥认错的机会对不对？我马上就到了，你不能避而不见，行吗，蛮蛮？"

南庭听见微信提示音了，她不看手机，也猜到是盛远时的信息，可她只是坐在沙发上，呆呆地看着睡不着。

自从她和盛远时有了最亲密的关系后，就很少回这边住了，始终被齐妙照顾的睡不着再见到她，开始变得格外乖巧，此刻，它坐在南庭对面，瞪着圆圆的小眼睛看了眼手机，然后过来舔南庭的手，像是在提醒主人什么。

南庭一点反应也没有。

睡不着又用脑袋蹭蹭她的手，一副求抚摩的姿态。

南庭才终于抬手摸了摸它。

睡不着如同得到特赦一样趴在她脚边，把小脑袋搭在两只前爪上，静待主人发令。

没多久，敲门声就响了。

是盛远时，他在外面说："蛮蛮，我知道你在家，把门打开。"

睡不着听到动静，顿时竖起耳朵跑到门边，可就在它才汪汪叫了两声时，南庭走过来拍了它脑袋一下，它立即就不叫了，但还是站在门口，一副守卫主人的姿态。

盛远时以为南庭一定不肯轻易开门，他刚想说"要是你不开门，我就找人撬锁了"，门就打开了，门内的南庭甚至还考虑到他对睡不着过敏，把虎视眈眈的小家伙拦在了自己身后。

盛远时注视她微红的眼睛几秒，说："对不起。"

南庭原本并没有哭，而她眼底的红也只是由于强自压抑，可盛远时这句道歉让她眼中瞬间盈满了泪：“我没有生你的气，我也清楚，我不该也不能阻止你，我只是想到试飞潜在的危险性，没有办法违心地说我支持你。”南庭抬眸看着他，“七哥，我发现自己是个挺狭隘的人，心中没有什么大义，只想和自己爱的人，好好地在一起。”说到这里，她悲从中来，进行不下去了。

盛远时想过她可能会哭会闹，会像那天在指挥中心一样，求自己不要飞，可她这么平静理智，他反而不知所措，只能上前一步，把她搂在怀里：“如果你真像自己说的那样，完全可以阻止我，那样，或许我真的会放弃。”

她却不能。他的父母难道不比自己更爱他吗？可他们为了民族工业的振兴不惜让儿子以身涉险，她凭什么以爱相挟不让他去？只不过，那些断断续续的梦，那些她分不清是前世还是未来的梦，不可能全无缘由。南庭害怕，害怕有些东西一旦被印证，再无回旋的余地。

因与生命息息相关，飞行向来无小事。

南庭那么无力地抱住盛远时的腰身，收紧手臂。

这样的无声哭泣，比大吵大闹还让盛远时难受，他抱紧她，像是要把她按进身体里。

这一夜，南庭本以为自己又要无法入睡了，然而，在强烈的不安中，她竟然睡着了，甚至比以往任何一天都入睡得快。

起初盛远时以为她是装睡，拒绝和自己说话，直到南庭下意识依偎进他怀里，他才敢确认，她是真的睡着了。盛远时轻轻地搂住她，听着卧室门口睡不着走来走去的声音，却失眠了。

分不清是闹铃还是手机突然响起来，南庭猛地惊醒，她下意识先看时间，发现是凌晨的两点五十分，而她坐在雷达站的席位上，进行对空指挥。

雷达站？南庭迟疑地看向雷达，气象图显示，雷雨云团会在半小时内覆盖整个机场。她抬头，透过玻璃窗看向外面，一道闪电如同一把利剑划破长空，从云间一路劈下来，直到天地边缘，用瞬间的光芒覆盖了云雨。

响雷阵阵，仿佛雄狮怒吼。

这样恶劣的气象条件，是不适合飞行的。但此时此刻，他还在天上执行巡航任务。

短暂的静默过后，耳麦里传来一道低沉冷静的男声："91255 到达预定位置，请指示。"

她下达指令："接收信息。"

他复诵指令，同时操作并汇报："开始接收信息，接收一切正常。"

她目不转睛地注视雷达显示屏，指示："保持航向，注意航速。"

他回应："收到。"

雷达站同步接收到信息，她听见身后有道男声指示道："锁定目标，实施驱离。"

浑厚而充满威严感的声音，隐隐有些熟悉。南庭想要回头看看是谁，身体却像被什么束缚住了，一动都动不了，于是，她把指令下达给波道那端等候的他，然后很快地，南庭听见他发出第一次警告："编号 362 飞机注意，你已进入中国管辖空域。你必须立刻离开！"

中国管辖空域？这不该是民航客机飞行员说的话。南庭越发糊涂，却如同身在其中一样，能清楚地听见波道中片刻的安静。

接着，是他的第二次警告："编号 362 飞机注意，请立刻离开中国空域！重复，立刻离开！"再继续下去，是他的第三次警告，"编号 362 飞机，我已将你锁定，五秒后执行驱离。"然后，波道里忽然间一点声音都没有了，静得让人心慌。

南庭想再忍一会儿的，可她到底没有按捺住，开始呼叫："这里是雷达站，呼叫 91255。"话出口的瞬间，她有种不知身在何处的迷茫。

波道里寂静无声，像是通信中断。

她顾不得思考其他，下意识地继续呼叫："91255，听到请回答。"

波道里传来沙沙沙的干扰音，依然没有想要的回应。

她的眼睛一瞬不离地注视着雷达显示屏，目光锁定代表他飞机的光点：“呼叫 91255，91255 请回话！”

十几秒过去，他才终于有了回应：“这里是 91255，雷达站请讲。”

南庭不明白自己的眼眶为什么在听见他的回应时，热得下一秒就会落下泪来，但她竭力让声音平稳，思路清晰地下达最新指令：“你已完成驱离任务，随时可以返航。”

不管自己是谁，也不管此刻自己身在何处，只要他能平安着陆就可以。南庭的视线锁定雷达显示屏，看着那个光点一点点地移动，心跳不受控制地加快。

随即，波道里传来另一位飞行员的声音：“91255，这里是 56322，我奉命接替你机执行巡航任务，请返航。”

原本至此，只要他听从雷达站指挥绕飞雷雨，任务就能圆满完成。他会像以往飞机接地前那样，在波道里用他低沉的嗓音，在她耳边轻笑着说：“落地接你下班。”

波道里却再次沉寂下去，唯有窗外雷声轰鸣。

她有强烈不好的预感，正准备再次呼叫，以确认他那边一切如常，就听见他用与平常无异的声音说：“91255 收到，我已无法返航，请你们继续前进。重复，请你们继续前进！”

天空在这时裂开一道口子，豆大的雨点伴随着闪电倾泻而下，仿佛战场上密集的子弹呼啸而来。她在强烈的电光中下意识闭眼，耳畔响起的却不是预期的雷声，而是——飞机发生碰撞，战斗机坠毁的巨响。

轰！

我已无法返航，无法返航……下一秒，他的飞机消失在雷达上。

“不！”南庭惊叫着坐起来。

失眠的盛远时被她凄厉的喊声吓得惊坐起来，他打开灯，抚着她的背：“怎么了？又做梦了？”

南庭大口大口地喘气，直到意识到是一场梦，直到确认面前的盛远时安然无恙，绷紧的肩膀才垮下来。

盛远时拿纸巾擦去她额头沁出的细汗，把她搂进怀里："梦见什么了？"

南庭闭上眼睛，不敢回想，更不敢向他描述刚刚那个可怕的坠机梦。

盛远时却以为她像此前一样，是不记得梦里的情景了，抱住她安慰道："没事了，七哥在呢。"

南庭在平静了片刻后，主动去吻盛远时的唇，手上更是不安分地胡乱地摸，撩拨得盛远时的理智全线崩溃，忍不住就和她缠绵起来。事后盛远时只以为她是因为试飞的事心里害怕，边亲她发顶边安慰她说："七哥答应你，永远都不会离开你。"

南庭像没听见一样，只是紧紧地抱住他，生怕一松手，他就会像雷达上那架飞机一样，消失不见。

自那晚之后，南庭又回到从前一分钟都睡不着的状态，而且只要闭上眼睛，坠机的画面就会浮现。也是从那天开始，原本胃口还不错的她吃不下饭。

南庭意识到这样发展下去身体会吃不消，于是勉强自己硬吃，可往往才吃下没多久，就会全部吐出来。至于那个梦，南庭没像以往那样，醒来就忘记，隔了好几天，她依然记得清清楚楚。

由于试飞已提上日程，盛远时忙于试飞前的各种准备工作，除了晚上一定会回家外，白天根本见不到人影，导致他没有第一时间发现南庭的异样。

齐子桥从齐妙那里听说两个孩子似乎因试飞一事有些不愉快，盛远时更是连过敏都不顾了，硬是在民航小区住了几晚，她主动给南庭打电话说："南庭啊，要是你今晚有空，和远时回来吃饭啊，你叔叔最近忙得不见人影，阿姨一个人怪无聊的。"

南庭猜到齐子桥是想和她聊盛远时试飞的事，可现阶段，她虽然什么都听不进去，却不能拒绝齐子桥的邀请。所以，当盛远时来塔台接她下班时，她默许了。

盛远时明白，随着试飞日期的临近，南庭越发地不安，而她抗拒和他回家，其实是不希望自己的不安影响到他。可盛远时也不放心把她一个人留在家里，所以无论忙到多晚、无论南庭是否等他一起下班，他都会在忙完后回到民航小区，硬赖着不走。南庭拗不过他，只好又把睡不着送去了齐妙那边。

见南庭还是一句话都不肯和他说，盛远时方向盘一打，直接在马路中央掉转车头。

南庭才开口："不是要去大院吗？"

"不去了，我们回家。"生怕她抗拒，他马上又补充了一句，"回民航小区。"

南庭自知自己的情绪传染给了他，她沉默了几秒，低声说："对不起。"

连隐瞒司徒家破产，她都没有说过"对不起"，盛远时闻言，憋了好几天的情绪像是忽然有了爆发口，他一脚刹车踩到底，把路虎停在路边，语气有点急地说："为什么要说对不起？你有什么对不起我？我知道，你在担心，担心试飞过程中出现意外，可是蛮蛮，这件事总要有人去做，不是我，也会是别人，况且，我妈是生物航煤技术的发起人，说到底，这个险就该我去冒。你可以骂我自私，不顾及你的感受，甚至打我几巴掌出出气都行，就是别像现在这样把一切都憋在心里，折磨自己，让我心疼行吗？"

南庭不是想让他心疼，更没有让他服软的意思，只是无法摆脱坠机梦的影响，此刻听盛远时这样说，她也有些忍不住了："把餐饮废油变废为宝无疑是脑洞大开的创新之举，可这创举的成功或许是要拿我爱人的生命去换，怎么让我心甘情愿、笑脸相送？七哥，我可以什么都不要，唯独你，我失去不起。"她说完才意识到这等同于让盛远时放弃试飞，可话已出口，她收不回来，就想解安全带下车。

盛远时伸手扣住她手腕，音量不自觉提高："干什么去？"

南庭不回答，她用右手推车门，发现他落了锁后，更是不遗余力地用力和他较劲。

盛远时就有点收不住脾气了：“你觉得这种情况下，我会让你下车吗？”

南庭却非下不可，她几乎是用尽了全身力气想要挣脱盛远时的钳制，根本不顾及手腕是不是疼了，幸好盛远时理智还在，为避免情急之下控制不好力道伤到她，他边试图说服她“好了，我们都冷静一下……”边松了手劲。

南庭正是最用力挣扎的时候，盛远时手劲一松，她的手惯性地挥出去，来不及收回，“砰”地砸到了前面的后视镜上。

后视镜虽然没碎，但那“砰”的一声响，足以证明她力道有多大，盛远时吓得顿时变了脸，他根本是在下一秒本能般重新抓回了南庭的手，紧张地问：“是不是磕疼了？有没有磕坏？看看能动吗？”低头查看的他没听见她的任何回答，控制不住地吼了一声，“说话！”

一滴眼泪落在他手背上，然后，又是一滴。

像是被火灼伤一样，盛远时的手抖了一下，胸口更是在那一秒如同针扎一样疼起来。这世上，也只有面前的女孩子，能让他如此心疼。盛远时在停顿了片刻后，没有抬头看南庭哭泣的脸，只是把她小小的后脑扣进怀里，半晌才哑着嗓子说了一句：“是七哥不好。”

南庭始终没让自己哭出声。

盛远时理解南庭的心情，如果这个时候，她都不担心，反而不正常了，可到了嘴边的“我不飞了”，终究还是被狠心地咽了回去。

两个人闹成这样，为避免被齐子桥看出异样，盛远时已经无意回大院了，结果久候不到他们的齐子桥直接把电话打到了南挺手机里，听见她温柔地问：“南庭啊，你们俩到哪儿了？”南庭无论如何都无法说不回去了。

两人一进门，齐子桥就发现南庭的眼睛有点红，显然是刚哭过，但她没有说破，只是热络地招呼南庭坐到自己身边，边吃饭边像母亲一样和她聊天，直到晚饭都吃完了，才说：“阿姨知道你在为远时要执行试飞任务而担心……”

“妈！”盛远时打断齐子桥，生怕她说得太多，南庭会更加压抑自己的情绪。

齐子桥却坚持继续：“即便我不说，南庭也清楚试飞的危险性，否则她不会哭。既然这件事是一定要你去做的，就不可能避而不谈。”齐子桥看向盛远时：“而且有些话，也是我要告诉你的。”

盛远时只好在南庭身边坐下来。

齐子桥于是把生物航煤是由哪些再生资源为原料生产而成详细地给两个孩子介绍了一遍，然后说：“测算显示，我国目前的航煤消费量约 3000 万吨，如果全部以生物航煤替代，每吨生物航煤至少减排二氧化碳 30%，一年可减排约 3300 万吨，相当于植树近 3 亿棵。”

南庭在相关新闻中看到：生物航煤与传统石油基航空煤油相比，具有很好的降低二氧化碳排放的作用，且与石油喷气燃料调和性好，杂质含量低。但听齐子桥提到 3300 万和 3 亿这两个可观的数字，她依然惊讶不已。

“技术试飞是极为关键的一步，也是生物航煤商业化应用的基础。”齐子桥握着南庭的手，视线则停留在盛远时棱角分明的脸上，“妈妈把你爷爷生前提出的设想，用六年时间变成现实，不是为了送自己的儿子去牺牲。”

齐子桥眼睛里和语气中的笃定与坚毅给了南庭莫大的信心，也让她自愧不如。

见她垂眸不语，齐子桥又说：“你这孩子啊，肯定是怕他为难，把不想让他飞的话，都压在了心里。”

被说中心事的南庭抬眸看她，像个委屈的孩子一样，抿唇不语。

齐子桥却说：“就该时不时让他们为难一下，免得他们总以为自己无所不能。”面对南庭不解的目光，她继续，“你叔叔年轻的时候执行过几次危险的任务，有一次并不是非他不可，而他只是认为自己的飞行技术高，只有他能做高难度动作才偏要飞。当时我正怀着他，”齐子桥指了指盛远时，

“见你叔叔又要抢着去执行任务，我就假装肚子疼，他以为我是流产的征兆，争分夺秒地送我去医院，这么一闹就错过了时机。后来你叔叔的战友圆满完成了任务，你叔叔才承认，人家的飞行技术半点都不输他。”她说着，径自笑了起来，“当年总爱一争高下的两个男人现在都成首长了，你叔叔还在念叨，是我任性才成全了人家。”

想象着年轻时盛叙良不服输的样子，南庭也跟着笑起来。

盛远时都多少天没见她笑了，见状，默默地朝齐子桥竖起了大拇指。

齐子桥瞪了他一眼：“你叔叔一直以为，生物航煤这个变废为宝的设想是我最先提出来的，其实不然，我的公公——远时的爷爷是化工学院教授，是我的研究生导师，等我真正涉足化工行业，他老人家成了化工科学研究院的院长，我和你叔叔啊，就是通过这层关系认识的。”

这件事，盛远时是知情者之一，听见母亲旧话重提，他有点兴致缺缺，但明白齐子桥是在给南庭树立信心，他只能陪坐着听。

“你叔叔未能继承父亲的衣钵从事化工研究，一直是你爷爷的遗憾，遇到我，算是一种弥补吧。”齐子桥语带笑意地说，“从成为我导师的那天起，他老人家就把我当儿媳妇培养了。”

南庭闻言说：“如果叔叔是女孩，爷爷肯定要认您做干女儿的。”

与盛远时对视一眼，齐子桥眼底的笑意更浓了几分：“他老人家当年也是这么说的。”她想起那一段旧事，“那个时候，你叔叔心里、眼里只有战斗机，你爷爷给他制造了很多机会，希望他和我自然结识，而不是通过他来介绍，你叔叔都错过了。”

盛远时插话说：“爷爷当时气得要命，在电话里对我爸说：‘我去认个干女儿，不要你这个没良心的儿子了。’然后还对奶奶发脾气说，养儿子什么用都没有！”

南庭想象着老人家发飙的样子，觉得可爱极了，但她奇怪的是：“我以为爷爷也是军人。”

“爷爷是教授。”齐子桥解释说，“奶奶才是军人。”

南庭讶然。

盛远时适时补充："要不是奶奶见爷爷真动气了，也不会直接给我爸批了假，命令他，哄不好老子，就不用回部队了。"见南庭的心情好了很多，他还不忘当着母亲的面逗她一下，"当年的功课做得不到位啊。"

南庭轻轻打了他一下。

盛远时笑而不语。

齐子桥把两人的小互动看在眼里，才言归正传："你爷爷生前就提出过把餐饮废油制作成飞机燃料的想法，可惜，科研小组还没成立，他就去世了。我担心一旦让你叔叔知道这是自己父亲的遗愿，他会心急。可一种新技术的诞生必然是艰难的，我并不确定这个过程要多久，又能否真的实现，我不希望他经历过漫长的等待后，还可能迎来失望的结果，所以我才决定，在试飞成功之后再告诉他，这创新之举是他父亲的设想。"

父亲的设想，妻子为其实现，儿子又是试飞员，这样的关联，微妙而幸福；这样的家庭，这样彼此的扶持与爱，让南庭心生羡慕与崇拜，她惭愧地说："阿姨，是我太狭隘了。"

"对我们普通人而言，大爱有时候是缥缈而遥远的东西，不切实际，小爱才是真正的温暖，是支撑我们面对人生的勇气，比如你叔叔和远时之于你我的意义。"话至此，齐子桥沉默了片刻，再开口时语气不复先前那么轻松，"这六年来，阿姨每一天都在期待着试飞，可当这一天真正来临，阿姨又在想，如果生产不出生物航煤，又何必要我的儿子去冒险？"

南庭注视着齐子桥涌上泪意的眼睛，忍不住唤："阿姨。"

盛远时握住了母亲的手："妈。"

"总要有人为万家灯火负重前行。"齐子桥没有让眼泪落下来，却终究没有控制住声音的哽咽，她对盛远时说，"齐迹牺牲了，就只能你来。"

如果齐迹还在，试飞的人选，还会有一番争执，或是商量的余地。可奇迹终是没有发生，齐迹再也回不来了。正因为盛远时知道这一次非自己不可，所以在面对南庭的隐忍与眼泪时，才会一次又一次地咽回了"不飞"

的话。

至于南庭，当她听到“牺牲”两个字，心中一凛，可还来不及问是谁牺牲了，胃又像前两天一样翻江倒海地难受起来，南庭忍了忍，到底还是疾步去了卫生间，等盛远时意识到不对跟过去，她已经把先前吃下的东西全吐了出来。

盛远时拍她的背：“怎么了这是？”

齐子桥是过来人，见南庭出现这样的症状，她的第一反应是——怀孕，可为了避免南庭不好意思，她没有问什么，只是给南庭倒了杯水端过来，然后不动声色地踢了踢盛远时的脚。

盛远时反应过来母亲的意思，也是一怔。

南庭却在缓过劲来后，轻轻解释了一句：“胃有点不舒服。”

齐子桥不放心地问盛远时：“是你带南庭去医院检查一下，还是我现在就让你李叔叔过来看看？”

南庭赶紧说：“不用了阿姨，我真的只是胃不舒服，回去吃点药就好了。”

齐子桥不好勉强，而该说的话，她也已经说了，就体贴地让他们早点回去了，只是趁南庭拿包的空当，她嘱咐盛远时：“南庭体质特殊，你不能大意。”

盛远时点头。

南庭却在回家的路上主动说：“第一天吐完我就……查过了，不是怀孕。”

她这样说，盛远时心里更不是滋味了：“为什么不早告诉我？”

南庭把视线投向了窗外：“不想让你分心。”

明明那么拒绝他试飞，却还是……盛远时没有说话，只是用力地握紧了方向盘。

到家后，南庭找药，盛远时按住她的手，看着她的眼睛，一字一句：“不要为了让我安心就骗我。”

“我倒是想过以怀孕为由骗你不飞的。”南庭抽出手，取出两粒药，吃完才说，“但想来想去，还是觉得不该拿这件事开玩笑。”

盛远时忽然有些失望，等南庭去洗澡了，他拿起了那瓶胃药，之后他又下楼了一趟，再回来时，手上多了两瓶活血散瘀、消肿止痛的气雾剂。等南庭洗好澡出来，他先给她左手肿起来的位置喷上了药，然后轻轻地给她揉了好一会儿，末了还不放心地说：“明天去医院看看。”

南庭却说：“不用了，要是骨折早不敢动了。”

盛远时抬眼看她，目光中隐有责备之意。

“我以后都不作了。”南庭可怜兮兮地说，“为了不被阿姨发现，吃饭时我都是小心翼翼的，连往沙发上坐，我都找好位置，生怕她拉我这只手。”

盛远时无语地摸摸她的脸：“我的意思是去检查一下肠胃，既然不是怀孕，总不会莫名其妙呕吐。”

“不是莫名其妙。”南庭实话实说，“我这几天的状态和五年前知道我家要破产时一样，应该是受情绪影响，”她越说声音越低，“再加上不太吃得下饭，胃才造反的。”

盛远时手上一顿，然后抱歉地说：“我答应你，试飞过后少飞，而且尽量不在外场过夜。”只有这样，才能更好地照顾她，免得像眼下这样忽略她身体的异样。

“试飞过后，你要兑现的承诺可不止一个。”南庭注视他的眼睛，“阿姨说了，这次试飞，为了确保飞行员的安全，机上配有跳伞装置，七哥，你要答应我，万一真的……你一定要以生命为最先考量。技术在试飞中固然重要，但失败一次，还有机会重新来过，可如果你出了事，我和阿姨再找不回第二个你。”

民航班机出于自身重量及跳伞专业性等方面考虑不配降落伞，是众所周知的事情，可就算在齐子桥的强烈要求下，此次试飞的飞机配有跳伞装置，盛远时其实也没有想过遇到危险，弃机跳伞。此刻，他明明应该假装答应，让南庭放心，然而他说："如果新型航煤真的还存在问题，也只有飞机落地，才能更快、更准确地找到问题所在，所以蛮蛮，我不会跳伞，我一定会操纵飞机着陆，你信七哥。"

眼泪根本不需要酝酿就已经夺眶而出，南庭用力地捶打他，一下又一下，最后哭着说："你要是食言，我就嫁给桑桎。"

盛远时眼眶一热，他用力地把南庭搂进怀里，唇贴在她耳边，狠狠地说："你敢！"

南庭负气似的说："这个赌，我和你打了。"

盛远时失笑："要是我赢了，你就嫁给我。"

南庭推开他："这算求婚啊？你能不能有点诚意？"

"我都用命在求了，还不够诚意？小同志，"盛远时用手指戳戳她脑门，佯装生气地说，"你有点作了啊。"

南庭扑进他怀里："我就是要作一辈子，你敢不给我机会，我就嫁给你情敌。"

盛远时无奈地搂住她："看来为了不成全我情敌，我都得拼尽全力。"

这一夜南庭依然毫无睡意，盛远时洗完澡躺下，把她搂过来提醒："明天该去治疗了，但我实在没时间，让齐妙陪你好不好？"

南庭却在想别的事，她不答反问："齐迹是齐小弟的……"

盛远时回答："是齐正扬的父亲，齐妙的亲哥哥，我的表哥。"

南庭讶然："妙姐还有个哥哥！"

盛远时点头："他比我和齐妙整整大一轮。"

南庭不愿意相信齐迹牺牲了，可她终究还是问："大哥他……是怎么牺牲的？"

盛远时沉默了很久才说："他是一名海军航空兵，五年前执行侦察任务时，与M国的直升机发生碰撞，他的战斗机坠毁。"

"五年前……"南庭喃喃自语，"战斗机坠毁？"

"按照僚机的描述，大哥的战斗机当场失控，进入螺旋状态往下掉。"

螺旋状态的发生是由于两侧机翼之间的升力出现不平衡，导致飞机剧烈翻滚，并以极快的速度俯冲下坠，“但根据打捞到的战斗机残骸的位置判断，在撞击发生后，大哥应该是控制战斗机飞行了一段距离，只是撞击太严重了，而撞机区域距离最近的机场有几百公里，他最终……没能回来。”

齐正扬就此失去了父亲。

南庭不敢去想，当齐正扬和他妈妈得到这个消息时的反应，她感到连呼吸都难以为继，拿开盛远时的手，南庭起身走到窗前，打开了窗户。

十二月的晚上，夜风很凉，她却只穿着单薄的睡衣，站在窗前吹冷风。

盛远时没有阻拦，他只是披了件外套在南庭的身上，自身后抱住她：“他其实是有机会跳伞的，但撞机区域的西南方有一座海滨小城，一旦他弃机跳伞，战斗机将在小城的中心位置坠毁。”

那样后果不堪设想，于是，齐迹没有跳伞，而是利用那最后的一点时间，驾驶战斗机飞离了那座海滨小城。

夜静，风冷，南庭闭上眼睛，回想坠机梦的每一处细节，然后转过身来，对盛远时说：“我可能梦见了大哥坠机时的情景。”

盛远时脸色骤变：“你说什么？”

“我已无法返航，请你们继续前进。重复，请你们继续前进！”南庭复述完梦里的这段话，注视着盛远时的眼睛，“大哥战斗机的编号，是不是……91255？”

盛远时震惊得说不出话。

次日，他放下所有的工作安排，陪南庭一起去找桑桎。

这一次，没有像以往那样采取催眠的方式，而是南庭自己把那个她无法摆脱的坠机梦回忆给两个男人听。讲完所有，南庭缓了很久，脸上才恢复血色，她出人意料地说：“五年前我就做过这个梦，是从那个时候起，我的睡眠质量开始下降，直到最后完全睡不着。”

竟然是因为这个梦！桑桎追问道：“五年前的什么时候做的这个梦，你还记得吗？”

南庭想了想："就在我怀疑自己脑袋里长了个瘤的时候。"

盛远时明显吓了一跳："什么？"

桑桎赶紧解释道："在她和司徒叔叔被抢救过来后，她的抑郁症就严重了，可她不肯正视自己的病，坚决认定记忆力减退、焦虑等这些症状的出现是因为脑袋里长了东西导致的，为了推翻她的这些臆想，我提议做脑部的核磁检查。"

南庭去拉盛远时的手："当然是没事的。"

盛远时用力回握住她的手，心有余悸。

桑桎继续问："之前为什么都没提起过这个梦？"

面对两个男人共同的疑惑，南庭回答："这个梦我在醒来后忘记了，直到知道七哥要试飞，我再一次梦见后才想起来，在此之前我以为，是误服过量安眠药导致我的睡眠出了问题。"

南庭注视着盛远时："那天喝下牛奶后，我才看到你发的信息，你说你回家办点事，然后回来找我，你还说：'司徒南，开始你说了算，结束却由不得你。'我闭上眼睛那一刻还在想，如果你来找我了，如果你告诉我，你喜欢我，我就收回不要你的话。"她的眼泪一滴滴掉下来，落在盛远时手上，"可你一直都没来。"

在咖啡厅分开后，盛远时确实是想去一趟司徒家的，不甘心，不舍得，还有气愤，种种情绪都让盛远时无法就那样算了，盛叙良在那时打电话来说："齐迹失踪了。"

就在盛远时回国的当天凌晨，执行侦察任务的齐迹与 M 国的战斗机发生碰撞后失踪了。那个时候，所有人心里都清楚，失踪背后的含义是什么，却还是抱着最后一线希望，希望奇迹发生，齐迹跳伞后活了下来。

身在 A 市的盛远时不得不连夜赶回家，登机前，他确实给司徒南发了一条信息，他以为，他们有很多时间，而眼前最主要的事情是寻找齐迹。

没有什么能大得过生死。

结果，在他离开 A 市的当晚，司徒南也在鬼门关走了一遭。

南嘉予和桑桎把司徒父女救了回来，齐迹却……

二十多天的寻找与搜救，盛远时几乎没休息过，可老天并没有同情他的辛劳，奇迹终是没有发生，当战斗机残骸被找到，当部队证实齐迹牺牲，整个齐家，乃至盛家，都陷入了前所未有的阴霾之中。

齐正扬当时还只有十二岁，他仰头看着盛远时，憋着眼泪问：“小叔，我爸爸是为了保卫祖国才牺牲的对吗？他是烈士。”

盛远时险些在一个孩子面前落泪，他用双手掐着齐正扬的肩膀，也不管侄子能否听得懂，坚定地说：“我们之所以能生活在一个安全和平的国家，都是那些像你爸爸一样，不怕牺牲的烈士用生命换来的。正扬，虽然你失去了爸爸，但你应该为身为齐迹的儿子感到骄傲。”听见嫂子的哭声，他最后说，“替他照顾好妈妈。”

齐正扬点头，再点头，眼泪明明没有忍住，却还是倔强地抬手抹去。盛远时假装什么都没看见，只是把他紧紧搂进怀里。

齐迹的葬礼过后，盛远时才回到A市，他一路都在想，如何挽回司徒南，可那个追他追到国外，又最终甩了他的女孩子如同人间蒸发一样消失了。

短短一个月的时间，盛远时失去了从小崇拜的大哥齐迹，以及有生以来第一个爱上的女孩子司徒南，双重打击之下，回到纽约，才下飞机的他就病倒了。

就是在那个时候遇见了何子妍。

医院里，何子妍感慨似的对他说：“看来只有身为医生的男人，才懂得照顾自己。”然后拿起他的单子，“我去帮你取药吧。”

某个瞬间，盛远时把帮助自己的何子妍当成了司徒南，高烧昏迷下的男人，死死地抓住何子妍的手，呢喃着：“蛮蛮……”

何子妍应该是没有听清吧，就算她听清了，也不会把蛮蛮和司徒南联系在一起。而她无论如何都不会想到，在遭遇了桑桎的退婚后，再遇到的这个让她为之动心的男人，心心念念的人也是司徒南。

一个月的时间里，同时发生了两件大事，造成了他们五年的分离。桑桎看见盛远时把南庭搂进怀里，看见那个在他面前倨傲自信的男人眼角的微光，听见他哽咽地说：“七哥来晚了。”

桑桎不忍再看、再听，他转过身，抬步走了出去。

司徒家出事后，桑桎一度以为是老天成全，让他能守在南庭身边，可她出事后，每天看向门外的举动，让他隐隐觉得，她是在等谁。桑桎忐忑过，忐忑于南庭等到她想等的人，再不需要自己；却也心存期许，期许着那个人，能让南庭重新活过来，有勇气面对人生。那个时候，她眼底的灰暗，几乎让桑桎束手无策。

可终究没有出现任何人。在桑桎看来，那个人要么不爱南庭，要么就是根本不存在，否则差不多一个月的时间，足够等到他来。既然如此，就只有他来照顾南庭。然而真相却是，盛远时之所以没来，是因为齐迹在同一时间牺牲了。

那是不是意味着，他们的重逢，也是齐迹冥冥之中的指引？

这就是缘分吧，命里注定，南庭和盛远时有割舍不断的情缘。

桑桎反复琢磨着那个坠机梦，他想到那个友善的男生齐正扬，又想到了……等到盛远时和南庭从房间里出来，他问得直接：“齐迹的妻子——你嫂子，现在人在哪儿？”

南庭如同被击中了什么，她恍然大悟似的抓住盛远时的手：“会不会我梦里的那声七哥，不是七哥，而是‘齐哥’？”

七哥，齐哥——盛远时默了几秒，才对桑桎说：“我大嫂云莱，确实是这样称呼我大哥的。”而南庭一直是称呼他七哥的，所以盛远时从未怀疑她梦里听到的那声七哥不是七哥，而是齐哥。

南庭愕然：“我的那些梦，难道是大哥、大嫂的亲身经历？”

可那些齐迹与云莱的生活细节，盛远时不得而知。

齐妙在这时打来电话，以带着哭腔的声音说：“云莱嫂子可能不行了。”

盛远时心中一凛，他当机立断：“带齐正扬到机场。”然后抓起南庭的手就往外走：“我们去 A 市找答案！”

桑桎也跟着一起。

飞机上，南庭又有些不舒服，起初她还能忍住，等控制不住吐了，就瞒不过盛远时了，他紧张地问：“胃又不舒服了？”

“胃？”桑桎示意盛远时和自己换一下座位，他坐到南庭身边，手搭上南庭的脉搏，“这几年胃不都养好了吗？”而南庭自五年前病过后，也很注意保养胃。

让位的盛远时颇不是滋味地说：“你不是精神科主任吗？懂得倒不少。”

只要不是在给南庭进行催眠治疗，桑桎从来不会保持沉默，他张嘴怼回去：“你以为桑医生是白叫的？”感觉到南庭的抗拒，他抬头盯她一眼：“怎么，怕他担心？让我证实你跟了他身体频频出问题，我不会对他客气。”

盛远时注视他的目光透出几分敌意，可当着南庭的面，他忍住了脾气。

桑桎也不理会，发现南庭脉搏的不同，他几乎是震惊地看向她。南庭则在感觉到他的视线压力时，没有勇气抬头，只用另一只手轻轻碰了碰他，阻止的意味明显。

盛远时所处的角度是看不见他们之间这种互动的，见桑桎半天不说话，他还问：“你行不行啊？要不我广播找一下医生？”俨然忘了此前免责单事件的林老在飞机上时，请人家帮忙照顾的事。

桑桎像是不敢确定似的，又号了片刻才收手：“多长时间了？”

南庭抬头，注视他的眼睛：“就是最近，有点吃不下饭，吃下去也会吐出来。”

桑桎的语气有点冷，如同质问：“最近是多久？”

盛远时不满他的语气：“她本来就不舒服，你不能好好说话？”乘务长在这时送来一杯温水，他递给南庭：“喝一口缓缓。”

“一个多星期。”南庭老老实实答完，才喝水，末了，还对桑桎说，“我看和五年前得胃溃疡那时的感觉差不多，就没和你说。”

“我都不知道你什么时候成老中医了。”桑桎说完，起身回到自己的座位。

盛远时坐回原位后对他说：“你还没说怎么回事呢。”

桑桎没好气地答他：“落地不就去医院了吗？你不会带她检查？”

盛远时被噎得哑口无言，可见桑桎并不着急的样子，悬着的心就归位了。

南庭挽住他胳膊，偏头枕在他肩膀上：“没事，可能只是晕机了。”

盛远时握住她的手：“坚持一下，还有半个小时就落地了。”

下降高度时有些颠簸，南庭又吐了一次，桑桎理都不理，盛远时恨不得进驾驶舱亲自飞。飞机落地后，包括齐妙和齐正扬在内的他们一行五人，直奔 A 市第一医院。

沉睡了近五年的云莱再一次被推进了抢救室，这是这一年的第二次了，在过去近五年的时间里，她的生命体征一直很平稳，稳到盛远时都以为，她随时都有醒过来的可能。可前不久，她身体的各器官忽然衰竭，与此同时，南庭因淋雨陷入了昏迷，并发生了心脏骤停的症状，尽管后来都转危为安，但针对云莱，医生还是说：“要有心理准备，她的时间，不多了。”

这份准备，从她倒下的那天起，云家、齐家，以及盛家人始终都有，只怕齐正扬受不了。等待的时间里，那孩子一直坐在长椅上，低着头，一言不发。

或许，这种残酷的现实，不该让一个未成年的孩子直接面对，那对他而言，太过残忍。可那是他的至亲，如果无法阻止云莱走，他身为儿子，应该送妈妈最后一程。

齐妙已经先受不了了，她甚至不敢往齐正扬身边坐，生怕自己控制不住先哭出来。她站得远远的，拒绝在抢救室的门打开时，听见什么不好的消息。

桑桎注意到齐妙的反应，在她走来走去时，递上一盒口香糖：“有助于缓解焦虑。”

齐妙接过来，手却抖得险些拿不住一个轻到不行的口香糖盒。

桑桎于是建议：“和我下楼去买水吧。”

齐妙本不想走开，可明白过来他是为了缓解自己的情绪，就跟着去了。

盛远时走到一边打电话，南庭坐到齐正扬身边，像个长辈一样摸了摸他低垂的头。

齐正扬抬头看了她一眼，竟然笑了笑，像是在告诉南庭，他没事。可那笑太牵强难看，实在起不到任何安慰作用，南庭于是握住他的手：“听你小叔说，是你最先发现妈妈生病的。”

齐正扬点头：“她总是头疼，还吐，像你刚才在飞机上的样子。”

南庭肯定地说：“我是胃的问题，我知道。”

齐正扬像个大人似的说：“那就好，有病了可千万不能拖，我妈妈就是不听话，我问她怎么了，她永远都说没事。我害怕，就悄悄给我爸打电话，我爸答应我，忙过那段时间就带我妈去医院，可他……再也没回来。”

齐迹失踪那段时间里，云莱的病急速发展，直到视物模糊到医院检查时，已是脑瘤晚期，必须手术。而这种低分化瘤，复发率很高，可她竟然撑了将近五年，只不过，是在术后没有醒过来的情况下，沉睡了五年。

齐正扬是个坚强到令人心疼的孩子，他对南庭说：“你不用安慰我，其实这几年，我都准备好了……”话语间，他眼里已经蓄满了泪，“我知道，我妈她一直坚持着，是放心不下我，可我也知道，她想我爸。”

“她做手术前和我说，如果她能好，就是我爸不让她跟着；万一术后更糟了，就是我爸也想带她走，那我就跟着姑姑和小叔。她说，奶奶、姥姥她们都老了，让我尽量别给她们添麻烦。”齐正扬明明哽咽到快说不下去了，却始终没让眼泪掉下来，“现在，我长大了，还有姑姑和小叔，很多的亲人在，没有她，我也能好好地生活。”

这世上，总有人要先走，越长大，亲人越少，这些南庭早就懂了，可想到齐正扬在十二岁那年，几乎是同时失去了父母，还是忍不住心疼。相比之下，还有父亲在世的她，觉得无比幸运。安慰的言语在这一刻显得太过无力，南庭终究什么都没说，只是握紧了齐正扬的手，陪他一起。

谁都不能一直在别人的羽翼下生活，当单飞的时候到了，再不能依赖谁。这个残酷的现实，是成长中必经的。

云莱的情况一直在反复，有那么一个阶段，她像是在奋力和死神抗争，求生欲望强烈，后来可能是太累了，渐渐撑不下去了一样，各项数值持续地往下掉，可就在即将掉到底的时候，又开始回升，然后再下降，如此反复了很久，连医生都说："她应该是放心不下孩子。"

其实，这五年来，云莱虽然活着，却比死了还痛苦。可为了齐正扬，所有人都希望，哪怕是煎熬，她也要撑下去，只要她还有一口气息在，齐正扬就是有妈妈的。

抢救持续了很久，久到齐正扬站起来说："小叔，我想进去看看。"

盛远时意识到这一次是九死一生了，他一方面不希望齐正扬直面母亲的死亡，又不愿意等医生走出来说"节哀"后，孩子见不到活着的云莱最后一面。

左右为难之际，南庭说："让他进去吧。"

盛远时考虑片刻，终是点头，他以最快的时间协调好，把齐正扬带进了抢救室。

然而，主动提出要进去的齐正扬像是害怕了似的，在门口站了足有一分钟，才有勇气往里走，他的视线从忙碌的医生和护士身上掠过，停留在瘦到脱相的云莱脸上，再看着仪器上不断下降的数值，以及那条微弱地起伏着，代表心跳的线……他一步一挪地走近，用自己还不算宽大有力的手握住云莱的手，哑着嗓子说："妈，我是正扬，你要是太难受，太想爸爸了，就走吧，我会好好学习，长大后做一个像爸爸一样对国家有用的人，你放心吧，放心走吧，妈……"他说着，把妈妈枯瘦的手贴在自己脸上，憋红了眼睛，"记得和爸爸说，我也很想他。"

在场的医生和护士都哭了，可他们没有停下来，而是持续地抢救着，可惜，监测仪上的数据终是没有再升上来，一点点掉到底，心跳也慢慢拉成一条直线。

对云莱而言，这是一种解脱。可当医生宣布死亡时间，齐正扬不舍地抱住她的身体，泣声喊："妈！"

悲伤瞬间充斥了整个抢救室，在场的人都在陪着这个尚未成年的孩子落泪，唯有南庭，耳畔还回响着齐正扬那声"妈"，意识却忽然陷入混沌，趁最后一丝理智还在，她伸手抓住盛远时的小臂，才避免直直摔倒在地上。

盛远时正准备过去拉起齐正扬，南庭已经倒在他怀里。

空管学院、航站楼、机坪、跑道、塔台，视野开阔的顶层指挥大厅，还有心爱的话筒……熟悉的场景一一在眼前掠过，南庭像是回顾了这五年来的成长，她想起自己到空管学院报到那天的新奇与期待，她想起那些不同于就读音乐学院时懒散的努力与坚持，她想起毕业那天自己仰头望向天空时流下的眼泪，她想起第一天到塔台上班时的紧张与兴奋，还想起第一次在波道中与盛远时相遇的情景，那一天走下席位，她独自去了瞭望台，站在那里，面朝机坪，大声地喊："盛远时，我想你！"

仿佛听见了她的呼唤，感应到她想见盛远时的强烈心情，整个机场在眼前变成了一个没有任何建筑的平面，南庭远远地看见，身穿机长制服的盛远时站在塔台楼下，凝重的神色像是在挣扎要不要走上去。

所以，初次在波道中相遇那天，他是去过塔台的。只是，连南庭都没有想过，自己会成为一名管制员，能够在波道中指挥他起飞和着陆，他又怎么说服自己相信，那个声音是她？

可他终究是听出了她的声音。

重新在一起后，南庭并没有针对第一次在波道中相遇的事情问过盛远时，直到这一天，自己亲眼所见。是亲眼所见，还是梦？思索间，像是镜头在调整，南庭渐渐从这些画面中抽身，回到了医院。

云莱所在的 A 市第一医院。

“我都挂完号开完单子了，你还来干吗？”熟悉的女声对着手机说，“不说了啊，做核磁的人好像还挺多的，我去排队了。”

那是……当那道单薄纤瘦的背影转过身来，南庭看见五年前的自己。

那个时候，她的头发稍稍有点长了，可才在鬼门关走过一回的女孩子没有心思打理自己，只是在怀疑自己脑袋里长了瘤的情况下，到医院来做检查。

当时是什么心理呢？南庭仔细地回想了一下，却怎么都想不起来。可她清楚，那个时候的自己，并不像现在这样，积极地面对生活。

排队做核磁的人有点多，南庭站了很久，在腿都快麻了时，终于等到一个座位，她坐下，无聊地摆弄着手里的单子，没有注意身旁坐着什么人，直到又有一个人从磁共振室里走出来，听见医生喊：“云莱。”她旁边的女子起身，南庭才抬头。

和南庭没有家属随行一样，名叫“云莱”的患者也是一个人，她身上穿着病号服，看样子是在住院，南庭看着她走进磁共振室，在床上躺下，然后，门在眼前缓缓闭合。

本以为和前面一样，要个几分钟才会完事，结果刚刚合上的磁共振室的门又打开了，云莱从里面走出来。既然她完事了，按照顺序该到自己了，南庭正准备进去，与她擦肩的云莱却说：“机器坏了，要等一等。”嗓音清亮悦耳，特别好听。

南庭探身往里面看，确实看到有两位身穿医生服的医生走到核磁共振仪旁边，像是在检查什么，她有点生气地说：“倒霉。”

云莱温柔地笑了笑，语气平和地说：“应该很快就能好。”

她脸色苍白，像是没什么力气的样子，南庭把唯一的座位让给她。

云莱没有拒绝，她边坐下边说谢谢，然后问：“你自己来的吗？”

南庭当时正患有抑郁症，闻言忽然就不高兴了，冷冷地回了句：“我没家人。”

云莱有几秒没说话，直到旁边的人起身走了，南庭也坐下来，她才说：

“我爱人不在了，我也是一个人。”然后忽然想到什么，又笑了，“但我还有个儿子，他十二岁了。”

南庭震惊地看向年轻的她：“你儿子都十二了？”

云莱点头：“可惜我身体不好，不能照顾他，把他送到G市亲戚家了。”

南庭“哦”了一声，隔了会儿才问：“你怎么了？”

云莱那么平静地说：“我脑袋里长了个瘤。”

当时的南庭就是怀疑自己脑袋里长了瘤才去做核磁的，可听云莱这么说，她竟然下意识地劝：“也许是良性的，没事，别担心。”

云莱感激地一笑，就在南庭以为安慰到她时，她却说：“是恶性的，晚期了。”

明明是陌生人，没有任何感情基础，可听到这样的消息，南庭还是难过得想哭。云莱像姐姐一样拍拍她的手：“人吃五谷杂粮，哪有不生病的？没事的。”

南庭瘪嘴，像个委屈的孩子：“我脑袋里可能也长了个瘤。”

云莱惊讶：“有什么症状吗？”

南庭想了想：“忘性大，总记不住事，想睡觉，想发火，烦躁，整天迷迷糊糊的。”

“只是这些？”

“……嗯。”

云莱松了口气：“那你肯定和我的不一样，放心吧。”

南庭和她确认：“真的吗？”

云莱一笑，那一刻她的笑容，绽放出美丽的光彩，让那张苍白的脸有了些许血色。南庭听见她说：“真的，你相信姐姐。”

南庭忽然就不怎么害怕了，等待的时间里，她和云莱聊起来。

“姐姐，你做什么工作的？”

“管制。”

“管制？”南庭想了想，“给机长发指令的就是你们？”

“那是民航管制员。”云莱告诉她，“我是军航机场管制员，通过雷达为战斗机提供引导。”

南庭其实不太懂，可一听军航机场和战斗机，就觉得很高端大气，顿时对面前柔弱的云莱充满了崇拜与敬佩：“你好棒啊。”

或许是不便说得太多，云莱适时换了个话题：“你还在上学吧？”

南庭迟疑了一下：“应该是。”

“嗯？”云莱显然对于“应该”一词有些不理解，但她没有追问。

南庭长舒了一口气：“我本来是学音乐的，因为生病退学了。”

“那你喜欢音乐吗？”

“我只喜欢弹钢琴。”

“那等病好了就继续弹吧，即便不能作为事业，当爱好也挺好的。”

“事业？”南庭自嘲地笑了笑，她小声说，“都不知道怎么养活自己，还谈什么事业？”

云莱却听见了，她说：“养活自己没有想象的那么难，你这么聪明，只要稍微努力一下，肯定比别人做得好。”

恭维和奚落的话，南庭听得太多了，云莱的夸奖，确切地说是鼓励，是司徒家破产后听到的最温暖的言语，她思考着那句“只要稍微努力一下，肯定比别人做得好”的话，垂眸不语。

云莱似乎洞悉了她正身处逆境，如同提点似的说：“人生的余路还很长，难免会遇到让你进退两难的路口，如果不确定是向左还是向右，就朝前走，总有一盏灯会为你亮着，指引你找到心甘情愿为之坚守的信念。”

南庭似懂非懂地注视云莱。

云莱笑望着她：“你有喜欢的男生吗？”

南庭点头，坚定地。

“能被你喜欢的男生，肯定很优秀。”云莱鼓励地握了握她的手，“在没有找到自己的目标前，不妨以他为目标。”

南庭问她：“你也是以你爱人为目标的？”

云莱像在憧憬，又似回忆，最后才说：“他是我的另一半翅膀，有了他，我才能飞翔。”

南庭还想和云莱再多聊几句，那是那个时期，她唯一有倾诉欲望的一天，磁共振室的门却打开了，医生喊：“南庭。”

南庭坐着不动，医生又喊了一遍，她还是没听见一样动也不动，直到看见她病历本上名字的云莱提醒：“叫你呢。”

南庭才意识到自己不再是司徒南，而是改了名字的南庭了，她明明都走到了磁共振室门口，又忽然转头说：“你不是没做完仪器就坏了吗？那是不是应该你先啊？”意思是，医生叫错顺序了。

云莱一笑：“没关系，你先吧，我反正有一天的时间呢。”

南庭没再说什么，当磁共振室的门缓缓闭合，她躺上去，任由共振仪把自己送过去。

那不是南庭第一次做核磁共振，和南嘉清经历过车祸后，为了确认她没有受伤，司徒胜已曾安排她做过一系列的检查，当时她还小，做核磁检查时也未感到害怕，还觉得只是躺上去，不痛不痒的，无所谓。

可那一天，十九岁的南庭再次面对那台仪器，竟像是突发幽闭恐惧症一样，心都要跳出来似的，惊慌不已，尤其当仪器开始工作，对她的大脑开始影像检查的那一刹那，她如同遭遇电击一样，浑身抽搐了一下，更在下意识闭眼时，脑海里突然急速浮现过很多画面，她想看清楚那些画面是什么，心却慌得让她忍不住爬起来要逃走。

医生在监控室里不悦地喊：“干什么呢？别动！”

南庭被喝住了，她控制自己躺着不动，可就在那短短的一两分钟里，她的心如同要炸开一样难受和不安，甚至有一种叫作“拒绝”的情绪充斥了她整个大脑和胸膛。南庭不清楚自己是在拒绝什么，可她就是不想接收，不想接收那或许根本不属于她的东西。

在南庭以为自己下一秒就要爆炸时，检查终于完成了，她下地时，腿软到一下子跪倒了。医生或许也是第一次遇到这样莫名其妙的患者，扬声问：“有家属在外面吗？叫进来扶一下。”

南庭说不出话，她狼狈地爬起来，跌跌撞撞地往外走。

外面的云莱见南庭脸色苍白，额头上还全是汗，上前扶住她：“怎么了？没事吧？”

南庭也不知道自己是怎么了，只觉得脑袋里像是在核磁共振仪开启的瞬间突然进驻了什么原本不存在的东西，拥挤不堪、混乱不堪，她挣开云莱的手，急切地想走出去，呼吸室外新鲜的空气。

“南庭。”桑桎在这时赶到，接过她的手，边轻声责备“说了让你等我，偏偏不听”边扶着她往外走。

云莱看着他们年轻的背影，微微地笑了。或许在她看来，桑桎是南庭喜欢的那个人，因为她读懂了桑桎眼里的爱。多好啊，她的翅膀就在她的身边，她想飞去哪里都可以，不像自己，被折断了另一半的翅膀，再也不能飞了。

一道低沉的男声在这时响起，唤她：“大嫂。”

云莱应声回头，看见盛远时疾步而来：“你怎么来了？”

盛远时走过来说：“我正好在 A 市，我妈说你住院了，我来看看……”

南庭隐隐觉得听见了盛远时的声音，可她当时连回头的力气都没有，尤其她以为，不会那么巧，应该只是自己太想他出现了幻觉，于是，就那么错过了当时恰好在 A 市寻找她的盛远时。

所以，是中途坏掉的核磁共振仪在某一频率的射频辐射下，共振吸收了云莱的记忆，重新开启后，通过外磁场作用把云莱的记忆强行进驻到了南庭的身体里。与此同时，她们连睡眠也从那一刻起有了奇妙的交换。于是，在云莱术后持续昏迷的情况下，南庭的睡眠时间和质量开始下降，直至不眠。

完全睡不着之前，南庭被进驻的记忆是混乱无序的，而在莫名梦见齐迹坠机的情景后，她出于对这种不属于自己的记忆的排斥和恐惧，下意识地把云莱这个人和坠机梦一起封存了起来，直到云莱的生命体征越来越弱，直到桑桎的催眠治疗有了一定的效果，刻意被南庭遗忘的这些记忆才终于有了复苏的迹象。

原来，自己选择管制职业，是云莱冥冥之中的指引，而通过这份职业的选择，南庭成了更好的自己，然后与她的七哥重逢。这就是因果，这世间的所有，像缘分，像记忆，都不是平白无故的。

这是命运的馈赠，南庭感谢那场相遇，感谢云莱，让她遭遇人生变故慌不择路时，有勇气朝前走，让现实的刁难和梦想的艰难终于在自己的勇敢与坚定面前低头。

南庭醒过来时，先听见盛远时的声音，他问："还没醒？"

然后是桑桎，他回答："你看呢？"

盛远时就急了："这都三天三夜了！正常人谁会睡这么长时间不醒的？"

桑桎不疾不缓地反驳道："正常人谁会三五年都睡不着觉的？"

盛远时被噎了一下，他走过来，摸摸南庭的脸，安静了片刻："就这么等？总得想想办法吧。"

桑桎就有点烦了，他不悦地强调："她只是睡着了！"

像是怕吵到南庭，盛远时刻意压低了音量说："如果只是睡着，会叫不醒吗？你又不让医生用药，我也是不明白了。"

"你才明白几件事！"桑桎懒得和他解释，只是生气地反问，"你的意思是她睡过去了？"

盛远时有几秒没说话，南庭闭着眼睛都能想象，他生气又发作不得的样子，最后，她听见盛远时咬牙切齿地说："等我下辈子成了医生，遇到你这种患者，一定让你自生自灭。"

"你成医生？"桑桎冷笑，"放心，我不会挂你的号。"

南庭感到盛远时把手伸进了被子里，轻轻地握住了她的手，等她缓缓地睁开了眼睛，就见他垂眸盯着她的手，也不知道在想什么。

南庭缓了缓才发声："五年前，云莱嫂子手术前，你是不是到医院看过她？"

盛远时倏地抬头，桑桎也闻声看过来。

南庭微微偏头对桑桎笑了下，才与盛远时对视："你是在核磁共振室外面找到她的，对吗？"

盛远时的胸口剧烈起伏，像是在消化她醒来的惊喜，或者是在思考她的问题，许久，他才找回自己的声音："你怎么知道？"

眼泪悄然滑落，南庭哑声："你到的时候，我还没走远。"

根据云莱生前的意愿，她的骨灰撒到了齐迹撞机的海域，那里距离A市和G市都很远，远到所有人都要坐专机才能过去，而且还要事先与军方协调。云莱本身是一位优秀的军航管制员，又是烈士家属，这份遗愿，部队当然会竭尽所能达成，甚至为了给她送行，齐迹生前所在的海军航空部队还派出了直升机护卫。

那是一场高规格的葬礼，普通人肯定享受不到那样的待遇，可与鲜活的生命相比，依然是遗憾而悲凄的。

是齐正扬亲手撒的骨灰，低空飞行的直升机上，他对父母说："以前你们都忙，连看个电影的时间都没有，这回好了，可以天天在一起了，不要吵架啊，我会笑话你们的，另外也别忘了，还有我这个儿子，就算我长大了，也是你们的小孩，要在天上看着我，那样我才有努力的动力，要不我该偷懒不好好学习了。"

那天从抢救室出来后，齐正扬没有再哭，坚强得像个男子汉，长辈们欣慰的同时，也更加心疼。南庭从醒过来就一直陪在他身边，虽然目前在名分上，她并不是齐正扬什么亲人，但拥有云莱记忆的她，认为自己对于齐正扬是有责任的，如同母亲一般的责任。

由于要撒骨灰，直升机的舱门是开着的，齐正扬见南庭的脸被风吹得有点红，他边解自己的围巾边说：“你往里坐，别冻感冒了。”

前面左驾驶座位的盛远时没有回头，只递过来一条起飞前齐子桥交给他的披肩：“围上。”

南庭把围巾给齐正扬戴回去，才用披肩裹住自己，然后把带来的菊花瓣撒向大海，边撒边对天上的云莱说：“谢谢你，云莱嫂子，在我人生最迷茫，也是最艰难的时候对我说了那些话，没有那天的相遇，就没有今天的南庭，很遗憾没能当面告诉你，我找到了心甘情愿为之坚守的信念，我热爱我从事的职业，我为成为一名民航管制员感到骄傲，但你放心，我会尽我所能，引领‘飞鸟’归航。”

南庭看向驾驶位上专心负责驾驶的盛远时，继续说：“或许是为了奖励我的努力吧，我等到了七哥，你肯定想不到，那个我喜欢的人，你也认识，或者是，你在沉睡中都看见了，因为我隐隐觉得，我们的记忆是相通的。”

南庭说着，揽住了齐正扬的肩膀：“正扬是大孩子了，不用我照顾什么，但我还是要向你保证，我会代你，”她看向齐正扬，“陪伴他成长。”

齐正扬并不懂南庭所说的记忆相通是什么意思，可从第一次在机场见到南庭，他就有种莫名的亲近感，觉得她像是自己的姐姐一样，结果，在年龄上确实只是姐姐辈分的她，和盛远时在一起了，那么，她顺理成章地成了自己的长辈。齐正扬面朝大海说：“爸爸、妈妈，正扬又多了一个亲人，你们放心吧。”

返航途中，南庭问齐正扬：“我刚搬到妙姐房子那天向你报电话号码，你不是没听懂，而是对我和你妈妈报数字的方式一样，感到震惊是吗？”

齐正扬回想那天的情景，点头：“我怕提起妈妈会忍不住想哭，就没解释，当我知道你是一名管制员时，我就觉得，你就是应该和我小叔在一起的，因为你们特别像我爸爸和妈妈。”

或许正是因为她拥有云莱的记忆，才会和齐正扬相遇吧，否则茫茫人海，他们怎么就能在空港，那个对他们而言具有特殊意义的地方结识呢？

南庭笑望着他：“你还是不要叫我姐了。”

齐正扬“嗯”了一声，改口道：“小婶。”

“叫小姨吧。”那样，或许你离你妈妈就更近了些，而我，也和你妈妈更近了些。

齐正扬并不知道关于记忆的秘密，他不解：“要是我叫你小姨了，小叔怎么办？”

南庭注视着盛远时的侧脸：“他又不会介意。”

见盛远时没有反驳，齐正扬高兴地叫了一声：“小姨。”

南庭摸摸他的头，应了声：“哎。”

盛远时微微笑了，他驾驶着直升机，把齐迹与云莱铭记在了心里，发誓用自己和南庭对信仰的追求，对爱情的坚定，圆满哥嫂有缺的人生。

岁月或许无情，但上天必然也是慈悲的，有绝望，就会有新生，得失随缘，心无增减，才是面对人生最好的姿态。

相比齐正扬的坚强，齐妙一路都在哭。乔敬则知道她是舍不得云莱嫂子，又想念牺牲的哥哥，并没有过多地阻止，可又担心她哭病了，终于还是忍不住说：“让齐正扬看见，他心里会更难受，你当姑姑的，也考虑一下孩子的感受。”于是，在直升机着陆后，齐妙擦干了眼泪，对陪在身边的乔敬则说：“谢谢你。”

乔敬则要的当然不仅仅是一句谢，可齐妙的病还没治好，他不敢越雷池半步，想了想说：“盛老七试飞在即，我还有好多检修的工作要做，先回去了。”

自从他在咖啡厅外面看见她和桑桎在一起，态度一直是淡淡的，齐妙心里有些微妙的变化，再想到桑桎所说的，治疗恐男症的办法是以毒攻毒，多和乔敬则接触，她说：“你能送我回去吗？我……没开车。”

乔敬则都已经准备走了，闻言立即说：“行。”

如此痛快，让齐妙又多了几分治疗的勇气。

逝者已矣，生者继续。

当齐正扬患着感冒回学校上课时，包括南庭在内的长辈们，也同样恢复了工作。

距离试飞只剩十天时，盛远时已完成了飞前的各项准备工作，只是对于乔敬则主管的试飞专机的检修与维护，每日依然过问，除此之外，他像二十四孝男友一样照顾着南庭，连应子铭都说："这是怕你担心，你呀，也放松些。"

梦境的谜团解开后，南庭已经不像之前那么紧张了，可让她把试飞当成平时的上航线执飞，还是有些困难，好在她并没有影响工作，依然正常值班，休息的时间也不会待在家里，而是和盛远时一起去机场，在应子铭的安排下到进近管制室跟班学习。

由于应子铭要出差去外地做管制交流，他临走前交代南庭："你的航线实习就等新航煤试飞过后再进行吧，否则你也静不下心。另外，进近管制室的刘主任说你进步很快，有意让你再跟两个班就上席位试试，所以，我不在的这段时间，你听刘主任安排，塔台这边的工作交给大林就行。"随后又像担心南庭不明白似的，直接说，"要是表现得好，试飞那天，你就可以上席位引导盛远时起降。"

"我上席位？"南庭得知，为了确保试飞顺利，空管中心已经成立了管制小组，为试飞工作提供安全的空管保障服务，且伴飞的指挥、飞行区域及高度、备降场的选择、应急处置等方面都做了详细的安排和部署，更有管制主任等值班领导到指挥现场督导工作，没有接到通知的她以为，必然是要骨干管制员执行指挥，而放单没多久的她，充其量也就是在指挥大厅里……看一看。

见她半天没反应过来，应子铭好笑地说："我是在通知你，你已经是管制小组的成员之一了，但是，是亲自上阵指挥，还是作为候补，就看你自己努力了。"

"亲自指挥？"南庭惊喜到都质疑自己了，她不确定地问，"我……

行吗？”

应子铭以玩笑的口吻说：“我反正是推荐了你，刘主任也没意见，至于你行不行，就看你给不给师父长脸了。”

“啊！”南庭像个孩子似的抱住应子铭，“我一定不给师父抹黑。”

“哎呀，我这老腰啊。”应子铭像父亲一样慈爱地摸摸南庭的脑袋，“幸亏是一日为师终身为父，否则让盛远时看见，可是不得了。”

南庭确实是太兴奋了，意识到在办公室里不宜和师父“搂搂抱抱”，她赶紧松开手，把手背到了身后，笑眯眯地说：“他不是那样的人。”然后向应子铭鞠了一躬，“谢谢师父给我机会。”

应子铭笑言：“我是担心，等哪天盛远时发现管制工作太辛苦了，把你挖到南程去，那我们空管中心的损失就大了，所以啊，趁你对管制工作还有热情，委以重任，让你舍不得走。”

南庭笑得眉眼弯弯：“您放心，我这辈子是准备和管制职业死磕到底了，才不会去南程看他脸色呢，还要被人议论是靠和他的关系上位，不像做管制员，管他是机长还是总飞，只要他想飞，就得乖乖听指挥。”

盛远时的声音在这时响起：“我就算不飞，还不照样听你指挥？”见应子铭和南庭看过来，站在门口的他说，“不好意思，应主任，我没在楼下等到她，打她手机又没人接，就直接上来了，无意偷听你们师徒说话。”

应子铭看看时间，笑了：“是我耽误她下班了。”然后对南庭说：“没别的事了，快收拾收拾回家吧。”然后看向盛远时：“我本想和大家一起见证生物航煤的技术试飞，结果临时来了任务，那就提前祝你试飞顺利，凯旋。”

“谢谢应主任。”盛远时与他握手，“如果试飞时间没有变动的话，您出差回来，我也恰好落地。到时候，您可得替我说句话。”说着，朝旁边收拾办公桌的南庭扬了下眉。

应子铭就明白他是准备在试飞成功后向南庭求婚了，他笑得眼睛都眯成了一条缝：“那是肯定的，成就一段姻缘可是功德一件。”他用力握了一下盛远时的手，“起落安妥。”

盛远时语气笃定：“您放心。”

回家的路上，南庭问他：“你和我师父说什么了，我看他笑得可开心了。”

盛远时笑而不答，只是说：“听说你未来婆婆今天要亲自下厨，做你爱吃的菜。”

“要回大院吗？”南庭有点腼腆地说，“你和阿姨说啊，我吃什么都行，不用特意为我准备。”

“我哪说得了她啊？”盛远时伸出右手握住她的手，“她是典型的有了儿媳妇就不要儿子型的妈，虽然你现在还没改口，她可是拿你当儿媳妇对待的。”

南庭眼底都是笑意，她带着点孩子气地说：“看我多讨人喜欢，不像你，搞不定我小姨。”

盛远时闻言叹气：“人家都是丈母娘看女婿越看越喜欢，怎么南律师每次见到我，都像遇见仇人似的有点眼红呢？要不是我的蛮蛮始终给我信心，让我在颜值方面有充足自信，我都要怀疑自己的魅力了。”

他这么嘚瑟，南庭忍不住打击道：“这方面你比老桑差远了，小姨每次见他，都是和蔼可亲的。”

提起那位桑医生，盛远时就想起飞机上、医院里，那位仁兄怼得自己无言以对的情景，他不悦地命令：“不许叫他老桑，以后见面都喊桑医生，给他添点堵。”

南庭逗他说：“我七哥什么时候变得这么幼稚了？”

“你七哥不是幼稚，是机智。”盛远时得意地一挑眉，“一个称呼就能秒杀的情敌，我和他废什么话？”

“我听小姨说，老桑改叫她南姐了。”南庭注视他英俊的侧脸，“这样一来，我还真的不能称呼他老桑了。”

“南姐？”盛远时瞬间反应过来，“他不会是借着南律师的辈分让我叫他一声叔叔吧？”

南庭憋笑。

盛远时抬手砸了下方向盘：“他倒是想得美！”

南庭忍不住笑出声来。

盛远时腾出一只手，掐了她脸蛋一下：“得意了啊，坐山观虎斗。”

南庭的手无意识地搭在小腹上，嘟囔：“谁美到最后还不知道呢。”

由于后车按喇叭，盛远时没听见她说什么。

两个人在大院吃过晚饭后回了民航小区，等南庭从齐妙那边看完睡不着回来，盛远时已经在床上恭候多时。见他一瞬不离地盯着自己，南庭脸红：“你明天不是要和阿姨一起开会吗？还不早点休息？”她故意在齐妙那儿待了那么久，就是想等他睡着，结果……

他明天确实要和生物航煤的研发小组一起开会，但开会这种对他而言的例行工作，会影响到他们感情的深入交流吗？盛远时把她拉进怀里，边亲她小巧的耳朵边说：“开会是明天的事，今晚我们该做点什么，你不清楚吗？”

欲望的大门一旦打开，如同燎原的火，根本停不下来了，尤其盛远时憋了那么多年，哪那么容易就满足？几乎每晚都会缠着南庭要那么一两回。南庭有多爱他，就有多纵容他，确切地说，是用她全部的爱回应他，只是现在这种情况……南庭艰难地推开他，撒娇似的说：“我都困了呢。”

她从一觉睡了三天后，睡眠基本恢复了，但每晚也就能睡三四个小时，所以听见她说困，是很难得的事，于是，盛远时叹着气说：“那就好好睡。”

然而，感觉到他炽热的呼吸喷在颈间，以及贴着自己的那具身体的蠢蠢欲动，南庭情动，她转过身来，吻他的眉眼。盛远时的唇舌在下一秒缠上来，热烈又强势地加深了这个吻。

南庭听见他低促的呼吸声，感觉着他用爱意在她身上留下的痕迹，有些意乱情迷，可当他翻身覆上来时，南庭还是不忘用微弱的声音提醒道：“轻一点。”

情难自控到轻不了，但盛远时力求在过程中让她满足又舒服，于是承诺：“我尽量。”

又是一次爱意缠绵的体验。

当盛远时把她搂在怀里，南庭的困意就袭上心头，迷迷糊糊间，感觉到他不止一次地亲吻自己的头发、额头，还有脸颊，南庭呓语地低喃：“七哥……”

盛远时的眼睛在夜色里沉静如水，他深深地吻了她好一会儿，才坚定地说：“七哥答应了你要平安返航，绝不会食言。”

南庭像是听见了似的，把脸埋在他胸口，沉沉睡去。

接下来的一个星期里，盛远时顺利完成了高滑测试。生物航煤在飞机高滑期间，没有任何不良反应产生，这为后续即将到来的试飞奠定了坚实的基础。

南庭也同时忙了起来，管制小组相继完成了试飞专机高速滑行试验的保障任务，并根据试飞时的实际航线设定出了特定空域和高度层，避免试飞专机滑跑期间拉起与其他客机造成影响，还与G市空管站积极协调起飞和落地时机，便于后续组织航班避让，以此保障试飞当天，G市机场航班正常高效运行。

另外值得一提的是，坠机梦的疑团虽然解开了，但南庭始终认为坠机和襟翼卡阻的梦与试飞有着千丝万缕的联系，思考过后，她对组长刘主任说：“尽管秋天才是候鸟迁徙的时节，但不代表冬天就没有鸟，是不是该对航站楼前的鸟类聚集地进行观测，把鸟情带来的安全隐患降到最低？”

刘主任认为很有道理，立即和相关部门协调安排此事。

齐迹是遭遇了战斗机撞机，南庭想到了飞机撞鸟，除此之外，就剩无人机了，那个家伙也是具有一定杀伤力的，而这件事，则由空管中心与南程航空一同监测。

至于襟翼卡阻这类机械故障，就只能交给负责专机检修的乔敬则和机组来处置了。有压耳事件在先，乔高工丝毫不敢怠慢南庭的意见，尤其听闻她与云莱的微妙交集，他更认定南庭之所以比常人敏感，是因为她具备两个人的思维，神经系统的感觉机能异常锐敏。对此，桑桎是赞同的。

于是，乔敬则带领南程的工程师们，恨不得把专机拆了再装一遍。然而，飞机这个大胖子“脾气向来古怪”，再厉害的工程师都无法保证前一天通过了航后检查的航空器，同样能顺利通过第二天的航前检查。所以，有时候确实是运气问题。

试飞前一天恰好是圣诞节，塔台上、波道里，随处都是恭祝圣诞快乐的声音，南庭想到六年前，自己千方百计获知了盛远时的排班后，在苏黎世等他过圣诞，他们一起看了圣诞赛跑，还在 Stadthausquai 往利马特河上放流漂浮的蜡烛，她许下了六年后嫁给他的愿望。

或许在当时的盛远时看来，十八岁的司徒南是草率而冲动的。其实，也确实有些草率和冲动吧，毕竟，当时距离他们相识还不到十天，别说了解，连熟悉都谈不上，就这样扯上了爱情，多少有些任性。南庭却从未感到后悔，哪怕在过去的五年里，她认为愿望不能实现了，也为年少的自己拥有那样一份示爱的勇气而骄傲。

南庭为盛远时准备了礼物，孩子气地藏在他的枕头下，不是多贵重的东西，可单单是件数，就足以让一个无坚不摧的男人感动。

盛远时白天有会要开，于是他穿了正装，打了领带，然后把那枚明显是定制的翅膀形状的领带夹别上了，还有黑色牛皮的腰带也直接换上了，太阳眼镜和精钢色漆面的书写笔则放进了飞行箱，完全一副随身携带的姿态，至于剃须刀……他进了浴室，直接把旧的扔掉，新的摆上。

南庭看着他一样一样地安置着，笑了：“你倒不客气，全用起来了啊。”

“这有什么可客气的？”盛远时边系袖扣边说，“今年的呢？”

五件礼物，代表了五年，那么今年……南庭帮他整理了一下领带：“等你明天落地的时候再给你。”

“看来还有惊喜。”盛远时把她抵在门上，温柔地吻了好一会儿，“那我就耐着性子多等一天。”

南庭脸上浮现出绯红，她微微害羞地伸出手：“我的呢？”

盛远时搂着她往餐厅走，歉意地说：“最近太忙了，没时间准备，情人节再补。”

南庭并没有觉得失落，对她而言，盛远时这个人就是最好的礼物，她笑眯眯地说：“我给你做了爱心早餐。”

嗯，所谓的爱心早餐，除了三明治，其实就是多了心形的煎蛋。盛远时想起第一次在民航小区吃她做的三明治的情形，笑问：“都是我的吗？还要不要留一个给睡不着先生？”

南庭把牛奶推过去给他，大气地表示：“今天过节，独宠你一人。”

盛远时配合地说：“谢主隆恩。”

回想早上的一幕，南庭微笑而不自知，直到管制室外面忽然热闹起来，而且声音越来越近，她才回过神来，看见师兄们人手一份地提着一个精致的袋子走进来，听见他们笑呵呵地说：“谢谢如花。”南庭不解。

刘主任这时喊她：“小南，出来一下。”

在师兄们透出笑意的注视下，南庭隐隐明白了什么，她从管制室里走出来，视线顿时被一大束路易十四玫瑰阻挡了，那饱满的紫色花朵如同在眼前绽放，娇艳欲滴。

还能是谁？当然是她家七哥送的。

在相识六年之际，他高调地送出了第一束花。

好俗啊！可南庭眼睛里的笑意根本掩饰不住。

Benson 艰难地从花后面探出个脑袋来，用还算标准的中文说：“司徒，你先找个地方让我把这家伙放下，我的腰都快累断了。”

“Benson 机长，男人可是要护好腰啊。”

在管制员们的调侃声中，刘主任对南庭说：“Benson 机长刚刚落地，从巴黎直飞 G 市，公司都没回，先来的塔台。”

大林恰好经过，举着手里的袋子扬声说：“如花，替我谢谢盛总，吃下这波狗粮，能扛到明年了。还有啊，空运鲜花什么的，奢侈！”

所以，他是给塔台的每一个人都送了一个圣诞礼袋？

七哥，你要不要这么大手笔啊？

南庭笑得无奈又幸福。

等安顿好那硕大的一束花，Benson 才抱怨说：“听说师父要从法国空运圣诞节礼物给你，我为了第一个看到礼物才调班的，结果只是一束花，师父也太小气了，还累得我掉裤子。”

南庭过意不去：“我请你吃大餐。”

“那就新年吃吧。”Benson 眉飞色舞地说，“今天你是师父的。”

等 Benson 走了，南庭在办公室里举起手机，以那束花为背景，自拍了一张照片发给了盛远时，并对他说：“自始至终，我只钟情你一人。”

以“太阳王”路易十四的名字命名，象征尊贵与权威的紫色玫瑰的花语确实是——我只钟情你一人。

正在开会的盛远时看着照片中人比花娇的他的蛮蛮，以及她毫不掩饰的爱语，满足不已：“找找看，没准有惊喜。”

南庭才意识到被 Benson 误导了，圣诞礼物不仅仅是一束花。她小心翼翼地扒开花束，果然在底部发现了一个精美的盒子，打开，里面有一条铺镶钻石，两手相握的宛若翅膀吊坠的项链，还有一只镶嵌六颗圆形明亮式切割钻石的 Love 手镯，手镯内里刻有他们的英文名字：Aesop 和 Sarah。

Aesop 当然是盛远时的英文名，Sarah 则是他在司徒南的央求下帮她取的，当时他还逗她说：“Sarah 代表了甜美、随和及没什么大志，很符合你。”南庭有点不高兴，认为盛远时在贬低自己，等知道 Sarah 是希伯来语中的“公主”之意，已经失去了他。

连她都快忘了这个名字，他却一直记得。

南庭按住泪腺，在微信里批评他：“全是钻，浮夸！”

会议室里的盛远时眼角眉梢皆是笑意：“相比蛮蛮的用心，七哥确实没走心，明年改进。”

然而，他有多用心，南庭怎么会不知道？尽管项链和手镯上没有任何品牌的标志，可那么非凡的设计和独特的风格，一看就是出自世界顶尖珠宝设计师之手。直到此刻，南庭才明白，电台节目过后，盛远时执行飞法国的国际航班是为了什么。

至于项链和手镯代表的意思，换作现在的南庭必然是不懂的，司徒南却了然于心。六年前，那个视盛远时为全世界的少女蛮蛮没事就在网上查，男人送什么礼物给女人，分别代表了什么意思。那个时候，司徒南最渴望盛远时送她的不是戒指，而是一只手镯，用以告诉她：“此生，他只疼爱她一人。”可惜，那个暑假他虽然送了很多礼物给她，却没有她喜欢的那款手镯。

六年，两千一百九十天，南庭终于如愿以偿，她喜极而泣。

如此有意义的日子理当该过二人世界，可次日盛远时是要执行试飞任务的，需要保证充足的休息，所以下班后，他们一起回大院，同盛叙良和齐子桥一起吃晚饭。

席间，针对南庭收到的圣诞礼物，齐子桥对丈夫说：“看你儿子多浪漫，你呀，从来也没送过我什么像样的礼物。”

盛叙良笑道：“夫人掌管经济大权，喜欢什么就去买嘛。”

盛远时一听，赶紧对南庭表忠心：“回头我就把工资卡交了。”

南庭有点不好意思，却也不扭捏，笑着提醒道：“别忘了留点私房钱。”

盛叙良与齐子桥闻言都忍不住笑了。

气氛融洽，没有人提及试飞那个严肃的话题，都在努力地以平常心面对。

当天晚上，盛远时和南庭早早就躺下了，他们没有像以往那样缠绵一番，只是有一句没一句地聊着第一次过圣诞、过暑假的情形，如同老夫老妻忆往昔，然后满足地相拥而眠。

次日清晨，他们一如平常地一起吃早餐，一起出门，一起去机场。塔台楼下，南庭为盛远时整理了一下本就平整的四道杠肩章，还以玩笑的语气说：“过了今天，不知道又有多少女人喜欢你了，想想还有点苦恼。”

盛远时俯身过来，旁若无人地亲了她脸颊一下：“谁喜欢我，与我无关，我喜欢你，才关我的事，我这么说，我的蛮蛮会不会开心一点？”

南庭微微嗔道：“就会哄我。”

“没办法，”盛远时把她搂进怀里抱住，“喜欢上你以后，很多事情都无师自通了。”

南庭回抱他，不顾周围注视的目光，坚守地说：“我等你。”

盛远时微微用力地抱了抱她：“好，等着七哥。”

仿佛又回到了南程首航那一天，有所不同的是，那个时候，南庭是在同人们的议论中，想念并期待着盛远时，她站在塔台的顶层指挥大厅里，看着他的飞机滑进跑道，冲入云霄，却只能默念：“起落安妥。”

时隔四个多月，他们成了敢在波道中示爱的、最亲密无比的恋人，这样的关系转变，过去的南庭连奢望都不敢。此刻，她再次站到席位前，以管制小组成员的身份，看向那架加注了生物航煤的航空器，心情百转千回。

首次技术试飞的危险性与关键性，成功后，远程试飞的筹备与推进，一旦发现新型航煤存在问题，后续的改进与重复试飞，每一步，都不会走得太容易，可为了民族工业的振兴，这一步是必须迈出去的，哪怕前方布满荆棘。

把话筒插进雷达的那一刻，南庭告诉自己，相信齐子桥所带领的科研团队的专业性，相信盛远时作为责任机长的试飞机组，相信通过 1 号生物航煤产品的应用，中国将在生物航煤的研发生产和商业化应用方面取得重大突破。

机坪上，身为高级工程师的乔敬则以放行机务身份把执行试飞任务的专机亲自交给盛远时。得到开车指令后，中南机队副队长林一成以副驾驶身份辅助盛远时接通防撞灯。

林一成是程潇的师父，军转民的飞行员，开过战斗机，飞行技术过硬。

这样的机组搭配，为的就是一旦出现特情，两位资深的飞行员能以丰富的飞行经验应对，或是责任机长失去操纵能力时，另一位机长马上接手驾驶，以确保专机平安着陆。总之，为了确保试飞成功，几乎做到了万无一失，甚至救援车等也已到位。

一切就绪，责任机长盛远时下达指令：“执行开车前检查单。”与林一成配合完成检查后，他对下面的乔敬则说：“乔高工，可以松刹车吗？”

乔敬则回应：“可以松刹车。”

盛远时操纵刹车手柄，并发出口令：“刹车已松，可以推出。”

乔敬则随即指挥推车将飞机推到指定开车位，给驾驶舱发指令：“机组清刹车，可以启动发动机。”

盛远时把刹车手柄设置在 NO 位：“刹车刹好，启动二发。”同时把启动电门放到 START 位，接通燃油手柄，开始启动二号发动机，然后是一号发动机，全部启动完成后，他说：“辛苦乔高工，启动正常，再见。”

“左边看手势滑出。”乔敬则最后说，“盛老七，等着给你庆功。”

盛远时并未计较他的称呼，淡笑着操纵点火器至正常位，关断 APU 引气，林一成则设置扰流板预位等相关设备，随后两人进行飞机操纵检查，执行开车后检查单。

盛远时申请放行许可：“南程 1226，重型，17 号位，请求滑行。”

管制小组接收到他的请求后，由南庭给出滑行指令：“滑行到 18 跑道等待点。”

盛远时打开滑行灯，给乔敬则滑行手势，接着松开刹车，操纵飞机滑行。

南庭指示：“南程 1226，进跑道 18 等待。”

盛远时复诵：“进跑道，跑道 18，南程 1226。”

林一成打开着陆灯、频闪灯、雷达、设置应答机，接通安全带灯，并与盛远时一起做飞前线下检查单，然后由盛远时操纵飞机进跑道，对正。

与此同时，试飞小组的另一队机组也与管制小组建立了通话，申请执行伴飞观察任务，机长为女飞行员程潇，与她搭组的是外籍机长 Benson。

片刻，南庭的声音再度响起："南程 1226，地面风 360 度，4 米每秒，跑道 18，可以起飞。"

当加注了新型生物航煤的专机在高速滑跑后成功起飞，南程指挥中心和 G 市塔台瞬间响起了欢呼声。南庭的心跳都加快了，可她面上无异地和机组保持通话："南程 1226，报告航向高度。"

盛远时的声音也很平稳，一如以往每次执飞一样："航向 140，高度 3000 米保持，南程 1226。"

南庭根据雷达显示指示："南程 1226，为了识别，左转航向 110。"

"左转航向 110，南程 1226。"稍后，盛远时报告，"G 市进近，南程 1226，航向 110。"

管制室的刘主任点头，南庭才说："南程 1226，已经识别，位置 S 市以北 20 公里，保持现在航向。"

听到盛远时的复诵后，她给出 G 市空管中心的最后一道指令："南程 1226，继续上升到标准气压 6600 米保持，联系 S 市区域 120.1，一路平安，等你归航。"

区域管制员并不在 G 市机场，所以，南庭所在的管制小组暂时结束和试飞专机的通话，随后的时间里，他们通过电话联系得知，试飞专机处于正常的巡航状态，伴飞航班也无异常，身处南程指挥中心等待的生物航煤科研小组成员、顾南亭、乔其诺、齐妙，以及包括乔敬则在内的南程的高级工程师们，也同步接到了消息。

如果一切顺利，盛远时将在三小时后返航。

三小时，换作平时很快就会过去，可在试飞这一天，三十分钟都显漫长，都是煎熬。

却只能等。

无论是管制小组，还是南程航空的指挥中心，都陷入了前所未有的安静，除了半小时一次的电话通报，除了必要的工作指令下达，没有人说一句闲话，连水都没人喝一口。

终于，两个半小时过去，管制小组接到区调通知，试飞专机与伴飞航班将在十五分钟后先后进入 G 市进近区域，让他们准备引导其着陆。

南庭绷紧的心弦才缓和下来，她长舒一口气，松开了紧握成拳的手，一遍遍地调整耳机，生怕关键时刻耳机坏掉。刘主任看出她的紧张，安抚地拍了拍她的肩膀："一定不会有问题。"

所有人都这样说，但在专机着陆前，每一个人又都无法放心。南庭一遍遍提醒自己，她的七哥会圆满完成试飞任务，他是盛远时，是民航最优秀的飞行员，担任过国产大飞机的试飞员，为中南开启了一个全新的飞行时代，那份殊荣是年轻的他成为总飞行师的资本，更是别人追逐不到的高度。

盛远时试飞新机时，南庭才刚刚从空管学院毕业，直到新闻报道：中南与外企携手研制的飞机试飞成功，她才知道试飞员是盛远时。他早已平安落地，南庭却还是大哭了一场，像是心有余悸。

那一次，他是为了中国民航、为了中南在飞；这一天，他是为民族工业而飞，南庭为能和他一起经历如此重要的时刻，倍感荣幸。面对刘主任的安慰，她暗下决心：要为他护好航，才不愧于管制员之责，才有资格为更多的民航飞行员做飞行引导。

三分钟，五分钟，十分钟，第十二分钟时，盛远时低沉的嗓音终于在波道中响起。所有管制员都严阵以待，等待他申请进近指令，可他却说："南程 1226 申请终止进近……"

当"终止进近"四个字在波道中扩散开来，管制小组瞬间静默，工作经验让他们意识到，有特情发生了，他们脑海中快速地闪过很多种情况，更在那个刹那祈祷是最容易处置的情况。

南庭有种要窒息的感觉，尤其当听见盛远时说"襟翼卡阻，申请原地盘旋等待，进行襟翼卡阻处置"时，她出现了几秒的怔忡，像是耳鸣了。

一分钟前，盛远时已经把机上的情况先行报告给了指挥中心，当乔敬则听见"襟翼卡阻"时，他控制不住地骂了一声："我操！"

明明对专机的襟翼和缝翼做过最细致的检查，结果还是出了问题，别说乔敬则，在场的工程师都郁闷至极。

襟翼是机翼上的可动装置，基本效用是在飞机起飞及降落时，增加升力及阻力，经由滑轨的前推及收回产生作用。一旦卡阻，不仅飞机的阻力增大，还会增加耗油，飞行高度和飞行速度均会受限，尤其对着陆的影响较大，会导致飞机进近速度增大，飞行员操纵飞机落地的难度就相应增大，特别是再碰到跑道相对较短的机场，或是雨雪天气导致的地面刹车效应不好，冲出跑道的风险就会大大增加。所以，通俗而简单的说法就是：襟翼卡阻会对着陆造成极大的危险，而且非常考验机长的飞行术。

G 市机场的跑道长度还算理想，问题是清晨时下过雪，尽管机场方面及时地进行了清雪处理，受风的影响跑道上还是难免留有少许残雪，这会直接影响地面刹车的效应。

接到专机襟翼卡阻的报告后，刘主任立即联系清查跑道，南庭则在最快的时间内调整好自己，指示盛远时："南程 1226，当前位置有影响，现在直飞 DSH，在 DSH 加入标准等待，保持高度。"

盛远时并没有因遭遇南庭梦中的特情有任何惊慌，他冷静地复诵："直飞 DSH，在 DSH 加入标准等待，保持高度，南程 1226。"

南庭其实特别想唤一声"七哥"，希望得到他一句保证，但她没有，只询问："南程 1226 证实你的意图，是否需要其他帮助？"

盛远时懂她在此刻的担心，可在这种关键时刻，他无心顾及其他，只报告："我们已经通知指挥中心，稍后会有工程师协助处置，不需要其他，处置完后将继续进近，只是进近速度会增大，五边与前机的间隔调配大点就可以，南程 1226。"

乔敬则带领的机务工程师团队都在，所有救援也都到位，即便卡阻无法解除，他也一定可以平安着陆。盛远时沉稳的声音给了南庭信心，她深呼吸后说："收到，处置好报。"

盛远时回复："预计需要十分钟。"

南庭回应："收到。"

指挥中心的乔敬则指示机组："检查计算机运行是否正常。"

如果是控制襟翼的计算机出现问题导致卡阻，相对还好处理，而在飞行过程中，这种概率相对较高，乔敬则希望听见盛远时在检查过后，确认是计算机的问题。

却失望了。

那么，就是液压系统有问题才令襟翼没有了驱动力。而空客系列是有三套液压系统的，当两套系统都失效时才会发生襟翼卡阻，失去两套液压是非常严重的故障了，而这种概率非常非常低，乔敬则工作多年，还是第一次遇到，这样的话……只能："尝试循环收放。"

盛远时对林一成说："我来做 ECAM 动作。"

林一成复诵："你来做 ECAM 动作。"

盛远时根据 ECAM 上显示的故障说："ECAM 动作，飞行操纵，襟翼故障，襟翼手柄循环收放。"说着，将襟翼手柄收回到 1，再放到襟翼 2，他观察发现襟翼没有变化，确认故障存在，"确认襟翼故障，卡在 1 和 2 之间，清除飞行操纵，襟翼故障。"

林一成："证实。"

盛远时："着陆……使用襟翼 3，GPWS 襟翼方式……OFF。"说完，他将顶板上的开关设置为 OFF，然后进行进近速度检查，通过查询 QRH 中的表格，算好后在 MCDU 中输入，"着陆距离程序执行。"通过着陆距离表格，确认此刻的状态在 G 市着陆跑道长度是够的，"双发进近慢车，燃油消耗增加，FMS 预测不可靠，不工作系统：襟翼，ECSM 动作完成。"

林一成点头："证实。"

盛远时指示："再做一下《缝翼或襟翼卡阻时的着陆》检查单。"

"着陆距离程序。"

"已检查，跑道足够。"

"速度选择。"

“下一 VFE-5kt。”说话的同时，盛远时把襟翼手柄向下放了一挡。

“减速到计算的 VAPP，我们刚才算出来的是 145 节，已经在 MCDU 中输入了，AP 在 500ftAGL 以下时不要使用。”

接下来是复飞的设定，最后盛远时说：“注意油耗增加。”

林一成点头：“检查单完成。”

盛远时神色无异：“我做一下进近补充简令，现在飞机的状态是一个襟翼卡阻，卡在 1 和 2 之间，我们用襟翼 3 着陆，进近速度 145 已经输入，着陆距离也检查了，没问题，如果复飞，我们保持襟翼构型，正常收轮，选择速度 190，按程序复飞后重新尝试，油量充足，落地重量没问题，稍后进近速度较大，注意下降率，有偏差及时提醒。”最后问，“还有什么补充吗？”

林一成凝神：“没有。”

盛远时也确认没有其他了：“这一圈转过来我们申请进近，现在，做个进近检查单。”

林一成无异议：“进近检查单……”

可就在他们做完进近检查单准备申请进近时，塔台收到通知，一架从 A 市飞来的南程航空 3312 次航班上出现急症病人，需要优先落地。

为确保试飞成功，空管中心已经协调好了各方面工作，可特情这种事是没有办法预知的，出现这种突发状况，只能由管制员们现场自行沟通协调。

如果盛远时处于正常执飞状态，必然要给载有急症病人的飞机让路，给乘客争取抢救时间，可他此刻操纵的是一架加注了新型生物航煤的试飞专机，专机此时还处于襟翼卡阻的状态，本身也具备优先落地的条件。

刘主任的顾虑却是：“专机襟翼卡阻，一旦无法一次着陆成功，需要复飞，或者……”他看着南庭，实在不忍心说出另一种不太好的结果。

南庭也在接到通知时，在心里权衡着可能发生的状况：“或者专机在着陆过程中，进近速度过快冲出跑道，会导致跑道关闭。”

G 市机场只有两条跑道，另一条跑道正在进行清雪，半个小时之内还无法起降，万一专机落地失败，致使一条跑道关闭，不仅会令 3312 次航班上的病人错失最佳的抢救时机，还可能造成其他正常航班的延误。

这样分析下来，即便盛远时操纵的专机遭遇着特情，还是应该给正常的航班让路，但一位骨干管制员提出来："可南程 3312 现在超最大落地重量，还需要耗油二十五分钟。"

这样一来，理应让盛远时先落，于是问题又循环了。

盛远时先落，成功的话，问题当然是迎刃而解；失败的话，3312 次航班上的病人就危险了。等 3312 耗油完成落地，盛远时最起码要等三十分钟，对于一架装载着新型航煤，又处于襟翼卡阻的专机而言，晚一分钟，都可能令危险加剧。

管制小组左右为难。

大林在这时打来电话，对刘主任说："南程 3312 次航班上的病人是应主任。"

应子铭恰好从 A 市出差回来，和走时一样，他选乘了南程的航班。

南庭的脑袋"嗡"的一声，她站不稳似的忽然踉跄了一步。

旁边的师兄赶紧扶住她："如花！"

一架飞机上有她的七哥，一架飞机上有她的师父，这两个人于她都无可替代，无论是谁出了意外，都会让她接受不了。南庭在那个刹那被逼出了眼泪，可她连续地深呼吸，硬是把泪意憋了回去。这个时候，盛远时和应子铭都需要她，不，不是需要她，是需要地面的通力配合，她作为一名放单管制员，不能拖任何人的后腿，南庭要求自己坚强，快速地思考着最佳的处置办法。

指挥中心也接收到了 3312 次航班的报告，顾南亭是飞行员出身，对于试飞专机和 3312 次航班此刻的冲突，他是最明白的，而他更明白，无论哪一架飞机先落，都没错，问题在于，后落的飞机存在多大的风险。

这种情况下，或许没有一个机组会愿意让路，因为让的不仅仅是那几分钟，很可能是自己的生命。正常情况下，空管中心也不应该询问机组的意愿，而是该由他们分析权衡后做决定，因为你问谁，意味着让谁让路，就已经是决定了。

竟然是齐子桥提出和盛远时通话，她把南程另一架飞机上有病人的情况简明扼要地说了，然后问："到目前为止，发现航煤有任何异常吗？"

盛远时斩钉截铁地答："没有。"

顾南亭在齐子桥做决定前与伴飞航班上的机长程潇通话，询问专机是否有异常，目的在于避免一切安全隐患。

程潇和盛远时保持着规定的距离飞行，她回答："一切正常。"

这样的话，襟翼卡阻……齐子桥相信盛远时能够处置得了："那么……"她想让自己的儿子给另一架飞机让路。

科研小组的成员几乎是异口同声地唤："齐总！"

齐妙上前一步："姑妈！"

或许他们是想阻止的，或者是他们希望大家再想一想，还有没有其他更好的办法。如果齐子桥自私一点，为了航煤、为了盛远时，她该争取让专机先落，可只要冒一点风险，就可能挽救另一架飞机上的一条人命，她不能只考虑到自己的儿子和科研成果。

盛远时就懂了，他说："请 3312 先落，南程 1226 可以盘旋等待四十分钟。"

由于是新型航煤，起飞前加油时，并没有像正常航班执飞前那样加满油，而是根据飞机自身重量、试飞距离为加油吨数依据，所以，专机只比计划飞行时间多加了一小时的油量，先前处理襟翼卡阻还耗时十来分钟，那意味着，盘旋等待四十分钟后，盛远时必须一次性着陆成功，没有复飞的机会。

他根本没有给自己留任何余地。

齐妙的眼泪当场就下来了，为避免齐子桥看见，她急忙转过身去。

齐子桥红着眼睛朝顾南亭点头。

顾南亭亲自给管制小组打了电话，把科研小组的意思转达。齐子桥还在电话里对南庭说："救人要紧。"

南庭放下电话，戴上耳机，对盛远时说："南程 1226，报告油量。"这是在下达盘旋指令前，身为管制员必须确认的。

得到盛远时准确而笃定的回答后，管制小组各个席位迅速动作。

当时，进近空域内的飞机基本处于饱和状态，突然出现两架特情航班要优先降落，管制员们必须马上组织其他航班避让，空域小、航班多，避让航班盘旋等待容易和其他航班形成冲突，为防范冲突，大家一瞬不离地盯紧雷达屏幕，并让南程 3312 次航班放下起落架飞行，以增加阻力的方法加快耗油速度，减少耗油时间，然后直飞，为试飞专机节省油量，为盛远时的机组争取保留住一次复飞的机会。

南庭指挥试飞专机绕出五边，在旁边飞一圈再切回来，力争让盛远时盘旋二十分钟即可着陆。盛远时无条件配合，还在波道中告诉管制小组，专机除襟翼卡阻外，一切正常，以便大家安心指挥 3312 次航班着陆。

十八分钟后，3312 次航班终于耗油完毕，在进近与塔台的接力引导下顺利着陆，医疗救援早已到位，争分夺秒地对应子铭进行抢救。

在没有接收到抢救结果的消息时，南庭已经在引导试飞专机："雷达引导 07 号盲降，右转航向 270，下高度 1200 米。"

盛远时复诵："雷达引导 07 盲降，右转航向 270，下高度 1200 米，南程 1226。"

南庭注视着雷达显示："可以下 900 米，右转建立 07 盲降，建立报。"

接到盛远时的报告后，她继续下达指令："继续进近，加入三边，减到最小进近速度，右转航向 030，可以 ILS 进近，跑道 36 右，修正海压 1012，地面风 270 度，7 米每秒，修正海压 1012……"

由于南庭所在的管制小组是在进近管制室里，只能通过雷达看见飞机，无法像在塔台指挥大厅一样，亲眼看着飞机接地，下完最后一道指令后，南庭双手撑在雷达显示屏上，沉默地等待着。

五秒，十秒，三十秒……南庭明明在心里默数着时间，却还是乱了节奏。而她旁边的管制员们也都屏住了呼吸等待着。

终于，在南庭快撑不下去，隐隐感觉到肚子疼的时候，盛远时低沉的嗓音在波道中响起，他报告："接地！"

南庭的眼泪唰地掉下来，可她来不及说话，整个人便向旁边栽倒过去，管制小组的欢呼声戛然而止，他们异口同声地喊："如花！"

南庭自己也吓坏了，她下意识护住小腹，用尽最后一丝力气对刘主任说："麻烦您，帮我叫一下医疗救援。"

这一天，医疗救援队真的是很忙，抢救完3312次航班的急症病人，还没来得及喘一口气，又匆忙赶去了塔台。盛远时下机后，顾不得和守在机坪上的众人说一句话，也疯了一样往塔台跑……

南庭醒过来时，人在医院，她睁开眼睛，首先入目的是熠熠生辉的机长肩章，然后才是盛远时英俊的脸，她眨了眨眼睛："七哥。"

盛远时适时握住她的手，告诉她："是我，不是梦。"

南庭缓了缓，问："我师父怎么样了？"

盛远时的目光专注而热烈，唯有语气有点冷："我以为你该先问，我们的儿子怎么样了。"

南庭一笑："没准是女儿。"

盛远时就憋不住了，他眼角、眉梢皆是笑意："那不是有人和我的蛮蛮争宠了？"

机灵的南庭把问题扔给他："那就看七哥权衡了，反正端不端得平这碗水，都会有人不高兴，为难的又不是我。"

可盛远时心甘情愿接受这份为难，那对他而言是别样的幸福，他伸手掐她脸颊一下："第二次骗我了，嗯？"

南庭的笑容里有超乎年龄的沉稳与安静："能让你轻装上阵，我不想让你负重前行。"既然无论怎么样他都是要飞的，她希望，他能安心地飞，所以发现自己怀孕时，她决定隐瞒。

“我本想尽量少和你说对不起，因为每说一次，都证明我让你难过了，可是，”盛远时眼眸深处涌现出心疼与自责，“自认无所不能的盛远时，面对你，还是做不到周全。”

“谁能做到事事周全啊？”南庭示意盛远时把床摇高，借着他的手劲坐起来，“是你对自己的要求太高了，”她笑睨着他，“还是有本事的人，都这么骄傲？”

“在你面前，我没骄傲。”盛远时掐她的小脸，“为了让我相信你没怀孕，还故意当着我的面吃药，蛮蛮，没什么事当然皆大欢喜，万一有什么不好的影响，”他把手掌贴在她平坦的小腹上，“我会愧疚一辈子。”

“你说胃药啊？”南庭贴着他耳朵小声说，“那是维生素啊。”

盛远时一怔：“什么？”

“我再任性，也不会拿这种事开玩笑。”南庭笑眯眯的，“老桑说过的，我的胃早养好了，你忘了吗？”

盛远时咬牙切齿地说：“我看你是该挨揍了。”

“我扛揍！”南庭撒娇似的搂住他脖子，“再说你也舍不得，我知道。”

盛远时轻轻地环住她的腰：“有护身符了，不怕我了是吗？”

“宝宝不是我的护身符。”南庭偏头亲他颈窝，“你的爱才是。”

盛远时温柔无比地衔住她的唇，给了她一个缠绵的深吻，直到听见一道声音语有不善地说：“盛远时，我看你真的是要上天了！”

该来的，总是要来。

盛远时松开南庭，起身走过去，站得笔直：“南律师。”

南嘉予是真动气了，她丝毫犹豫都没有，抬手就是一巴掌，又准又狠。

这一下盛远时挨得心甘情愿：“确实是我欠考虑了，您想怎么出气都行，但就一点，让我娶她。”

“你够可以的，我没收了她的户口本，你就不动声色地还了我一出奉子成婚！这智商，我不服都不行。”南嘉予目光犀利地盯着他，语气很冷，

“别以为这样我就会妥协，信不信，我照样能阻止她嫁给你？”

盛远时神色不动地与她对视：“我不信。”

南嘉予神色微变，盛远时则不疾不缓地说：“我承认，我确实动过那样的心思，因为我着急，急于让她冠上我的姓，成为我的妻子，只是我没想到，老天如此厚待我，这么快就让我得偿所愿。我也很抱歉，让她在怀孕之初就为我担惊受怕，我甚至不敢保证，以后不会发生类似的事情，可我还是要娶她。”

南嘉予寸步不让地注视他。

“如果您只是南律师，我不会考虑任何迂回的办法，和您对着干才是我的风格，毕竟现在不是旧社会，不能包办婚姻，说到底，恋爱和结婚是两情相悦的事。但您是她小姨，就是我的长辈，我得敬着您，哪怕俯身相求，也没什么丢脸。”盛远时不卑不亢，软硬兼施，“我始终认为，您对我的不认可是考验，考验我有多爱她而已，我也愿意接受考验，五年都等了，还差这一年半载吗？我就不信，您还能考验我十年八年？为了她的幸福，您妥协是早晚的事。有了这份笃定，我才不动声色，并不是要和您耍什么心机。只不过现在的情况是，”盛远时回头看了一眼南庭，“她怀孕了，我不能再等下去，您也不可能任由她再等下去，所以，我请您给我一次机会，让我证明，她没爱错人。”

南嘉予算是领教了这位盛总的口才，她也听出来，盛远时有求的意思，却也是在强硬地告诉自己：他是非娶不可的，你同意，我敬着你；你不同意，我也顾不得你。她是生气的，可盛远时说得没错，为了南庭的幸福，她得妥协，不早不晚，就是现在。

却就是看盛远时不顺眼，尽管他收敛着，可南嘉予也是阅人无数的，她能看出他隐藏的锋芒和嚣张，这让她觉得，南庭会被他吃得死死的，可南嘉予看向南庭那没有隆起的、太过争气的小腹，只能咽下这口气：“我不能凭借亲情的权力阻碍她嫁人，但你给我记住，我是她的小姨，无论何时、何地，都不会向着你，让我知道你对她有丝毫的怠慢，我保证让你净身滚出去，还有孩子的探视权，你也不用妄想。”

她一战成名的官司就是离婚案，盛远时早有耳闻，他笑了：“我有信心不会出现那种情况。退一万步说，即便真有那么一天，也不用您费事，结婚前，我会把该做的都做了，全部为她防范好。”

南嘉予不是在争什么，而是南庭那么个与世无争的性子，她是真的担心南庭受委屈，尤其感情这种事，谁都不能打包票，她只是想用自己的方式尽可能地保护外甥女。

盛远时懂她的意思。

南嘉予目光深沉地盯了他一眼：“你知道利害就好，免得我多费口舌。”

“我知道，您放心。”盛远时明白这一关是过了，“您帮我陪她一会儿，我去问问医生，需要注意些什么。”

南嘉予边往病房里走，边以命令的口吻说：“问仔细点，照顾不周，我唯你是问。”

盛远时恭敬地应下：“是，南律师。”

南嘉予语气很冷：“这声南律师，你打算叫到什么时候？”

盛远时就笑了，他说：“小姨。”

南嘉予瞪他一眼：“还不快去？”

盛远时赶紧顺着台阶下了。

等他走了，南庭讨好地说：“小姨，你好威风哦。”

“有你威风吗？这才在一起多久就怀上了，不觉得太便宜他了吗？”南嘉予用手指戳了戳她脑门，“别以为当妈容易，你吃苦的日子在后面呢。”

南庭拉着小姨的手撒娇：“其实心里真的有一点害怕呢。”

“你妈妈怀你的时候，也才二十四，和你现在一样大，我那个时候只知道一味地高兴，从没想过她有多辛苦，直到生你那天，听见她在产房里的喊声，才感到害怕，你妈妈却和我说，孕育是很自然很美好的过程，她始终相信一切都会顺利，如同她生你，虽然很痛，但听见你哭声的那一刹那，却幸福到忍不住哭出来。她说，嫁给你爸爸，都没让她那么幸福。”南嘉予说着，泪意充盈了眼眶，“南庭，小姨只是不想你吃苦，你别怪小姨。”

南庭伸出胳膊抱住她：“我没有怪你，虽然我也有过不理解，认为你偏激，误会了七哥，但我明白，你是为我好，心疼我的。”

南嘉予叹气：“小姨再疼你，也终究只是小姨，给不了你丈夫的疼爱。”

南庭仰着小脸说：“可小姨也是不可替代的。”

南嘉予闻言故意说：“那就别结婚了，陪小姨。”

南庭嘟嘴：“小姨！”

“不干了吧。”南嘉予佯装生气地哼了一声，“女大不中留。”

南庭摇她胳膊：“要做姨姥了，开不开心？”

南嘉予脸一板：“不开心，显得我更老了。”

南庭鼓励她：“你明明是最年轻漂亮又能干的姨姥。”

南嘉予捏捏她的脸：“虽然是恭维，但为了我小外孙，我勉强接受了吧。”

由于怀孕尚不足三个月，暂时还不能做产检，但桑桎自从知道南庭怀孕，一直都关注着她的健康情况，他很肯定地对盛远时说：“什么事都没有，注意营养就行。”

盛远时比桑桎晚知道南庭怀孕，心里有些不痛快。可相比桑桎要帮他这个情敌照顾南庭的憋屈，他还是得意的，闻言特别气人地问：“什么事都没有，能想做什么做什么吗？”

桑桎抬眸看向盛远时，不无意外地，在他的目光中看到了挑衅之意，顿时翻脸：“禽兽吧你，她怀着孕呢，你想做什么？”

盛远时笑得特别欠揍：“怎么就激恼了呢？我这不是在虚心请教吗？”

桑桎随手把桌上的病历砸过去：“我又不是妇产科医生！”

盛远时慢条斯理地捡起病历给他放回原位，以牙还牙地说：“可你是桑医生，这声医生不能白叫。”

桑医生实在忍不住了，他骂道：“滚。”

盛远时不厚道地笑出了声，嚣张至极。

应子铭已脱离了危险，南庭去看他时才知道，她师父一直以为的胃疼根本不是胃疼，是心血管堵塞造成的，幸好当时在飞机上发病后抢救及时，心血管没有破裂，还有机会做支架手术。

应子铭表面看来除了脸色不好，和健康人没什么区别，可在手术前，他必须卧床休息，或是坐轮椅，别说不能做任何剧烈的运动，连走路都可能构成危险，而且还要在术前控制好血压。

他有些歉意地对盛远时说：“没帮上忙，反而还给你添乱了，幸好没出什么事，否则我就对不起小南了。”

南庭说：“师父，您说什么呢？您好好的，比什么都重要。”

盛远时则说：“医生我已经联系好了，包您术后恢复得比从前还矍铄。”

应子铭笑了：“这份好意我就领了，谁让我还想多活几年呢。”

盛远时也笑：“跟我没什么客气的。”

听说盛远时没在试飞成功的当天求成婚，应子铭有些遗憾。南庭却耿直地说：“我都猜到了，圣诞礼物送了项链和手镯，唯独没有戒指，肯定是准备落地求婚用的，没惊喜。”

盛远时失笑：“幸亏没按原计划进行，否则要被她嫌弃一辈子。”

应子铭眼里的笑意也藏不住：“比起她给你的这份惊喜，你确实得好好计划计划了。”

盛远时看向南庭的目光，温柔无比。

得知南庭怀孕的消息，齐子桥在医院就骂了盛远时一顿。她一直是慈母形象，一般这种事从来都是盛叙良出手，可想到儿子居然那么大意，让南庭独自承受了那么多，她气得恨不得当场打人，好在南庭拦了下来，但她还是特别生气地说：“就这样还想让南律师认可你？换作我，早把你打出去了。”

接南庭出院时，齐子桥更是把南庭直接迎上了自己的专车，冷着脸对儿子说：“自己开车回去。”

盛远时于是低眉顺眼地走开了。南庭有心替他说话，可齐子桥一直关切地询问她有没有不舒服什么的，让她没机会开口。直到盛叙良被齐子桥一个电话招回来，眼看着就要对盛远时动手，她才护住盛远时说：“不怪他，是我故意瞒着他，想让他安心试飞。”

盛叙良怕她情绪激动，也不好太过上前，于是指着盛远时说：“小兔崽子，你给我等着，这顿揍，你是免不了了。”末了还说，“我是替你岳父、岳母教训你。”

聪明如南庭，当然明白未来公公是在安抚她，这一家人都是人精呢，南庭赶紧表态：“我爸爸、妈妈知道七哥对我好，不会怪他的，倒是您，千万别气坏了身体，要不等宝宝出生，都不能闹着让爷爷抱了。”

盛叙良面上发着火，心里其实乐开了花，闻言，脸色顿时就好了，语气和蔼地和南庭说：“现在不比一个人的时候，想吃什么，或是需要什么，都和你阿姨说。已经是一家人了，要是你还客气，叔叔就不高兴了。另外，看看你小姨什么时候方便，我和你阿姨得亲自过去一趟啊……”

总之，盛首长在回家的路上，已经在盘算着和南嘉予会亲家了，考虑得竟比准婆婆齐子桥更周全。而盛远时也明白了，有了南庭和宝宝，他在父母面前是完全失宠了，明明结婚这么大的喜事都提上日程了，怎么有点喜忧参半？

盛远时尴尬地揉了揉眉心，转脸问：“妈，什么时候开饭？”

然而，他亲妈只顾着自己未来的儿媳妇，根本没时间理他。

盛远时只能挽起袖子，亲自下厨给这一家老小准备晚饭了。

鉴于他的良好表现，饭后，齐子桥把他叫去了书房：“生物航煤虽然试飞成功了，但要投入市场使用还需要一段时间，对桑、何两家而言，中南的竞标失利倒也不至于倾家荡产，问题是他们太贪心了，囤积的航煤吨数可以构成行业垄断了，这令国内几大航煤代理有些坐不住，我听说，这些大代理商联合起来把‘何创’原有的航煤客户抢走了，以致何勇手里的航煤一吨都卖不出去，除非他不惜代价降价出售，不过也有可能，他一降价，‘何创’之前的合作客户受大代理授意抛出什么质量方面的负面新闻，何勇根本应接不暇。所以，这一次桑、何两家确实是遇到难题了。那么多的航煤，先不说压了多少资金，单单是仓储费用，他们已经承担不起。”

盛远时问：“何勇找过您了？”

“他的秘书打过电话到公司，常漫没理。倒是桑正远，特意从 A 市跑来，在公司楼下等着我，常漫见了他。”齐子桥说着，笑了起来，“看来你的提醒是有效果的，虽然他前期没听桑桎的劝，后面倒是学聪明了。”

盛远时哼一声：“他是不想破产罢了，说到底，为的是钱。”

齐子桥一摊手：“接下来怎么做，盛总来定夺一下吧。”

盛远时直言不讳地说：“依着我，他们只有破产一条路可走，但是，”他抬头看看窗外，“看在蛮蛮怀孕的分儿上，我给他们留条活路。”

齐子桥相信，即便南庭没有怀孕，盛远时也不会对桑、何两家赶尽杀绝的，否则，他也不必让竞标的何勇交纳了几百万的保证金，那部分资金，其实是他给何勇和桑正远留起来的。

齐子桥于是提出她的想法：“生物航煤作为石油基航空煤油的有力补充，确实具有广阔的发展前景，但让‘地沟油’上天的成本却很高，收集运输的环节、提炼和处理的技术，一步步推进下来，就造成了其价格是普通航煤的两倍，‘远洋物流’如为生物燃料示范基地所有，航煤的运输成本会降低很多。另外，他们的网络很不错，也能为你实现航空公交化提供不小的助力。至于‘何创’，生物航煤本来就是以餐饮废油为原料，并以 15 ： 85 的比例与常规航煤调和而成，既然这样，齐润接手那些航煤也没什么，无非是多投入一些资金而已。那点钱，你妈还拿得出来。”

盛远时也是这个意思，当拿到桑正远的“远洋物流”资料时，他就在想，别人的速运公司都有专机了，他手上现成的飞机有的是，干吗不利用起来，反倒为别人做嫁衣？听齐子桥这么一说，他笑了：“我妈果然是商业奇才。”

这句恭维，齐子桥笑纳了：“这一点，你随我。”

所以，航煤一役，最终以桑正远的“远洋物流”被中南集团收购，成为中南旗下货运子公司，“何创”则被化工业老大齐润集团收编而收场。至于何勇和桑正远，能还清银行贷款，不必宣布破产，还能持着中南和齐润的一点股份养老，已经是最好的结局了。

再见盛远时，何子妍说：“谢谢盛总。”

盛远时答她：“不是为你。”

如此决绝，无非是让她死心，何子妍在次日提出了辞职。与飞行员无关的一切事务，盛远时都不过问，乔其诺直接批准。

南庭如常工作，除了在孕期不值夜班外，生活没什么变化。满三个月时，孕吐症状消失，她好吃好睡起来，再加上包括塔台师兄们的关心和照顾，她和盛远时说：“怀孕真好，我感觉到了全世界的善意。”

盛远时宠爱地吻她的额头：“是你好，周围的一切人和物才变得美好。”

南庭高兴地扑到他怀里：“我七哥更好。”

盛远时一脸紧张地扶好她：“我的小姑奶奶啊，你能不能老实点，这么大幅度的动作，也不怕抻着。”然后向她汇报了婚礼的筹备进度，可才说到一半，一低头，发现她不知何时睡着了。

盛远时抱着她，像是拥有了全世界一样满足、幸福。

在身体稳定的情况下，南庭按原计划进行航线实习。由于当天即可返回，为避免盛远时阻止，或是放下手上的工作陪她，她事先没提。可到底怀着孕，她也不像从前那样任性草率了，而是和程潇商量：“我坐你的航班，真有什么事，也好有个照应。”

程潇瞪她：“害我是吧？真有什么事，你们家盛总不得把我生吞活剥了？”

“反正你有顾总撑腰，又不怕他。”南庭嘟嘴，“我不想被人议论，说我太娇气，做个航线实习还要劳动盛总亲自护送。”

程潇没好气：“别人倒也想让他亲自送，可惜分量不够。”

南庭耍赖：“那你答应了？”

程潇一梗脖：“看我心情吧。”

南庭毫不客气地批评她：“口是心非。”

竟然和顾南亭一样的语气，程潇心血来潮地提议：“你认顾南亭当哥吧。”

南庭居然说：“我不要做顾总的妹妹，我要做他小姨子！”

好吧，和妹妹相比，小姨子确实更是要顾总讨好的身份，程潇戳她脑门：“我说你心眼儿怎么那么多呢。”

南庭一挑眉：“我就当你夸我聪明喽。”

然而，程潇在执飞前一天突然有些不舒服，被顾南亭押去一查，妥妥地怀孕了。

什么是好朋友，就是像南庭和程潇一样，连产检都可以一起做。

真是不要太开心。

相比盛远时得知南庭怀孕时的惊呆和后面表现出来的沉稳，年长几岁的顾南亭激动得热泪盈眶，然后执飞什么的，他给盛远时打电话：“取消她所有的排班。”

盛远时对于这位妻奴大哥特别无语：“排班这种芝麻大的事，你和我堂堂总飞说？”

顾南亭才意识到电话打错人了，转而交代给助理。

程潇还记着南庭航线实习的事，就把这个消息作为人情送给盛远时了，末了不忘提醒：“相比放下电话训她一顿，不如明天给她个惊喜。盛总，怀孕的女人最大，你懂的。哎，别怼我啊，我现在也是重点保护人物了，生不了气。”

盛远时是被气笑的，他难得以温和的语气说：“恭喜了程机长。”

程潇一笑："同喜同喜。"

次日，飞机刚刚起飞离场，乘务长就走过来，俯身对参加机组进行航线实习的南庭低语："机长请您到驾驶舱。"

航线实习本就该在驾驶舱完成的，南庭不觉有异，结果舱门打开，左座半转过身来的机长竟然是盛远时，不等南庭说话，他冷脸道："证件。"

居然管她要证件？真能搞事情。

南庭虽意外是他执飞，还是例行公事般乖乖递上管制员执照。他却没有接，只握住她的手："下次航线实习再故意避开我飞的航班，以后你们单位的人加入航线实习，我见一个扔一个下去。"

丛林小声向她汇报："为了带你飞，盛总滥用职权替飞了。"

盛远时示意她坐在观察员的位置上，才抬眼看向丛林："我还可以滥用职权让你不能飞，或者吹枕边风让我女人在管制波道里怼得你不想飞，你选哪个？"

丛林求助地看向她："师母！"

南庭无辜脸："他是飞机上的最高指挥，我听他的。"

丛林哭着对乘务长说："干了这碗狗粮，不用给我送午餐了。"

旅途一切顺利，下机后，南庭乖乖地等盛远时做完航后工作，一起去酒店休息，她才友情提示："下次遇到我们塔台的人申请加机组，别真的把人赶下飞机。"

盛远时漫不经心地问："怎么？"

南庭耐心地解释："只要你离地，我们会让你按照最低高度层爬起来，无论什么航线、无论航线上有多少空闲高度层，请一路爬。"

所谓爬，就是低空飞行，这样不单风阻大、油耗大，还非常颠簸，虽然没有安全问题，飞行员却会飞得比正常高度辛苦 N 倍。

盛远时微用力捏了捏她的手："智商回炉了吗？都有办法治我了。"

南庭温柔笑起："你的机长权力和我们的管制权并不冲突，看你怎么选择喽。"

注视她如花般的笑脸，盛远时笑了：“‘如花’的绰号不适合你，你该叫‘温柔一刀’才对。”

考虑到南庭不宜太累，两人在A市停留了一晚，第二天盛远时带她一起去了灵泉寺。起初司徒胜己依然坚持不见南庭，直到盛远时告诉他：“她怀孕了。”

司徒胜己的眼睛顿时红了，身穿僧袍的他，朝盛远时合掌鞠躬。

盛远时不敢当，他双手扶起司徒胜己，当着老人家的面，把那枚和项链、手镯一起定制的求婚戒指戴到南庭手上，承诺：“我会好好待她，您放心。”

司徒胜己点头的同时，落下了欣慰的眼泪。

那天中午，南庭和司徒胜己一起吃午饭，尽管全程司徒胜己都没说几句话，可他目光中的愧疚与父爱，流露无遗。临走时，南庭嘱咐他：“为了您外孙，也要保重身体。”

司徒胜己看着女儿平坦的小腹，合掌说：“阿弥陀佛。”

南庭没有哭，她微笑着说：“爸爸，再见。”

为了再一次相见，我们都要好好的。

航线实习回来后，在一个风和日丽的天气，齐妙约南庭一起去一家航空俱乐部玩，那里是热爱飞行的人考私照的地方，盛远时不仅是俱乐部的创始人，更是飞行教员，在工作之余，他会在那里教别人开飞机。

这世上，不缺优秀的飞行员，却缺培养飞行员的人，而帮助别人成功，才是最大的成功。这是盛远时的理念，这样的七哥，南庭怎能不爱？

她好奇地跟着齐妙四处参观，最后来到俱乐部的指挥塔。当齐妙示意她戴上耳机时，南庭才反应过来，盛远时是要在波道里求婚。

熟悉的波道，有她熟悉的声音，南庭听见盛远时说：“年轻的时候，我有些词不达意，更不懂得爱和珍惜。等长大以后，终于搞清楚爱谁了、有多爱，却把人弄丢了。我花了一整个青春去找你，我明明知道顾南亭是为了程潇才与YG抗衡，我却利用最大占股人的身份把新组建的航空公司命名‘南程’，把对你的想念和爱寄托在一个‘南’字里，怕的是，如果余生就此错过，没有什么能够证明一个名叫司徒南的女孩来过我的世界，那么真切地爱过我。南庭，我有幸得到了这世上最好的你，我承诺，余生都会像执飞时一样，无条件听你指挥，你是否愿意带我归航，为我守望？”

欢呼声在这时响起，南庭探身看向窗外，机坪上站着的无数飞行学员，一起喊道：“带我归航，为我守望。”

今生关于爱的愿望，以这样的方式实现，南庭别无所求，她哽咽着交付此生：“你的翅膀之末，是我的脚步之初。从今以后，你在云端上飞翔，我在苍穹下守望。”

那端的盛远时就笑了，他说：“到机坪等我。”

南庭以为他是开直升机着陆，结果等她到了机坪，齐妙却指着高空说：“看仔细了，他给你的惊喜在那里。”

南庭努力地向高处看，勉强看到一个点，直到像花儿一样的云朵从高空向下落，她才反应过来，那从千米之上跳伞而来的人，是盛远时。

她的七哥是盖世英雄，穿云破雾而来，用爱情报答爱情。

盛远时落地，把当年南庭喜欢的那款情侣表，以求婚信物戴在他自己和她的手腕上，以低沉磁性的嗓音说：“愿余生和你，分秒不离。”

差一步就走散，差一步堕入深渊，没想到不仅能生还，还得到所有期待的温暖。爱情最美丽的样子，以及故事最圆满的结局，不过如此。

南庭泪如雨下。

南庭怀孕满三十七周时，盛远时荣升当爸，喜获千金。程潇则在一个月后生下一对双胞胎儿子。始终笃定南庭怀的是儿子，和一直盼着程潇生女儿的盛远时和顾南亭就此约定，做彼此宝宝的干爹。于是，这四个人此生，算是结下了不解之缘。

盛家小公主健康成长的同时，盛远时和南庭并没有停下成长的脚步。两年后，在盛远时的带领下，南程实现了组建之初提出的航空公交化的目标，对二、三线城市的旅客运输形成了垄断之势。

在此期间，盛远时暂停了自身的飞行任务，投入到试飞工作中，以试飞基地为主战场，在全国多地机场展开密集试飞，为国产大飞机的适航认证，以及生物航煤的技术突破，提供了强有力的支持。

航展上，面对记者采访时提出的“作为飞行员，您很清楚试飞的危险性，为什么还要飞”的问题，他那么平静地答：“中国民机事业的发展不仅需要飞行员，更需要试飞员。”

南庭注视着镜头前那个曾被议论为盛气凌人，实则心怀家国的男人，骄傲不已，而她也跟随丈夫的脚步不断成长。

当南庭通过了更为苛刻的管制考试，晋升主任管制员，根据她进步的速度，连应子铭都说：“你会成为最年轻的独立管制检查官。”

那是管制员的最高等级，具有独立对全国空管管制工作的运行进行检查的权力，有权直接干预全国空管的管制技术和安全管理。

对此，盛远时对他的小公主说：“妈妈越来越厉害了，不仅能指挥爸爸，全国的飞行员都要听她指挥了。”

小公主闻言兴奋地说：“妈妈好厉害！”

盛远时笑问：“那爸爸呢？爸爸厉不厉害？”

小公主一边搂着睡不着，一边眨巴着黑葡萄似的大眼睛说：“爸爸也厉害，但爸爸要听妈妈指挥。”

睡不着舔着小主人的手，附和似的朝盛远时汪了一声。

厨房的南庭则提醒盛远时：“你的脱敏还没有做完，离睡不着远点。”

盛远时却摸了摸睡不着的脑袋：“就因为在做脱敏，才要和它反复接触。”

睡不着用力晃了晃脑袋，像在回避男主人的抚摩。

盛远时“嘘”一声，然后机智地向他的小公主告状：“睡不着好像不太喜欢爸爸，怎么办？”

小公主闻言搂住小伙伴的脖子，对盛远时说：“爸爸摸！”

盛远时笑着亲亲她的小脸："这才是我亲闺女。"

齐正扬一进家门就抱着小妹妹玩举高高，小公主咯咯的笑声中，他问南庭："小姨，我的空管学院录取通知书到了吗？"

南庭温柔一笑："到了，我放在你床头柜上了。"

谁都没想到，齐正扬放弃了从小怀揣的军旅梦，最终选择了民航管制职业。他说："在飞行流量持续增长的今天，我国管制人员的缺口很大，虽然我一个人的力量有限，但多一个人，就减少了一份安全隐患。"

个人的力量虽微薄而渺小，但把很多个体的力量汇聚起来，飞行安全就多了一份保障。南庭支持他的选择，她也期待更多的年轻人投身于管制职业，为中国的民航发展出一份力。

至此，童话中的王子和公主就该过上幸福美满的日子了，现实中的南庭和盛远时依然在最平凡的岗位上辛勤地工作。

雾霾天，航班大面积延误，无法起飞，也无法降落。

有个机组申请进入五边排队待降。

南庭下达指令："新航 2237，请盘旋等待。"

机组急了："如花，你知不知道我绕一圈要两万多美元油钱？"

南庭不为所动："那你先绕个十万美元的再说。"

面对如此机智又幽默的管制官，机组只能答："……好嘞。"

南庭才从进近管制室去到塔台指挥大厅，就听见另一个等得不耐烦的机组呼叫："我是明航 5732……"

南庭语速极快，咬字清晰地打断了对方："不要问雷雨什么时候停，不要问你现在排第几，不要问是否需要先开餐，不要问某县长算不算要客、能不能插队先飞，也不要问军方能不能开放绕飞空域……"略一停顿，她声音平稳地继续，"明航 5732，下午好，请讲。"

机组一时间没想到其他问题，只能说："……没事了。"

这时，同样排队等待的盛远时，语带笑意地在波道中插了句："看来今晚要陪你夜班了。"

南庭管制官嘴上公事公办地提醒盛总：“南程 2018，注意陆空通话标准。”心里却在想：好啊，你乖乖听话，我引领你回家。

番外一

以陪伴互为终点

由于有个大自己十二岁的哥哥齐迹，还有一个虽然比她晚出生一个月，却从小被齐迹灌输要保护姐姐思想的弟弟盛远时，齐妙从小就嚣张跋扈惯了，天不怕地不怕。

齐迹稳重内敛、不善言辞，是个思想中规中矩的直男，却对唯一的妹妹十分关照，别说有人敢碰齐妙一手指头，就连盛远时不小心惹哭她，也要被说教一番，但齐迹从不仗着自己的年龄优势，和年纪小的孩子动手，更不会欺负弟妹。

盛远时从小就崇拜齐迹，以齐迹为榜样努力上进，小时候更是唯哥哥的话是从，可他对于齐妙总仗着有齐迹撑腰，在外面惹事生非的行为很是不耻。

小学时，盛远时对向齐迹告状说后座拽她头发的齐妙说：“你可以告诉我啊，我去找他打架。”

齐妙白他一眼：“他比你高，还比你胖，你能打过人家吗？”

盛远时小小年纪，内心戏却很丰富：“我就算打不过他，至少也能打他几下吧，可你告诉了大哥，大哥只会和平解决，他一下揍都挨不到，能有记性吗？”

齐妙特别有担当地说：“我不能让我弟弟为了我挨打。”

盛远时哪里懂得姐姐的维护，他拍着胸脯说：“我这么结实，挨两下打有什么关系，只要打到他，就是给你报仇了嘛。”

“你还给我报仇？”齐妙用手指戳他胸口一下，“赶紧想想回家怎么说，才不会被姑父收拾吧。”

被请家长的盛远时挠脸：“你们女生最没意思，不就是把她作业本扔了，至于告老师嘛，我都没说是因为她在作业本里给我夹小纸条才扔她作业本的呢。”

齐妙眼睛瞪得老大：“她给你写小纸条啊，都写了什么？快给我看看。”

盛远时酷酷地一梗脖：“我扔了。”说完转身就走。

“扔了？”齐妙追上去，不依不饶地问，“那她写了什么？你说给我听听。”

“……我没看。”

“没看你怎么知道是给你的小纸条啊，你肯定看了，盛远时你怎么脸红了？”

“……”

“她是不是喜欢你，想做你女朋友？”

“……”

“她长得好看吗？叫什么名字，你让我认识一下啊。”

“……”

有这么八卦的姐姐，弟弟都酷不起来了，可这样的姐弟情深，是没有兄弟姐妹的乔敬则所羡慕的，所以从小他就很喜欢跟齐妙屁股后，和盛远时不喜欢叫齐妙“姐”相反，一直渴望有兄弟姐妹的他总是“姐长姐短”地叫个不停。

齐妙喜欢当姐的感觉，似乎有人叫她姐，她就是个大人了，尤其乔敬则嘴还甜，所以她对乔敬则总是比对盛远时温柔，去到哪儿也都爱带着盛远时的这个小伙伴，美名其曰，要团结小朋友。

乔敬则因此觉得齐妙小姐姐喜欢他胜过盛远时，为此总是沾沾自喜，把齐妙奉为小仙女。

以至于长大后回想起小时候在一起的情景，乔敬则忍不住说："明明是你先招惹的我啊。"齐妙闻言就会怼他："那么早熟呢，我们明明是纯洁的姐弟情谊。"当然，这是后话。

直到盛远时出国学飞，齐妙考去 A 市上大学，G 市只剩下读高中的乔敬则，他才意识到，自己常年和这姐弟俩混在一起，错失了很多小伙伴，可当他有了新朋友，他又觉得他们都不如盛远时和齐妙贴心、默契。

比如，从前他考试不及格时，齐妙会帮他改试卷分数，然后胸有成竹地说："放心拿回去签字，我保证乔叔叔看不出来。"

比如，老乔发现试卷分数被动过手脚，要拿皮带抽他时，盛远时就会突然跳出来，举着自己的试卷给老乔："乔叔叔你看，敬则比我高了五分呢，你要奖励他吗？"

奖励个大头鬼啊，一起挨两下吧。

身边忽然少了"猪"一样的队友，乔敬则寂寞无比。

就是在那个期间动了出国的念头，以为那样就可以和好兄弟盛远时并肩作战了。老乔听说他要出国学什么车控技术，毫不客气地赏了他一脚："好好的电台你不来，修什么车？"

对于老爸的没文化，乔敬则抚额："不是修车，是修飞行器！天上飞的那个大飞机！"

老乔气得手抖："我看你像大飞机！"

乔敬则隔着桌子嚷嚷："我就是要出国，学修飞行器！"

老乔举着腰带要抽他："国内都装不下你了，还要出国修什么飞行器，我看你是不上天都不行了！你给我过来，看我抽不死你。"

乔敬则手脚灵活，上蹿下跳地躲着老乔，但还是被抽到了，胳膊上起了两道红痕，他趁周末偷跑去 A 市，向齐妙吐槽："老乔连修车和修飞行器都搞不明白，一心就想让我接他的班去电台，简直顽固不化。"

齐妙是知道乔敬则的梦想的，可一直以来，她以为他的目标只是国内最好的民航大学，至于出国进修，应该是很久以后的事情，盛远时年纪轻轻出国学飞，是由于国内外体制不同，而在这方面，对要成为机务的乔敬则来说，应该没有特别大的影响。所以他现在说要出国，对齐妙而言，也很突然。

见她半天不说话，乔敬则拿胳膊碰了她一下："跟你说话呢，听没听啊，给个意见。"

齐妙回神推了他一把："自己的事，自己拿主意，和我有什么关系？"

"盛远时决定出国学飞时你还给分析利弊呢，怎么到我这就要自己拿主意了呢？"乔敬则一脸不悦，"都是弟弟，你好意思厚此薄彼吗？"

齐妙不知怎么上来点脾气，她没好气地说："盛远时是我弟弟，你是谁啊？"

直到她的背影消失在视线里，乔敬则才回过味来："合着这么多年我这姐白叫了啊！"

为此乔敬则拧巴好多天，直到他和盛远时通电话，负气似的说"我要出国陪你"时，盛远时条件反射似的说了一句："你要把齐妙一个人留在国内？"

当时两人尚未成年，盛远时发誓真没早熟地往爱情上想，之所以说那么一句，是觉得齐妙那个人吧，矫情、事儿精、爱闯祸，有乔敬则在国内罩着，他才放心。

事后多年想起来，似乎就变了味道。确切地说，说者无心，听者有意，乔敬则当时瞬间意识到，自己如果和盛远时一样出了国，未来几年就见不到齐妙了。

盛远时和齐妙是如假包换的亲姐弟，一辈子不见，也有改变不了的血缘关系，而他和齐妙，有了时间和空间的距离，可能就什么都不是。多年后再见，或许他只是盛远时的发小了，要随盛远时称呼齐妙一声"姐"。

这份认知，终于让乔敬则意识到自己竟然有了牵挂，这份牵挂，源于齐妙。

齐妙却在当晚发来信息，对他说："去做自己想做的事吧。要是乔叔叔实在反对，我试着和他聊聊。"乔敬则不为所动，他静了几天，那几天他不似以往那么贪玩，而是放学就回家，一个人躲在房间里不知道在想什么，老乔以为他在蓄谋偷跑出国，提醒妻子多加注意，就差给儿子身上装个 GPS 定位了。

一周后，乔敬则突然对老乔说："我慎重考虑过了，决定不跟美国人民吃苦受罪，早上喝凉牛奶、啃破面包了，我要在国内大鱼大肉，大快朵颐。"

老乔气笑了，骂道："那点出息。"

乔敬则也不回嘴，只从此后再没提出国的事。

所有人都以为出国是他心血来潮的想法，包括老乔和盛远时，他也没对齐妙表露什么，只是给齐妙打电话的频率更高了，可除了还像以往那么皮以外，依然没一句正经话。齐妙关心他的月考成绩，乔敬则漫不经心地答："年级第一。"

由于他初中时都是年级倒数第一，齐妙理所当然地以为他还像从前那样贪玩，生气地说："就算民航大学姓乔，乔叔叔也不会要你。乔敬则，你能不能务点正业？"

乔敬则在电话那端嗷嗷叫："怎么我考了年级第一也要挨骂！"随后把试卷分数发给她看。

齐妙依然不相信："是自己改的分，还是哪个女同学帮的忙？"

乔敬则真想抄起一块豆腐砸在她脑门上，嘴上却说："班花的功劳！"

齐妙咬牙说了句："你出息了！"就挂了电话。

一个学期后再见面，乔敬则已经比齐妙高出了半个头，往她面前一站，挡住了一片阳光，他喊她："齐妙。"

从前，他都喊她："姐。"

齐妙还没来得及纠正他的称呼，就听他说："国内最好的民航大学居然在 A 市，和你们学校离得不远，老乔说等我考到 A 市就把监管我的大权交给你，我想了想，像我这么英俊潇洒、风流倜傥、玉树临风，确实需要有人看着点，否则人身安全没有保障啊……”

换成是谁，听见他这么说，都会以为是老乔不放心这匹野马脱缰去别的城市，才希望他考到A市，毕竟她在那里，还长他几岁，有个照应。可他的成绩……齐妙开始关注历年来各航空大学的录取分数线，斟酌着哪一所大学是乔敬则能够考得上的。

高考前两天，齐妙打来电话，让他轻松心情，尽力就好。

乔敬则笑得张扬而自信：“如果我考到700分，你答应我一件事。”

700分！简直迷之自信。

可大考在际，齐妙不想影响他的战斗情绪，就说：“好。”

那年高考，天公作美，连绵小雨令炙热散去，乔敬则考完最后一科出来，直接把笔抛向空中，兴奋地大喊：“解放啦！”

受他影响，考生们都释放了自己，扯着嗓子大喊。

瞬间人声鼎沸。

齐妙站在人群外，看着瘦高的男孩愉悦的笑脸，微微笑起。

如同有心灵感应一样，乔敬则蓦地转过头来，就见他心心念念的女孩，穿着长裙，撑着雨伞，站在不远处。南城北巷，人来人往，周边的一切，远都不及她美丽。

乔敬则黑眸深邃，疾步而来。

齐妙刚要开口说点什么，整个人已被他托抱起。

他太莽撞，淋了一身雨，可眼角眉梢的笑意却怎么都掩饰不住。

等齐妙双脚落地站稳，一边红着脸以姐姐的身份训他太闹，一边把雨伞倾向于他。乔敬则明明因她的突然出现雀跃得快上天了，却没此地无银三百两地问她是不是特意请假回来的，只挑着眉，带了几分痞气地向她确认：“700分，一件事。”

齐妙踮脚扒了扒他头发：“600分都答应你。”

乔敬则偏头笑了，那一次，他笑得势在必得。

却很可惜，距离他给自己定的目标，差了两分，但这个分数于乔家和齐妙而言，足够他嚣张上天了，更是稳被A市航大录取。结果乔敬则的志愿竟是G市航大。

对此，他笑嘻嘻地问：“知道我为什么选G市吗？”

齐妙也想知道为什么。

乔敬则直视她：“你还有一年就毕业了，而你也说了不会留在A市工作，是要回G市的，如果我还去A市上大学，意味着只能和你在一起一年，然后又要面对三年的分离。既然这样，不如再坚持一年，等你毕业回来，我们就在同城了。”

所以，乔敬则的高考分数明明够上国内最好的民航大学，却为了齐妙，选择了G市的航空学院。至于700分的约定，尽管齐妙主动降低了标准，乔敬则在没达到自己预期的情况下，没再提起。

这就是乔敬则，看似玩世不恭，实际上很懂承诺的重要。

齐妙隐隐听懂了他的意思，可面对这个一直以来被她视为弟弟的男孩，她实在没有勇气接受这份告白，她有些生气地用手戳他脑门：“多少人想考A市航大考不上，你分数够了却不去？还说什么要做中国机务第一人，你脑袋坏了是不是，用不用我给你开刀？”

乔敬则丝毫不介意她的粗鲁和责骂，笑嘻嘻地说：“不是异向相吸的嘛，怎么这就同室操戈起来了呢，太不合谐了吧。”

齐妙一心想让他把志愿改过来，乔敬则不耐烦地说：“我舍不得我妈还不行啊？”

志愿当然不是说改就能改的，乔敬则最后到底还是如愿留在了G市上大学。本以为等自己大二的时候，齐妙就毕业回G市工作了，他几乎是掐着手指头在算齐妙的归期，结果瞒着所有人偷偷改学法律的齐妙毕业晚了，导致乔敬则都实习了，齐妙才回来。

乔敬则刚盼星星盼月亮似的把齐妙等回来，自己就起程去A市海航的分公司实习了，然后认识了业界赫赫有名的倪湛，成为了他的徒弟。后来要不是盛远时回国发展，力邀他来南程航空，他应该还在海航。

至于齐妙，所有人都以为她毕业后执意回G市是因为恋家，却没人知道，她为什么放弃了A市最好律所的实习机会。

他们默默地把彼此纳入了自己的未来，并为此付出着努力和代价，却从未向对方说过一句，还因此阴差阳错地两地分隔了多年。

乔敬则的版本，几乎天下皆知，至于齐妙内心的想法……桑桎不愧是心理学专家，重点抓得尤其好，在大概了解了齐妙的求学和工作经历后，一针见血地问她："之所以拒绝了国内十大律所之一大成律所抛出的橄榄枝，屈就于G市一家小律所，是为了乔敬则？"

齐妙避重就轻地说："怎么就是小律所了，别忘了我们所有南律师。"

可在南嘉予过来前，他们所甚至都很难接到大一点的案子。桑桎也不说破，他笑着给齐妙递了杯水："如果乔高工知道你为了他回的G市，他会更主动。"

齐妙没有反驳什么。

桑桎注意到了她的表情变化："这对你的病情会有帮助。"

"我尝试过和他多接触，可我还是不太能接受他……"齐妙欲言又止。

"恋人之间的肢体接触是能够增进感情的。"桑桎以眼神鼓励她，"彼此拥抱着度过一个下午，肯定比用微信聊一个下午来得美妙。"

道理齐妙是懂的，但她就是无法接受和乔敬则过度的肢体接触。

桑桎确定她听进去了，笃定地说："你是爱他的。"

齐妙没有否认，她垂眸。

桑桎提议："我们今天换个方式聊聊。"

一直以来，他们都只是面对面地交谈，桑桎更多的时候都是倾听，这一次，他们不是在医院的诊室，而是桑桎的家。

齐妙站在房间门口："是要给我催眠吗？"

桑桎示意她躺到榻上："那个时候南庭失眠严重，我们用同样的方法尝试过。"

关于南庭和云莱的记忆交集，除了当事人外，只有盛远时和桑桎知道，齐妙理所当然地以为是桑桎治好了南庭的失眠，所以她并不抗拒催眠，也愈发地信任桑桎。

这个基础很好，对治疗有益无害，桑桎没有解释。

齐妙躺到榻上，把身体的全部重量放在上面，努力放松自己。

桑桎拉上了窗帘。深蓝色的窗帘遮光效果很好，室内瞬间陷入一片黑暗，如果不是门还开着，有微光从客厅投射进来，齐妙或许会惧怕突来的黑暗。

桑桎没有关门，他只是端着一杯水坐到了齐妙面前。

齐妙好奇："不需要借助点什么吗？比如蜡烛。"

桑桎低头喝了口水，才答："你面前不是有水晶球吗？"

齐妙四周看了看，并没有看见他口中的水晶球，转过脸才注意到桑桎手里的那个内雕银河系，工艺品似的水晶大肚杯："在哪买的，这么像水晶球？"

桑桎一笑："淘宝定制。"

齐妙也不知道他的话是真是假，可他一副"包邮哦，亲"的语气，让她残存的最后一丝紧张情绪也消失了："既能作为工具，还能镇宅避邪、招财转运，不错。"

桑桎举起杯子观赏了下："你喜欢的话，我送你一个。"

齐妙笑："还是算了，我再把自己催眠了。"

"别小看催眠术的技术含量。"桑桎看似随意地端着杯子，齐妙却恰好可以平视它，她的视线被杯子上的银河吸引，隐隐觉得银河深处会有自己想要的答案，她不自觉地投入，眼前渐渐产生一种似幻非幻的错觉，像是走出了黑暗，走向了光明。

那光明是阳光吗？或许只是一片如雪的白……

视线逐渐清晰，齐妙看到了她医学院的老师。

老师还是记忆中的样子，瘦高、斯文，说话语速略有些慢："遗体对于我们医学院来说，是非常珍贵的……捐献遗体的人都很了不起，你们要学会尊重死者，克服恐惧……”

怎么会看到这些?

仿佛闻到了福尔马林的味道，齐妙觉得刺鼻又辣眼睛，她下意识皱眉和闭眼，可解剖馆墙上那句“没有解剖学就没有医学”猛地跃入眼帘，让她无从躲避，无所遁形。

桑桎的声音似是从遥远的地方传来，低沉醇厚中带着安抚人心的力量:“有的时候，带给人恐惧的，只是过度的想象力，不要想太多，自然就不会害怕。”

“我没有害怕。”可齐妙整个人都在颤抖，声音也哽咽了，“每次课前，我都会在心里哀悼眼前的整体或者离体的‘大体老师’，我知道，他们是为了医学研究事业而做出无私奉献的人，而我，以后是要和死神抢人的、救死扶伤的人。”

从上《系统解剖学》的课，开始讲骨起，齐妙就在心里提醒自己：既然你要学医，就要有面对尸体的胆量。可当真的站在解剖台前，和一个逝去的人那么接近，她又缺乏面对的勇气。是怕的，尽管不停地说服自己要克服恐惧。

所以，第一次打开实验室的解剖台，齐妙吐到腿软。这种状况持续了很久，后来，当别的女同学已经可以一个人徒手把解剖台盖子横抱起来盖上去时，她依然有极深的恐惧，甚至不敢碰大体老师的头和手脚。在她看来，那是人体的末端处，是灵魂向外延伸的地方，不能随意碰触。

尽管如此，齐妙也没有动退缩的念头。

可乔敬则高考的那个暑假，那场车祸——

车祸现场一片狼藉，肇事的车辆翻了，另一辆车的受害者被卡在驾驶位里，等待救援的时间里，那人的嘴角和肩膀都有血沁出来，齐妙赶到时，根本看不清他的脸，只凭借他手腕上那块运动手表认出来，受害人是去机场接老乔的——乔敬则。

如果是别人，齐妙一定不会那么慌，可对象换成乔敬则，几乎是瞬间，她的眼泪就被逼出来了，视线模糊中，她失去了思考的能力和身为医学生的本能，一心要把乔敬则从车里拽出来送医院。

因为安全带插扣被卡住，无法为乔敬则解开安全带，齐妙才反应过来，边嘶声裂肺地喊“谁有刀？”边动手撕裙子，试图为乔敬则止血。

乔敬则当时已经不太清醒，不知道是强烈的痛感刺激了他，还是齐妙的哭喊唤回他的理智，他居然缓慢地睁开了眼睛，气若游丝地说：“下手轻点，疼啊。”

他本意是想开玩笑，缓解齐妙的紧张，结果起了反作用，吓得齐妙一动不敢动，她握住他的手，泣声说：“你撑住，救护车马上就到了。”

乔敬则想给她擦眼泪，手却根本抬不起来，也没有力气回握她，他眨了下眼睛，喘息着说：“怕我死啊？”

不记得是哪位路人在这时送来一把刀，齐妙边抹眼睛边用刀割安全带。

乔敬则看到她手上他的血，说：“真有什么事，在胸口刻上‘医学院见’，就可以去做‘大体老师’给你练手了。”

齐妙倏地抬头，不可置信地看着他，双眼赤红。

乔敬则扯着嘴角笑，语速缓慢：“听说那个证书上写着‘志愿在逝世后把遗体捐献给医学事业，这种高尚的精神，永远受到人民的赞扬……’真牛逼。”

齐妙感到刺骨的寒冷，她想甩一巴掌到乔敬则脸上，可视线触及他脸上刺目鲜红的血，她浑身颤抖。

桑桎懂了齐妙精神上受到的伤害，把她从深度催眠中唤醒。

齐妙缓缓睁开眼睛时，房间被阳光笼罩，记忆中乔敬则带血的面孔和面前桑桎温和的五官重叠在一起，她从榻上坐起来，却没有马上下来，而是用双手捂住了脸。

桑桎知道她哭了，事隔多年，她依然对那场车祸心有余悸，尤其少不更事的乔敬则无心的一句去做“大体老师”，让她再无法走上解剖台。至于恐男，只是她潜意识里拒绝和乔敬则有过于亲密接触的一种排斥反应而已，这种反应源自于那场车祸给她带来的心理创伤。

所以，齐妙对南嘉予说，是因为临床医学太难才改学法律，是句假话。

一周后，齐妙做了一次全面的身体检查。

乔敬则以为她病了，盛远时却说："她好好的，只是例行体检。"

乔敬则显然不信："她是学过医的，算半个医生，好端端的会去体检？"

盛远时反驳道："每年进行一次全面的健康体检，这不是很好的习惯吗？"

"健康状况良好的青壮年，像你我这样的，也不过是一两年检查一次，检查的重点项目无非是心、肺、肝、胆、胃等重要器官，她恨不得连指甲、头发丝儿都查了，你告诉我这是习惯？"乔敬则逼近盛远时，"你说实话，她是不是得了什么病？"

盛远时沉默。

乔敬则一把抓住他衬衫前襟，眼睛乌沉，额头绷出几条青筋："她真病了？"

盛远时冷脸拨开乔敬则的手，抬眼直视他："你该去问她。"

乔敬则喉结滚动，胸口剧烈起伏。

盛远时默了几秒："她不想任何人知道，包括我，但我是她弟弟，她的事就是我的事……"

"你他妈赶紧给我闭嘴！"乔敬则抬手，用力抹了下脸，"我确实什么都不是，我不想当他弟弟，她不想做我女人，但我爱她，我不到十八岁就爱上她了，她怎么作都行，拒绝我一百次也没关系，但要是谁弄得她要活生生从我身边离开，就不行！"

盛远时咬紧后槽牙："就算她身体没病，她的恐男症也克服不了。"

乔敬则的眼睛都红了，他吼道："我他妈不碰她还不行吗？！"

盛远时抬手扒了扒头发："你跟我来。"说完转身上车。

一路上乔敬则都在低头摆弄手机，盛远时瞥一眼，发现他在编辑微信，再瞥一眼，他又把先前编辑的一大段删了，就这样编了删，删了编好几遍，最后只敲了一句话："无论发生什么，老子都要你！"

发送成功后，或许是情绪无从发泄，他竟然把手机从车窗甩了出去。

当手机在马路上摔得解体，盛远时下意识皱眉。

半小时后，乔敬则在G市红十字会接收站见到他朝思暮想的齐妙，习惯了她职业套装的打扮，突然见她换了条提花收腰的连衣裙，温柔娉婷地站在面前，乔敬则有些移不开眼。

齐妙也看见他了，还发现他眼里的红血丝。

片刻，乔敬则朝她走过来。

齐妙握紧了手中的登记表。

乔敬则偏头看了眼四周，像是在拒绝接受她行此的目的，最后视线落在她手上，问："拿的什么？"

齐妙不答。

乔敬则俯身，就要去取她手上的表。

齐妙下意识地把手背到身后。

乔敬则一句废话都没有，几乎是粗鲁地单手把她揽向自己胸前，右手则趁机把表从她手里硬拽了出来。

齐妙有意抢回来："你给我。"

乔敬则单手控着她，右手高举，申请表醒目地呈现在眼前。

"自愿捐献登记表？捐献申请表？"乔敬则松开她，翻开其中一份，申请表里齐妙已经签了字，只要她的直系亲属也签字同意，她再办个公证，捐献流程就算完成了。

乔敬则歪头看齐妙一眼，眼神凛冽，语气不善："有病治病，你这是什么佛系心态？还没怎么样呢，先考虑起身后事了？"

齐妙推开他："你才有病。"说着就要抢回表格，"我这是当生命终老，用爱为人师表。”

“狗屁！”乔敬则侧身躲开，死死攥住表格不放，咬牙，“把你卸得七零八落做成标本好啊？我不同意！”

“你凭什么不同意？”

“什么都不凭，就是不同意。”乔敬则说着，就要撕申请表。

齐妙上手抢：“你觉悟不是很高吗，老早就要在胸口上刻‘医学院见’，怎么换我就不行了？”

“我……”乔敬则哑了一下，“我那不是为了安慰你吗？怕我真不行了，你难过。”

“安慰我？有你那么安慰人的吗？”齐妙照着他的脸挥了一巴掌，没怎么用力，明显的表面功夫，“你知不知道，那个暑假我每晚都做噩梦，返校后我每次走上解剖台，都害怕里面躺的是你！你每次靠近我，我脑海里出现的都是你那句：医学院见！”

乔敬则一怔：“你是因为这个才改学法律？”

齐妙憋着泪，红着眼睛看他：“我是不想有一天和你在解剖台上相见！”

乔敬则在这一刻才意识到自己所谓的安慰有多混蛋，他深呼吸两次，才把齐妙带进怀里搂紧，哑声：“对不起，我不知道。”

齐妙终于哭出来，一边哭，一边用力捶打他。

乔敬则从未想过，自己一句玩笑话会影响了她的职业生涯，他承诺：“我保证再也不胡说八道，好好保重自己，好好照顾你。”

“谁用你照顾！”齐妙推拒他，“离我远点！”

“别口是心非了。”乔敬则用力扣紧她，“我出个车祸都吓成那样，真离你远远的，又要哭翻天了。还恐男症，我读书少，都相信了。”

齐妙踢他：“混蛋！”

乔敬则也不躲，任由她往自己身上招呼，还有点气人地鼓励她：“挠痒痒呐，使劲。”

惹得陪同齐妙过来的南庭失笑道："敬则哥怎么那么皮啊。"

盛远时搂着她肩膀往外走："等他找我赔手机的时候就不皮了。"

那天的最后，桑桎说："我提议让齐妙做捐献是希望借此弥补她没有成为医生的遗憾。既然不能从事救死扶伤的工作，助益医学研究，也是非常有意义的，也想通过这件事，让乔高工正视遗体捐献的意义。这是对传统观念的挑战，是令人动容和高尚的善举。但这善举，是现阶段很多人无法接受和理解的。"

桑桎指指乔敬则手里的申请表，继续说："这份申请表还需要一位直系亲属的签名，我想，齐妙并不愿意让齐老先生担心，既然这样……"他看着乔敬则和齐妙，"等你们结婚，配偶也有权签字，到时候再决定不迟，在此之前，慎重考虑的同时，好好珍惜生命和彼此，免得父母在我们年青力壮时为此多虑。"

见两人都不说话，桑桎微笑："结婚记得发请柬给我。"

齐妙闻言就要甩开乔敬则的手，表示无意嫁他。

乔敬则却不肯放手，他带着几分坚决地说："除了我，谁能支持你挑战传统观念？差不多得了，否则不给你签字！"

齐妙本想怼他两句，可想到蹉跎了那么久，他始终不离不弃，在心结解开的这一刻，一向能言善辩的她甘愿放弃话语权。

这世间有许多艰难前行的大爱，还有很多容易被我们忽略的温暖小爱，相比让生命以另一种方式延续，有生之年，以陪伴互为彼此的终点，才是爱情最美好的呈现。

番外二

未来都与你有关

生物航煤试飞前，南庭加入管制小组这件事，盛远时是听程潇说的，发现他居然不知道，程机长把握机会打击了盛总一下：“我二老公这是要甩了你吧，要不怎么接到这么光荣而艰巨的任务都没及时向组织汇报呢？”

“我们家谁是大小王，你分不清吗？”盛远时言外之意，南庭身为“一家之主”，难道还会事事向他这位家庭成员……之一，请示汇报？

程潇闻言故意气他：“我们家顾总是大王，我以为你们家和我们家一样呢。”

“那不能。”盛远时对此淡定应对，“我比你们家顾总谦让。”

程潇憋不住笑了：“我二老公把你调教得挺好。”话至此，她煞有介事地感叹，“想当年我们盛总是多么无法无天，目中无人啊。”

“无法无天”“目中无人”，应该是贬义吧？盛远时拒绝接受这样的评价，他有点气人地怼回去：“真爱一般不用调教，都是发自内心的服从。”

反应过味儿来的程潇嘿一声：“你的意思是我们家顾南亭对我不是真爱了？”

盛远时漫条斯理地反问：“你问我啊，这种事，程大机长自己心里没个数吗？”

程潇气得咬牙：“我算是看出来了，除了我二老公，你是不能好好和别人说话的。”

见南庭远远走过来，盛远时一笑：“这个确实分人。”

被怼的程机长有心捣个乱，她对南庭撒娇：“二老公，我的午饭还没着落。”

如果南庭先开口，必然是要邀请她共进午餐了，未免二人世界被打扰，盛远时抢白道：“二老公不管饭，找你大老公去！”

南庭笑睨着他们：“你们俩又吵架了？”

程潇哼一声：“我多谦让，会和他吵？走了，找我大老公告状去。”

盛远时也不留她，领着南庭吃饭去了，其间当然免不了提及管制小组一事，他说：“尽管只是几个小时，压力却会很大，私心里我是不希望你加入的。”

南庭注视他：“所以你能理解我听说你作为试飞员，要为生物航煤试飞时的心情了吗？”

盛远时隔着桌子握住她的手：“这是惩罚我没事先和你商量吗？”

南庭嗔怪地看他一眼：“都说了没怪你。”

盛远时叹了口气：“怪也只能挺着了。”

南庭抽手打他一下。

见她吃得很香，当时还不知道自己马上就荣升当爹的男人说：“看来胃药挺有效，最近食欲恢复了不少。”

“哪里是恢复，明明比之前还好。”自知怀孕了的南庭又吃完小半碗饭才说，“昨晚的汤有点咸了，要不我还能多喝一碗。”

对于她被养回来的挑食小毛病，盛远时一笑：“怎么好像越来越难养了？”

南庭得意地一挑眉：“因为不靠人吃饭，腰板硬。”

能这样开玩笑，司徒家破产的事，她是真的放下了。

盛远时欣慰不已，小声逗她说：“等到了床上，我看你嘴还硬不硬。”

南庭作势要打他。

盛远时眼底都是温柔笑意。

当天下午，顾南亭约盛远时商量航煤试飞的事，程潇作为伴飞机长也在，工作的事情敲定后，盛远时和程潇一前一后离开了大 BOSS 的办公室。

盛远时见她跟在自己身后，不解地说：“你怎么出来了，顾总不是还有话和你说吗？”

没接到准老公提示的程机长一怔：“他说了有话和我说吗？”

盛远时一副无奈的样子：“你想什么呢，你大老公布置工作还敢走神？”

“我走神了？”程潇嘀咕着折返回去，顾南亭却不在，秘书说，“顾总有个会，刚走，不过会很快，要不你在办公室等他一下吧。”

程潇等了半个多小时顾南亭才回来，见她去而复返，他问：“怎么回来了，还有事？”

程潇如实说：“盛远时说你有话和我说。”

顾南亭想了一下，笑了：“我有话和你说，还需要他转达吗，你听他的还是听我的？”

程潇就明白那家伙是在报先前自己取笑他没有家庭地位的仇，她一拍脑门：“这个腹黑的家伙，一点亏都不吃。”

顾南亭看看时间：“既然今天不飞，那就再等会儿，和我一起下班。”

程机长对此没有异议，但她坐在顾总舒适的老板椅上没动，只举着手机说：“这边 WiFi 信号强。”

既然如此……顾南亭带着一脸纵容的笑意，拿着笔电到沙发那边去处理公事了。

试飞后不久，程潇也查出来怀孕了，相比南庭还能上塔台指挥的自由，她身为机长，为飞行安全考虑，更为宝宝的安全考虑，被顾南亭无限期“停飞”了。

一下子从空中飞人一样的忙碌中抽身，程潇很不习惯，尤其顾南亭还有意“罢工”，专注于在家陪她，她根本是嫌弃地拒绝了：“我时时刻刻面对你的脸，会枯燥到得产前抑郁症。”

这理由……顾南亭一口水呛出来。

程潇还在见到南庭时抱怨：“怎么你就能上班，我就要被停飞呢。”

南庭体谅她的心情，逗她说：“谁让你‘官居要职’呢，程机长，你总不希望才起飞，就因为胎动而返航吧？顾总是不心疼燃油钱，可他总要考虑旅客们的心情和时间啊，也求您别给我们空管中心添乱。”

“别‘您’，折寿。”程潇有点小气愤，“都是顾南亭惹的祸，明明说好等我飞到三十岁再要宝宝，提前了这么久，搞得我措手不及，完全没准备。”

南庭对此调侃她：“从学飞到成为机长，飞行准备给你按八年计，你和顾总从相识到订婚，也已经八年抗战了，你再准备下去，婚礼前就要给顾总准备染发剂了。”

程潇一口水喷出来：“不许说我大老公老！”

南庭笑：“那就趁早对顾总的青春负责呗。”

程潇哼一声，嘴硬地说：“好像我的青春就不用人负责似的。”晚上回家却对顾南亭松了口，摸着微微隆起的小腹说，“婚礼的事，我和老程说了，你们商量着办吧，我身负这么艰巨的任务，可没心思管其他。”

两人相恋多年，顾南亭熬到获得老丈人的认可，和程潇订上婚也算披荆斩棘，可他不止一次提出结婚的申请，都被程潇以要多陪老程两年而驳回，以至于两人的婚礼一直没有举行，甚至是程潇怀孕了，他主动去和老丈人商量婚礼的事，本以为水道渠成，结果那个倔强的老程头居然一点不给面子地说：“这是你和程程的事，劳烦我干什么？”再次把球踢了回来。

现在程潇终于吐口，顾南亭有点不敢相信：“你认真的？”

程潇抚摸着小腹说：“儿子这么小，会开玩笑吗？”

顾南亭怔了下，然后表情管理失控，笑出了抬头纹：“我女儿不会像你那么作。”

程潇也憋不住笑了，她不正经地提议："盛远时笃定南庭这一胎是儿子，你又坚持我这一胎是女儿，万一你们计划落空，干脆交换得了。"

交换当然是舍不得的，顾南亭和盛远时在聊起对宝宝的期待时，经友好协商，一致决定，做彼此孩子的干爹。

南庭对此没有意见，她考虑的是："宝宝可以有不止一位干爹吧？"

盛远时就明白桑桎也有意做他孩子的干爹了，他振振有词地拒绝道："亲爹只有一个，干爹当然也只能有一个了，人才配置要合理。"

南庭失笑："我以为七哥的观点该是，物尽其用，人尽其才呢。"

盛远时一脸漠然："分人分事。"

没错，一切和桑桎有关的事，盛总的原则标准就会随之改变。

桑桎似乎早料到盛远时会是这样的反应，所以他当着南嘉予的面说："都说娘亲舅大，我这个做舅舅的，可要好好想想给宝宝准备什么见面礼。"

三言两语就把自己定位为了舅舅，母族中最亲的人。

如此机智，盛远时咬牙给他点了个赞。

南庭怀孕期间，盛远时一直很焦虑，担心她对很多药物过敏，会导致分娩时发生危险。直到南庭顺利生下小公主，桑桎才说："她的身体早就恢复如常了，不会过敏。"

盛远时讶然："你怎么知道？"

桑桎那么坦然地答："我给她试过了。"

"试过？"盛远时反应了一下，突然揪住桑桎的衣领，"你竟然给她乱吃药！"

桑桎不客气地拂开他的手："我是医生，对症下药是我的职责。"

"医生？"盛远时指了指他的办公室，"别忘了你这里是精神科！"

桑桎抬眼看他，语有不善："那么请问盛总，既然我是精神科医生，您总咨询我怀孕分娩方面的问题，是几个意思？"

呃……拿人家心理学专家当妇产科医生什么的，是盛远时这辈子干得最无赖的事，但他嘴上还不承认：“我只是急病乱投医，别真以为自己妙手回春。”

然后，他被桑桎赶出了办公室。

南庭得知两人又吵架了，批评盛远时说：“是我让老桑帮忙试敏的，而且并没有乱吃药，你错怪人家了。”她也担心万一分娩时发生意外情况，自己又对很多药物过敏，会给宝宝带去危险，所以才找桑桎帮忙安排，未免盛远时担心，就没告诉他。

盛远时心里感激桑桎，嘴上却不服软：“身为舅舅，被错怪一下两下的没什么大不了。”

他对桑桎的这份“敌意”，浓得南庭有些无奈，她适时换了个话题：“我不在你身边的那些年，你为什么一直没谈恋爱？”

明知道她想听自己说“我在等你”，盛远时故意说：“太优秀了没人敢染指。”

南庭似乎是相信了，感叹道：“原来剩下的都是太优秀的。”

盛远时打击她说：“你是个例外。”

南庭撇嘴：“我是还小，不像某人是太老。”

盛远时就不乐意了，他蹙眉说：“你说什么我没听清，你再说一遍。”

南庭笑眯眯地改口道：“说你越老越帅。”

“这还差不多。”盛远时低头亲了亲小公主的脸蛋，自言自语地说，“妈妈淘气，我们不理她了。”

南庭哭笑不得。

然而，如此被爸爸宠爱的小公主却在三岁时气鼓鼓地对妈妈说：“我不喜欢爸爸了。”

南庭抱着她问：“为什么嫌弃爸爸啊，爸爸那么帅，还那么爱你。”

小公主委屈巴巴地说：“爸爸最爱妈妈，他每次下班回来都是只亲亲我的脸，我看见他亲妈妈，都是亲这里。”说着，小手落在南庭的嘴上。

南庭尴尬地红了脸，正考虑如何向女儿解释，又听小公主奶声奶气地说："我喜欢干爹，他是真的喜欢我呢。"

对于顾南亭那位干爹，南庭说："因为干爹没有女儿啊。"

小公主闻言，脆生生地说："那我不给爸爸当女儿了，我去给干爹当女儿。"

刚刚起床就被嫌弃的盛远时看向妻子："她这没良心的基因是随了谁？"

南庭丢给他一个抱枕。

盛远时也不在意，笑着抱起他的小公主："你本来就是干爹的干女儿啊，要想亲上加亲的话，只有你讨好爸爸，让爸爸考虑把你嫁去干爹家，给干爹干妈当儿媳妇喽。"

小公主不懂："儿媳妇是什么啊？"

"儿媳妇就是，"盛远时想了想说，"可以每天和顾小弟弟在一起玩的人，当然，只能是一只顾小弟弟，不能两只都要。"

南庭失笑。

小公主却嫌弃脸："小弟弟们是小朋友，我才不要和他们玩呢。"

南庭捏捏小公主的脸："你只比小弟弟们大一个月，而且他们都长得比你高了，你倒嫌人家小了。"

小公主嘟嘴："我是小姐姐，他们长得再高，也是小弟弟啊。"

南庭惊讶："她才多大，逻辑思维怎么这么强？"

盛远时得意地一挑眉："这一点，她随我。"

南庭蹙眉："而我很傻很笨吗？"

盛远时俯身亲她脸一下："我不嫌弃你。"

你是我的在乎，我的喜欢，我未来里的主角，我不会嫌弃你的笨拙，还会保护你的天真，由着你住进我的日常和心里，一如你守护我的梦想与翅膀。

还好遇见你，让我这一生，不虚此行。

后 记

十年之约

稿子三遍修下来，仿佛回到当初，当初的我开始构思这个故事的时候，从给南庭设定人生经历时的不断推敲，从她对七哥一见钟情到提出分手的情感转变的反复研磨，从通过实地采访、网络查询、纸质书籍等各种形式，为管制职业的相关专业知识做功课，从消化这些行业知识，把职业和情感融合在一起，从86天的连载，到最终完成这本书，是比以往写任何一个故事都更艰难的过程。

或许有人会问："为什么独独这本这么难？"

其实，从军旅到民航，每一本都很难。因为想比上一本写得好，因为这么多本书写下来，希望每本都有进步，每个人物都有灵魂，所以越往后，就越难。

我习惯当新书进行不下去时，去重温自己的旧书，边看边鼓励自己：之前都能写出来的个人旨意，现在也行。然后重拾信心，从头再来。

在过去的十年里，看到那些曾和我站在同一起跑线上的作者，跑得那么快，那么远，看着她们的背影，我也沮丧过，迷茫过，但在找到这条路之前，我从未想过放弃，我无数次提醒自己：既然热爱，就要坚持。

我不信天生如此，我只信坚持不懈。我不愿认输后，成为别人眼中的"不过如此"，我希望通过自己的努力，成就一个"不只如此"的人。

光阴荏苒，在我写作的第十个年头，有了这本《翅膀之末》。直到这本书面市，包括再版，越南版，繁体版，我的书架上共有21本署名沐清雨的作品。

这是十年前我没想到，也不敢想的事。

相比那些高产的作家，我其实是个没什么天赋，又不够勤奋的作者。但写作是至今为止，我做过坚持最久，且收获最多的一件事。这份收获，让我有种里程碑似的荣耀。或许这在有些人眼里并不算什么，于我而言，却是曾经对自己寄予无限期待的最好回报。

风里雨里，尽在这十年里。

我没有忘记在过去的十年里所经历过的艰难和挫折，正因为曾经不被认可，才激起了我坚持信念的决心，这信念催促我努力，让我有机会实现自我。我喜欢现在不负本心的自己，亦不嫌弃过去那个抹泪逞强的少女。

从立春到大寒，四季更迭，岁又东风——

感谢我的读者“雨滴”，尽管有人说“铁打的作者，流水的读者，谁都不是谁的唯一”，却有那么一群比我更坚持，对我不离不弃的小仙女，无论我写什么样的故事，都如约而至，和我不见不散。你们的关注和喜爱，让我不胜荣幸。

感谢我的编辑，我不是一个智巧伶俐的写作者，幸得你们的指点和鼓励，帮助我在这条路上走下来。我永远都不会忘记，我的网站编辑凌晨两点还在处理无理投诉，当我都无力应对那些中伤与攻击，请她接受投诉，她却坚持反击，直到我的作品顺利上榜。

一本书的“诞生”是烦琐而复杂的，我的策划编辑对于我对自己书的各种诉求却都尽力满足，且全力以赴，她们每一位都负责、敬业，让我回头点检走过的路时，不得不说一句：谢谢你们，遇见你们，是我此生之幸。

感谢珠海中航飞行学校梧州基地塔台谷新贵老师、国航机长李业峰、国航高级工程师陈磊、民航黑龙江空管分局刘航接受我的采访，并在我整个创作过程中，给予专业指导。你们让我更加深入地了解了民航业，了解了管制职业，谢谢你们愿意作为我的顾问，为我科普专业知识，传播航空文化，你们的帮助，让我受益匪浅。

感谢我的母亲，我的董先生，对我写作的支持和鼓励，无数的日夜，正是有你们的陪伴与照顾，才能让我心无旁骛、专心写作，让我走的每一步都坚定无比。谢谢你们包容我的任性和小脾气，让我敢于做自己，你们视我为骄傲，我视你们为珍宝。

感谢这十年的成长，让我拥有一双坚强的翅膀，虽不能煽动八面来风，却可执笔写流年。下个十年即将从《渔火已归》启程，我在终点等自己，也等你。

沐清雨

2018 年 6 月 25 日